云起书院
腾讯文学书系

我们之间的一百件小事

为安 / 著

海天出版社（中国·深圳）

图书在版编目（CIP）数据

我们之间的一百件小事 / 为安著.—深圳:海天
出版社, 2015.1
　（腾讯文学书系）
　ISBN 978-7-5507-1173-0

　Ⅰ.①我… Ⅱ.①为… Ⅲ.①长篇小说—中国—当代
Ⅳ.①I247.5

中国版本图书馆CIP数据核字(2014)第193410号

我们之间的一百件小事
WOMEN ZHIJIAN DE YIBAIJIAN XIAOSHI

出 品 人　陈新亮
责任编辑　谢　芳
　　　　　蒋鸿雁
责任技编　梁立新
责任校对　景振航
装帧设计　李松璋书籍设计工作室
　　　　　Tel:88231956 Email:hcbsdsh@126.com
　　　　　平面执行：李贡军

出版发行　海天出版社
地　　址　深圳市彩田南路海天综合大厦(518033)
网　　址　www.htph.com.cn
订购电话　0755-83460293(批发) 83460397(邮购)
排版制作　深圳市思成致远创意文化有限公司 0755-82537697
印　　刷　深圳市新联美术印刷有限公司
开　　本　787mm×1092mm 1/16
印　　张　20.125
字　　数　250千
版　　次　2015年01月第1版
印　　次　2015年01月第1次
定　　价　29.80元

目 录

第一章

恐怖的

事

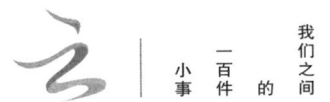
　　季怀槿的生日在春天，柳条抽新芽的季节，风都是暖的。一大早就有几个半大小子骑着自行车在院子里打闹。

　　季怀槿租住在一间上了楼龄的居民房里，只有一个卧室，客厅小得可怜，勉强放得下一张餐桌。她套上薄外套准备出门的时候，电视里正在播放悼念讲话，季怀槿连遥控器都不想拿，直接用脚踹着关掉电源。

　　唐叙老早就等在她家门口。平时他也是一个挺显眼的人，因为个儿高，长得也好看，可是今天跟他身后的大家伙比起来，实在逊色了太多。

　　唐叙周围是几个季怀槿根本就不认识的街坊，假装站在树底下闲聊，其实都目不转睛地看着他们这边儿。

　　季怀槿走上去照着唐叙胸前给了一拳，客套都懒得客套一下，"这也忒土了吧？怎么看都像一流动公厕似的，一会儿就让我坐这个？"

　　唐叙反应很快，一把打掉季怀槿的手，笑的时候牙齿在太阳底下白得泛光，"懂什么你，这颜色还限量呢，费了我好大劲才弄来的。"

　　一般人过生日都开心，可是季怀槿不一样，每到生日的时候，老是把自己一个人关在家里。唐叙当然知道为什么，所以今年他才特地租来一辆加长的粉色悍马，说是要带着季怀槿公路旅行，从北京开到天津，途中在车里杀人放火，干什么都行。

　　季怀槿倒还不想杀人，今天只要不在这里待着，她觉得随便干点儿什么都好。

唐叙装得特别绅士地给她打开车门，手护着车顶让她坐进去，然后自己小跑两步，坐进驾驶席。轿车内部驾驶座和车厢是隔开的，唐叙得打开后面的喇叭，才能和季怀槿说上话。

季怀槿上了车以后半天没动静，唐叙"喂"了好一会儿，她才懒洋洋地说："就冲这内饰，粉色我也忍了。"

这辆车专门做派对用的，一排是座椅，一排是酒柜。已经有好几支洋酒插在冰柜里，冷气和灯光散发出幽幽的蓝色，轻飘飘地向外溢出来。

唐叙清了清嗓子，声音通过扬声器传进季怀槿耳朵里："走，我先带你吃碗长寿面去。"

在季怀槿生日前两天，唐叙就租下了这辆车，夜里趁着路上车不多的时候，开出去练了好久。他没有开大车的车本儿，虽然办了个假的，但开车技术做不了假，唐叙心里多少还是有点儿紧张。

一辆和公共汽车差不多长的悍马跑在路上，简直要引起交通瘫痪。季怀槿窝在座位上，透过黑色车膜看着窗外的车挤成一片，心里却邪恶地轻松起来。

唐叙将车开到一条巷子口，费了好大劲儿才把车停好，光这一辆车就占了三个车位。然后他领着季怀槿走到巷口一家面馆。

面馆临街，大开着门，正对着那辆悍马。

唐叙轻车熟路地带着季怀槿进去，拣了最靠外的一张桌子。他抽了两张桌上的餐巾纸，擦了擦凳子，让季怀槿坐下，自己却大大咧咧地坐到对面去，喊老板娘点菜。

他给自己和季怀槿各点了一碗面，自己是牛肉面，外加一碟牛肉，一盘卤蛋，给季怀槿的就是一碗阳春面。

季怀槿口淡，他还记得。唐叙喜欢吃酱成赭色、切得薄薄的牛肉，她也记得。

点好了面，唐叙和季怀槿一时无话，两人彼此对看着。

季怀槿觉得和唐叙这几年不见,他变化挺大的。在印象当中唐叙总是穿着熨帖的棉衬衫或白色T恤,校服也和别人的不一样,看上去总是很合身,不像季怀槿的校服,永远比自己的身材大两号,仿佛在身上罩了一个面口袋,邋遢得要命。

他俩是最近这两个月才又重新联系上的,因为一次巧合。从前的朋友再见,不热络也不生疏,季怀槿觉得刚刚好。

比如现在两人都不说话,却不显得尴尬。

唐叙从餐盒里拿出两双筷子,在桌沿儿上比齐了,倒过筷子尖儿来摆到季怀槿面前,自己则拿着另一对,说:"这家儿的阳春面,是我吃过的最像老梁做的,一会儿你尝尝。"

老梁是以前他们院儿里食堂的厨子,是个女的,四十多岁了,一直未婚。她说话瓮声瓮气的,好像喉咙连着后脑勺,一发声就有嗡嗡的共鸣。最开始院儿里的孩子分不清她是男是女,而大人们也不教着叫"梁阿姨"。

老梁喜欢孩子们跟着大人们叫,从来不跟他们生气,总是在孩子们饿的时候,用长着厚茧的食指从竹编的点心盒里拈一块绿豆糕递给他们。

季怀槿现在想想,老梁可能不喜欢男人。不过这也不代表她就一定喜欢女人,或许她更喜欢的是那一根根在她手里被越抻越长的生面,和打开锅盖儿后翻滚着冒出来的水蒸气。

拉面上桌,季怀槿大口大口地吃起来,抬头的时候发现唐叙正一脸期待地看着她,问:"怎么样,是不是和老梁的手艺特像?"

季怀槿点点头,但面子上有些讪讪的,因为她其实不记得老梁下的面到底是个什么味儿,虽然有段时间她吃老梁做的面,能从早饭一直吃到晚饭。

可是这几年当中,季怀槿觉得自己的记忆像是被人颠倒了个个儿,有些事儿无关紧要,她却能清楚地记得每一个细节;可是有的事情明明离她很近,她反倒怎么也想不起来了。

她知道这是人的自我保护机制,在替她过滤一些有可能对她产生伤害的回忆。可是相比而言，她觉得缺失那些回忆才更痛苦一些。

幸亏唐叙没有注意到她表情的变化，而是拿出手机分别打了两个电话。

没过多久米乐和常小柳就来了。

米乐和唐叙一样，算是季怀槿的发小儿。常小柳是季怀槿实习的报社同事，认识不久，但还算聊得来。

她俩也被邀请上了"悍马派对"，上车之前，唐叙从车里拿出一顶粉红色的机车帽，戴在季怀槿头上，"送你的生日礼物，你看是不是和这车特配？"

季怀槿作势要摘，被唐叙拦住，"先别摘啊，今年的第一份儿礼物，你不拍张照留个纪念？"说完他就拿出自己手机，不由分说地给季怀槿照了张相，拿到她面前给她看。

机车帽上用彩色喷绘写着"Happy Birthday"之类的祝福语，季怀槿觉得幼稚，同时也有点儿好笑。唐叙替她摘帽子的锁扣，鼓捣了好半天，最终皱着脸说："坏了，叫你刚才乱动，卡住了。"

季怀槿看不见锁扣，有点儿着急，"那怎么办啊？要不找把剪刀铰开吧？"

又折腾了几分钟，帽子还是拿不下来，唐叙干脆放弃，"你戴着得了，其实看着还挺有个性的。"

季怀槿本来不想就这么算了，但是见米乐嘴角带着讳莫如深的笑容看着她和唐叙，想想还是不折腾了，就和两个姑娘一起上了车。

米乐比季怀槿小两岁，属鸡。季怀槿一直觉得她的名字起得特好，属鸡的孩子，有米就能高兴，这应该是父母最简单，也最真诚的愿望。

米乐上学早，又赶上小学五年级的时候学校办了个实验班，直接把五年级和六年级的课程一起教了，早一年毕业，相当于跳了一级。实验班就推行了两年，后来因为有家长反映孩子升上初中后会比较吃力，就停办了。

米乐因为上了实验班的关系，在初中和季怀槿成了同班同学。

初见时，米乐又瘦又高，脖子长，腿细，笑的时候颧骨轻微凸起，像只丹顶鹤，季怀槿从来没把她当成妹妹看待。可是她们交往的几年，以及

分开的几年当中，米乐没怎么长过个儿，连模样都没怎么变，只是胖了点儿，以至于现在季怀槿和她站在一起，才真正显得像个姐姐。

车子开动，沿着市里有些狭窄的旧路慢慢往前磨蹭，终于驶上畅通的环线。

季怀槿用牙咬开一支红酒的瓶塞，将酒倒进高脚杯里，分别递给米乐和常小柳。

米乐接过酒杯，凑在鼻子底下嗅了嗅。"1996年白马庄的赤霞珠，唐叙真够得花钱的，"她笑的时候右边的虎牙跑出来，"不过天还没黑呢，现在就开喝？"

"谁规定天黑才能喝酒了？"季怀槿仰头把酒灌进肚子里，倾空酒杯给米乐和常小柳看，一滴没剩。

米乐垂着的睫毛动了动，然后伸手攥住季怀槿的指尖，用力握了握，"行！我陪你喝。"她体会不到季怀槿的痛苦和恐惧，但完全能够理解她。

这时候中控的扬声器被打开，唐叙在前面说："你们三个把安全带都系上吧，我开大车水平不行。"

常小柳先笑了，眉毛挑得老高，不住用手拨弄头发，好像唐叙就在跟前儿似的，抢着朝麦克风的方向说："这世界上还有你办不成的事儿？我不信。"

唐叙沉默了几秒钟，常小柳又想开口，却发现喇叭已经被他关了。

季怀槿也发现唐叙今天怪怪的，还送了她一顶摩托车用的安全帽，现在紧紧扣在她头上，感觉很别扭。

她们三个系了安全带。车载电视里面播着老片子《魂断蓝桥》，年轻的费雯丽在滑铁卢桥上遇见英俊的陆军中尉。

故事刚开始，三个女生各自找了稍微舒服点儿的姿势，互相碰着酒杯。

"生日快乐。"米乐说着，从皮包里拿出礼物，是一只银色都彭打火机。

"干吗送我这个？"季怀槿把打火机放在手里掂了掂，打燃金黄色的火焰，笑着说，"我又用不上。"

"将军的匕首带在身上，也不是为了有朝一日有把它亮出来的必要。"

"所以这打火机送我，是为了防身？"季怀槿觉得头有点晕，可能是车厢里不透气，呼吸艰难。

"那倒也不是，前两天在国贸闲逛的时候看见这个觉得挺好看的，就想买了送你，也没什么特别的含义。"

常小柳送季怀槿的是一瓶香水，她平时用的牌子。香水当做礼物从来都是最安全的。

季怀槿一一道谢，三人喝光了红酒。米乐想，季怀槿不知道酒的价格，是因为唐叙没说，她当然不会多嘴告诉季怀槿。

被关怀和呵护的人，什么都不需要知道。

又一瓶酒被打开的时候，季怀槿已露出醉态。

她在座位上抱怨："哎，这电影结局太悲。"

话音将落，电视屏幕忽然一暗，车厢里响起热闹的音乐，取代了悲伤的电影。季怀槿惬意地窝在座位里，双颊发红，吃吃地笑着对米乐和常小柳说："你看，这都成声控的了。"

唐叙在驾驶座上也笑起来，眼神飘过前面，排成长龙的车流被远处的太阳笼上一层淡淡的热气，他自己甚至都没有察觉，此刻他的目光显得多么温柔。

车子从外环绕上长安街沿线后，一路笔直地向市中心开去。

季怀槿终于发现不对，叫唐叙的名字，却被劲爆的音乐声掩盖。她解开安全带，跌跌撞撞地扑到驾驶席后面，拍着格挡板，"唐叙，唐叙！不是说好了去天津吗？方向反了，你不会要带我去那儿吧？"

季怀槿虽然有六年没有回过"那儿"，却清楚地记得它的方位。

她不想回去，尤其不想在今天去。

唐叙调低了音响音量，安慰她说："回去坐好了，系好安全带。放心，咱今儿哪儿都不去，就去天津。我先找人拿个东西，然后咱就出发，晚饭的时候保证能让你吃上热气腾腾的酱肉包子。"

　　季怀槿听他这么说才放心，重新回到座位上，用遥控将音乐开到最大声，跟着节奏甩起头。

　　三个女生都喝了不少酒，嘻嘻哈哈地闹成一团。这时候季怀槿头上的机车帽就显得特别碍事。她一边揪扯着固定带，一边对米乐说："能不能帮我把这玩意儿摘了，我都要喘不过气来了。"

　　帽子上的锁扣被什么东西别住了，几个人轮番去解都解不开。

　　季怀槿从兜里拿出米乐送的打火机，"要不把带子烧断吧！"

　　"确定？"米乐问。

　　季怀槿脖子一扬，一脸大义凛然的样子，"动手吧。"

　　常小柳将固定带拉到最长，尽量避开季怀槿的下巴，米乐打燃火机，让火苗均匀烧过尼龙带子。

　　密闭的车厢里顿时充斥着焦煳的气味，尼龙绳终于断开，三个女生在酒精的催化下，兴奋地欢呼起来。

　　季怀槿再次解开安全带，站到米乐面前，微微弯腰，伸出手作邀舞的姿势，"这位美丽的小姐，可否赏脸与我跳一支舞？"

　　悍马的音响名不虚传，鼓点和低音与车体产生轻微共振。季怀槿觉得这是自她十七岁以后过得最开心的一个生日，原来时间真的会将痛苦、彷徨变成往事，她有些庆幸自己选择重新回到北京。

　　每个人都受过伤，这些大大小小的伤口永远都在。逃避使回忆腐烂，反倒是选择面对，才能将一切愈合。

　　这就是时间最仁慈的地方。

　　季怀槿觉得身体轻飘飘的，笑容在脸上不受控制地扩大，心里许多情绪，高兴的、难过的，通通化成滚烫的温度，在身体里燃烧起来。

　　"我不和你跳，"米乐假装撇了撇嘴，"不然唐叙知道该吃我醋了。"

　　季怀槿的脸更红了，刚想说什么，被一旁的常小柳打断。

　　"老季，你不会喜欢唐叙吧？"常小柳表面平静，心里却有点忐忑。她知道自己害怕听见季怀槿肯定的答案。

常小柳最终也没能听到季怀槿的回答。

因为她开口的那一瞬间，忽然从侧面冲上来一辆轿车，笔直地撞在悍马上。

酒柜里的玻璃瓶子几乎全部应声碎裂，尖锐的玻璃碎片像铺天盖地落下的冰凌，狠狠地刺进皮肤里。

季怀槿只感觉一阵突如其来的失重感，然后身体腾空，重重地摔了出去，脊椎撞上坚硬的车体，滚落时仿佛有千千万万细小的针嵌入五脏六腑。

她顾不上查看常小柳和米乐的情况，只在巨大的音乐声和更加尖利的叫喊声中，感到四肢百骸钻心地疼痛。她试图移动，却发现自己如石缝中的鱼，无论如何也动弹不得。

酒一下子醒了，随之而来的还有比身体上的疼痛更加折磨的记忆。六年前的春天，如今日一样，空气里飘着柳絮，院子里的迎春花开得正好。她坐在教室里，期待着晚上和爸妈还有米乐一起庆生……

季怀槿闭上眼睛。她没有恐惧，这一切来得太突然，所有的噩耗，都是在不经意的下一秒发生。

牢固如悍马，在两车相撞产生的巨大冲击力面前，也变得脆弱不堪。

驾驶席里的唐叙死死握住方向盘，情急之下改变车头方向，才将将把车横在路中央。

玻璃被震碎，五月温柔的暖风吹进车里，带着甜蜜而血腥的气息。

那时候惊魂甫定的唐叙还不知道，季怀槿因为伤势过重，已经失去了知觉。

季怀槿觉得是医院里独有的闷热而腐朽的气味催促着她醒来的。睁眼的时候她看到唐叙低垂着头，一只手抚在自己额头的绷带上。

她想拍拍唐叙的腿，却发现手背上打着吊针。而转头的同时，脖颈发出僵硬的一声细响。

唐叙立即抬起头，目光慌乱地撞上季怀槿的视线。

他嘴唇很干，眼角还涂着药水，另外一只手上也缠了绷带。

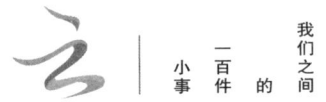

外面天已经黑透，病房里亮起白炽灯，让他憔悴的样子无处遁形。

季怀槿知道自己昏迷了一阵子，她想和唐叙说两句话，张口反倒先笑出来，"唐叙你看，谁能想到几个小时以后，咱俩以这么另类的造型又见面了。"

麻药的劲儿还没过，季怀槿说起话来有点大舌头。她还没察觉自己浑身上下都是伤口，唐叙不知道如果她意识到自己现在的状况，是不是还能笑得出来。

她这条命，可真是捡回来的。

唐叙按了护士铃，自己从病床旁的椅子上站起来。

没多久护士就来了，唐叙想着自己应该先出去，开门的时候季怀槿在他身后问："米乐和常小柳呢？她们没事儿吧？"

唐叙没有受伤的手已经握住门把手，缓慢地转过头，想给季怀槿一个宽心的微笑，可嘴角牵动脸上的伤口，笑得有失水准。

"出事儿的时候她俩都系着安全带呢，不像你，潇洒地在车里滚了一个来回。"他仓促地回过头，不再看季怀槿，"你先好好养着，我出去看看她们。"

唐叙走出病房，走廊里的灯晃在脸上，让他觉得憋闷。

米乐和常小柳在季怀槿旁边的病房，两人都伤得不重。唐叙透过门上的气窗向病房里张望一眼，常小柳在打电话，估计是向家里报平安。米乐则在旁边一口一口地吃着苹果，表情挺沉重的。

常小柳眼尖，看到门外的唐叙，坐在病床上朝他招手。

唐叙勉强对她笑了笑，示意她坐着别动，然后一句话都没说就独自离开了。

他走到走廊尽头的安全通道，确认周围都没有人以后，轻轻关闭防火门，连楼梯间里的声控灯都没有被打扰。

唐叙拿出手机，拨出一串熟悉的号码。

电话很快被接通，那头的人没有寒暄，声音也不带任何感情，开门见山地冷冷问道：

"你那儿情况怎么样？"

唐叙停顿了两秒，才沉声回答："没成功，她没死。"

第二章

贴心的

事

季怀槿在家躺了一个月才彻底痊愈。

住院的时候时常有警察来病房做笔录，而季怀槿又全无线索提供，于是不堪其扰。

幸好唐叙提前替她办了出院手续。

出院那天下了点儿小雨，唐叙打了一把黑色的伞，伞柄是木质的，撑开后伞面非常大，遮住三个人都没问题。

季怀槿在医院养了一个礼拜，气色好多了，但是颈部支架还没有拆。因为伤在脖子，不方便洗澡，她的头发鸟窝一样缠在一起。

她问唐叙怎么没开车来，唐叙一手插着裤子口袋，不以为意地说："难得的下雨天，你又在医院憋了这么长时间，走走不是挺好的？"

季怀槿想，经过这场车祸，唐叙说不定对开车这事儿落下点阴影，与此同时，她又觉得心里还有另外一个声音在轻声说，唐叙或许是顾及她重伤痊愈后不敢坐车。

她和唐叙肩并肩，慢慢在雨里走着，两人似乎都有点儿大难不死后的释然。

季怀槿一直觉得男女在雨中漫步听起来挺矫情的，真正做起来却觉得别有一番心绪。唐叙举着雨伞的手手指修长，骨节分明，因为气温有些低，所以显得格外白净。

季怀槿知道这把伞不轻，可唐叙擎着就好像不费力一样，握在手里稳稳当当的，将他们二人隔绝在一方小天地里。

在这个干燥而温馨的世界里，季怀槿感到没有来由的安定。

毕竟是从小一起长大的朋友，他们的默契总是比别人更深。她承认最开始认识唐叙的时候，她非常讨厌他，觉得他自大并且粗鲁。可是时间的手将一个顽劣少年变成如今有担当的模样，季怀槿觉得际遇奇妙，有感而发，于是停下脚步，笨拙地从颈架里抬起头来对唐叙说："谢谢你。"

唐叙一愣，"谢我什么？"

"不知道，"季怀槿耸耸肩，"我就觉得，能再遇见你，遇见米乐，挺幸运的。"

唐叙没说什么，只是轻轻揽了一下季怀槿的肩示意她接着走。但他的手并没有在季怀槿的肩膀上停留，而是很快就放下手臂。

季怀槿当然察觉到唐叙的手指擦过她的肩膀，这动作里毫无留恋与暧昧。季怀槿的耳根红了，不是因为一个小动作而感到害羞，而是她捕捉到自己一闪即逝的念头：唐叙的手，为什么就不舍得在她肩膀上，再多停留一秒？

那以后，季怀槿告了假在家静养，一直没有去上班。她在报社做实习记者，还在试用阶段，当然不会以为痊愈后还有可能回去继续上班，而报社也一直没有联系她。

休息得差不多以后，季怀槿就开始上网找新工作。可是之前的工作虽然薪水不算高，但工作内容和工作地点对她来说都非常合适，再想找一个条件相当的工作，实在有些困难。

在家的日子里，季怀槿喜欢不修边幅地盘起头发，赤脚在电脑前一坐就是一天。

唐叙知道季怀槿在家很少开伙，所以经常拎着外卖去看她。去的次数多了，季怀槿忍不住问他："这大中午的，你都不用上班吗？"

唐叙来过两次以后就对季怀槿家狭小的一室一厅了若指掌。他径自去

厨房找出干净的碗筷，放在水龙头底下冲洗一遍，才将外卖从餐盒里倒进碗里。

他第一次这么做的时候，季怀槿还颇有微词："我直接用饭盒吃不是挺好的？你腾到碗里，我吃完还得洗碗，费不费事儿啊？"

唐叙当时没搭理她，只是等她吃完后钻到厨房乖乖洗了碗才走。从那以后季怀槿就任由他占用她的碗筷了。

季怀槿也问过他为什么老对她这么殷勤，不会是想打她主意吧？每当这个时候唐叙的脸就比较严肃，他说那天你在我车上出了事儿，我得负责照顾你到好了为止。

季怀槿听了心里挺不是滋味儿，所以以后特意避开这种话题。

但习惯这种东西最可怕，有的时候到了饭点儿，唐叙没来，季怀槿就忍不住一个劲儿地看手机，猜他今天是不是生病了，公司是不是有事儿走不开，然后就顺手拿起不知什么时候起就一直放在手边的镜子照，一会儿担心自己气色不好，一会儿又怕在单人的小沙发里窝久了，头发给压得塌了。

在将将能容下一人的小浴室里，季怀槿又觉得自己很可笑。她和唐叙认识太久，久到她自己都快忘了两人是在什么情形下初见，只觉得打记事儿起，唐叙就总是在她身边转悠。

起初她确实是讨厌他来的，可不知怎么的，"讨厌"就变成了"不讨厌"。季怀槿觉得这也是因为习惯，习惯了身边总有这么个人在，忽然有一天他不在了，季怀槿觉得自己骤然缺失了回忆当中很重要的一块。

可是唐叙应该只当自己是妹妹，或是儿时要好的玩伴，原本两个人认识久了，对彼此熟悉得没有意外，性别特征也就自然而然地被模糊了。

所以季怀槿不明白自己为什么隐隐对唐叙产生了这种类似于期待的情绪。

这天唐叙又来了，带了鸭丝米线和几个小菜给她，在厨房倒腾完了以后，端着热气腾腾的鸭丝米线走进卧室。季怀槿正蜷在椅子里上网，随手朝桌子上一指，"我忙着呢，你先放这儿吧。"

中午的阳光透过敞开的窗帘洋洋洒洒铺进室内。唐叙逆光看着背对自己的季怀槿，有几根不听话的头发从她梳好的马尾当中跑出来，被光线染得金黄，看上去那么柔软，像小动物幼年时未褪去的胎毛。季怀槿蜷着腿，一只手抱膝，后背有些弯曲，探起身子盯紧电脑。她整个人都被笼罩在初夏午后慵懒的日光里，像一幅色彩很淡的油画，又仿佛随时都会融化在背景里。

唐叙定了定神，走过去将碗放到季怀槿手边儿，就势站在她旁边抄起手打量。"年纪轻轻就征上婚了？"他问。

季怀槿的颈架已经摘了，立马扬起脖子，对唐叙伸出拳头，"看仔细了！这是招聘网站，你才征婚呢！"

唐叙嘴角儿带着笑，也不跟她抬杠，"你之前报社那工作好好的，怎么不干了？年轻人，可真浮躁。"

季怀槿刚想还嘴，手机突然响起来。她一看电话号码是报社的主机，于是不敢耽搁，对唐叙比了个噤声的手势以后，连忙接起电话。

她万万没有想到打来电话的竟然是报社主编，问她身体怎么样，如果痊愈了准备什么时候回去上班。

季怀槿恭恭敬敬地答话，还不住地点头道谢。挂了电话，发现唐叙已经在旁边笑得直不起腰来。

季怀槿滑动座椅下的滚轮，一气呵成来到唐叙的面前踹了他一脚，"笑什么笑，你？"

"以前还以为你挺厉害的呢，成天跩得跟二五八万似的，怎么接个电话还摆一脸奴才相，你也不想想人家看得见吗？"

季怀槿被唐叙嘲笑，心里生气。她想如果自己对唐叙来说哪怕是一个不相熟的普通异性，他都不会笑话她。于是干脆又滑回电脑桌旁，闷头吃饭。

唐叙不知道什么时候又走到她身后，悄没声地将脸凑到季怀槿的耳边，离得很近，压低声音说："看这架势，你也不用再上招聘网站了吧？"

季怀槿忙着吃面，根本没注意到唐叙走过来，他说话的时候吓了她一跳，条件反射地一挥胳膊——当然也有可能是故意的——打在唐叙的右脸颊上，那里当时就肿起来了。

虽然季怀槿再三道歉，唐叙硬是一口咬定她成心的，说她好心当成驴肝肺。季怀槿笑得有点儿无奈，"你说怎么着就怎么着吧。"

唐叙走了，碗都没洗，季怀槿却觉得不知为什么，心里空落落的。

接到主编电话的第二天，季怀槿就去报社报到了，同事纷纷前来慰问，不过这其中最开心的就是常小柳。

"这两天可担心死我了，"常小柳把季怀槿拉到茶水间，"我还以为你回不来了呢。"

她迫不及待地与季怀槿分享社里最近的新闻，季怀槿才知道，就在她缺席的这一个月里，社里的人事发生了大变动。副主编在一贯的办公室争斗中败北，被挤走了，如今都去向不明。

季怀槿只是个实习生，就算有八卦的心，也无八卦之力，只能随便听听了事。

回来上班的第一天，季怀槿就被请到主编办公室聊天。

对此，她觉得不可思议，也很纳闷。不可思议的是她之前竟然不知道主编能叫出她的名字，纳闷的当然就是主编为什么要找她。

主编是个四十多岁的女性，留着一丝不苟的短发。她让季怀槿落座，告诉季怀槿，这个月如果她能独立跑一个新闻，下个月就可以提前度过考核期转正。

季怀槿从主编室出来后，躲到厕所去给她妈妈打了个电话，问："妈，您是不是和我们报社这边提前打过招呼了？"

从主编代表报社召她回去继续上班的那一通电话起，季怀槿就一直疑心她妈妈是不是通过外公的旧部给报社里递过话。

季妈妈却反问她："工作上有人为难你是不是？"。

一番对话之后，季怀槿察觉不出任何异样，只好作罢。

临挂电话前，季妈妈忽然警惕地问："没有回去找你外公吧？"

"没有，"季怀槿答，"妈，您放心吧，咱俩的约定，我不会违背。"

季妈妈之所以会放季怀槿独个儿从济南回到北京，也是因为季怀槿做的那些保证，能令她稍微安心。

这次回到报社，季怀槿总觉得事有蹊跷，但又弄不清个所以然出来。她想也只能走一步看一步，她早就做好心理准备，自己孑然一身在这偌大的城市里打拼，要遇到的困难远不止这么一点。

对于记者来说，跑新闻并不是什么难事，但要想抓住有用的新闻，又能抢到先机，不但要凭实力，往往也得靠运气。

季怀槿在外面奔波了好多天，一直未有什么进展，坐在办公室里唉声叹气的时候，常小柳走过来。

"别再叹气了，咱办公室的二氧化碳指数这两天因为你直线飙高。"她把手肘搭在季怀槿肩上，闲闲地说，"干记者这行儿，最重要的就是得沉得住气。等机会，等现场，等审核，干什么不得等啊。"

季怀槿不想听啰唆，连忙打断她，"行了行了，别说了，楼下请你吃香辣虾，走着？"

常小柳腰一扭，离开季怀槿的肩膀站正："这大夏天的吃香辣虾，你是想害我长痘是不是？不过姐不怕，走着！"

她们躲开组长，跑到楼下的川菜馆子，点了满满一盆香辣虾。

店里已经开了空调，可季怀槿用筷子拨拉着不锈钢盆里的红辣椒，还没吃就感觉额头直冒汗。

她已做好大快朵颐的准备，唐叙的电话却打来了。

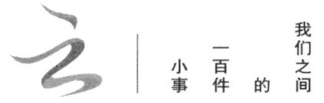

自从上次在季怀槿家，唐叙诬赖她故意中伤后，他们就再没见过面，唐叙也没再拎着外卖盒子像拎着顶罩蓝布的鸟笼一样悠然自得地走进过季怀槿的视野。

季怀槿接起电话，故意表现得像没事儿人一样，"大忙人，有何贵干啊？"话说出口的时候季怀槿就有些后悔，语气太酸，还是显得促狭了。

"没事儿，"电话那头儿唐叙的声音倒是很爽快，"这不有阵子没联系你了吗，打个电话问候一下，主要是我前些日子实在是忙。"

季怀槿知道这些都是客套话，这世界上没有人会忙到抽不出时间打一通电话，这一通电话打不打，无非取决于想不想。但是季怀槿当然不会把心里想的用嘴说出来，她和唐叙之间已经达成过默契，他说过会对她车祸的伤势负责，既然现在伤好了，他也就仁至义尽了。

季怀槿于是说："我最近也挺忙的，回来上班以后也是一堆的事儿。"

"你这么快就回去上班了？怎么不借机会多休息两天？"唐叙漫不经心地说。可实际上，从季怀槿第一天回到报社他就知道了。

"我不像你啊，少爷，我得养活自己。"虽然是打趣，季怀槿说的也都是实话。

唐叙今天似乎心情不错，开始和季怀槿闲聊起来。对面儿常小柳只顾盯着季怀槿看，根本没顾上动筷子。

季怀槿觉得现在不适合和唐叙长聊，刚想说点儿什么挂电话，忽然唐叙一声低呼，紧接着季怀槿也听到电话那头传来一阵骚动。

她作为记者的警觉性立马占了上风，"怎么了？"她问唐叙，"你那儿是不是出什么事了？"

"好像还真是——你等会儿，我看一眼啊，"过了大约有一分钟，唐叙才重新将听筒放在耳边，"好像是有人要跳楼。"

"你在哪儿？"季怀槿这两天等待的苦闷一下子烟消云散，"现场有记者了吗？"

"应该是没有——"唐叙报上自己的位置，又问，"你不会要过来吧？看着挺危险的。"

"就是危险我才更要过去呢！"说完，季怀槿就要挂电话，唐叙在那边"哎"了半天，才把她叫住。

"要不这样吧，常小柳在吗？你和常小柳一块儿过来吧，这样到时候你们俩还能互相有个照应。"

挂了电话，季怀槿就作势叫服务员来买单。

"刚才是不是唐叙的电话？"常小柳问。

季怀槿觉得奇怪，按说她们连筷子都没动就叫结账，正常的反应应当是问出了什么事儿，而常小柳关心的却是那通电话是否是唐叙打来的。

季怀槿告诉她是唐叙的电话，现在有个新闻，她要跑一趟。

"我和你一块儿去，唐叙也在吧？"常小柳说。

季怀槿撇着嘴想，这两人连问的问题都一样。

季怀槿有预感，这条新闻将对她意义重大，于是她一秒钟都不敢耽搁，甚至连相机都来不及回去取，拉着常小柳就跑。

她们在路边截了一辆出租车，朝唐叙说的地点驶去。

唐叙在那里等着她们，季怀槿一下车就看到他了。

这几天气温已经很高了，虽然临近傍晚，但白天的燥热还未褪尽，唐叙穿着浅灰色的长袖衬衫，额角已经有一层细密的薄汗。

季怀槿快速地环视了一下周围的情况：跳楼者所在的高楼有十一二层，是一幢商住两用的楼房，由低向高的五层均为商用，亮着霓虹的招牌。楼下已经围聚着许多附近居民和员工，警察也刚刚赶到，正忙着拉开警戒线，疏散围观群众。

季怀槿更眼尖地发现她和常小柳是在场唯一的记者。

她和常小柳走得急，身上没带相机，虽然在来的路上已经通知了同事送器材来给她们，但估计他还要耽搁一阵，季怀槿不愿错失这么大的独家

新闻，于是连忙拿出手机拍照，争取多记录一点画面。

这时候唐叙走过来，轻轻按住她的手臂，说："拍点儿照片回去够交差就得了，别真傻了吧唧唧地往上冲啊。"

季怀槿因为刚才电话里他要求常小柳同来的事情对唐叙有些芥蒂，可她自己还没察觉，只当唐叙在旁边啰啰唆唆的很烦，于是甩开他的手，说："没看我正努力工作呢？躲远点儿。"

唐叙还想说点什么，不巧楼下的警察打开扩音器，对天台上的跳楼者喊话，喇叭里传来嘶嘶啦啦的干扰声，将他打断。

季怀槿远远地看见天台上又多了几个人，像是便衣或心理专家一类的角色，他们站得远，用手机照出来，几乎什么也看不清。

季怀槿忍不住小声抱怨："没有专业器材根本不行，要是能上去就好了。"

唐叙闻言一把将她拉到身边，季怀槿手里没拿稳，手机摔到地上滑了出去。

"你是不是疯了？你只是个小记者，不是警探，真拿自己当英雄啊。"唐叙口气不善，季怀槿听着，也有点儿不乐意了。

眼看两人要吵起来，幸亏常小柳在一旁打圆场："老季，要不你先跟附近的居民打听一下来龙去脉，拍照这种事到时候器材到了再拍也不迟，而且我看这新闻也上不了那么大版面，估计不需要放图片。"

"常小柳有经验，你听她的吧。"唐叙的语气总算缓和了一些。

季怀槿心里还是不服气，可独家新闻要紧，她不想和唐叙一般见识。

"季怀槿——这里有叫季怀槿的吗？"

季怀槿正想去和旁边的中年人搭讪时，突然听到有人在叫自己的名字，看过去是一名警察透过扩音器在人群里找"季怀槿"。

她挤过去，站到警察面前，"我就是季怀槿。"

警察关掉扩音器，面对面地问她："你就是季怀槿？和楼上的那人什么关系？"

距离太远，季怀槿虽然看不清跳楼者的长相，但无论身形还是轮廓，她都不觉得是她认识的人。

"我不认识他。"

警察不甚在意地哂笑一声，"不认识？那干吗点名道姓叫你上去？"

"叫我？"季怀槿真有点蒙了，"您确定他叫的是我？"

"你是不是季怀槿？"

"我是季怀槿，可我真不认识楼上那人。"

警察有些失去耐心，挥了挥手上的喇叭，说："行了，你不认识他，他认识你，你上去一趟吧，好好劝劝，拣着好听的说，先把人哄下来再说别的。"

警察误以为季怀槿与跳楼者有纠葛，男女之间的纠葛，八成是感情上的事，是以明明认识得深，却硬要装成陌生人。

可季怀槿是真的不认识他，她一方面觉得有些害怕，一方面又按捺不住自己强烈的好奇心，想要上去看个究竟。

她刚往前走了两步，手腕被唐叙抓住。

"我陪你上去。"他说。

季怀槿不置可否。她毕竟也有些胆怯，有唐叙陪着还能壮壮胆。

她听见身后的警察对同事说："我知道为什么要寻死觅活了——为了这么点事儿，真不至于。"

季怀槿偷偷吐了下舌头，压低声音对唐叙说："警察以为咱俩和跳楼那人是三角恋。"

唐叙听她这么说，抬头看了一眼，紧接着发出不屑的声音："要真搞三角恋，咱俩也不跟他呀——你说对吧？"

唐叙说这话的时候，季怀槿有一瞬间的恍惚。他的这个表情，季怀槿再熟悉不过了。曾几何时，唐叙面对她的时候，就总是只有这一种表情。

不屑。对，就是这样不屑的表情。

季怀槿也忘了和唐叙生气，笑着说："要真搞三角恋，我宁可跟他，也不带你玩儿啊。"

说完，季怀槿就先一步走到电梯前，唐叙追了两步，在她背后怏怏地说："季怀槿，你这人真恶毒。"

电梯门上映出他俩模糊的影子，一前一后，各自都是彼此熟悉的姿势。这一刻，就好像一切与从前一样，未有分别，她还是十几岁那个开朗同时又有些自卑的少女，他也是那个嚣张狂妄却又英俊的男孩儿。

他们这样站着，亲近而疏远。

唐叙忽然很想告诉季怀槿自己的秘密，可是话没来得及说出口，电梯门却蓦地开启。

于是忽然一下子，他们就都长大了。

一念之差，一生之别。

第三章

惊险的

事

大楼顶层通往天台的门口有便衣警察把守，他确认了季怀槿的身份后嘱咐了几句便放行，可是跟在后面的唐叙却被拦了下来。

终于要走上天台了，季怀槿却有点犯怵，心里那种想要拔腿就跑的冲动越来越强烈。她恐高得厉害，站在二层往下看都犯晕，更别说是十二层。而且她明明不认识跳楼者，可这里人人都以为她认识，这种奇怪的矛盾让季怀槿忽然感觉自己像个猎物，正一步一步迈向一个危险的、未知的、邪恶的圈套。

她开始担心，担心发生不好的事情，担心自己到时候百口莫辩。

季怀槿回头看了唐叙一眼，神情有些复杂。

唐叙也在看她，两人四目交接的那一刹那，唐叙二话没说，拉起季怀槿的手就往回走。

看守的警察以为他俩故意想演一出双簧给他看，目的是用激将法求他放行。他想着如果不让这男的上去，女的估计也不想去了，于是妥协道："行了行了，两人一起上去吧，一会儿先听听心理专家怎么说。"

季怀槿想往前冲的时候，警察不让他们一起上去；现在季怀槿心里打了退堂鼓，警察反倒放行，她堵在不宽的玻璃门口，走也不是，留也不是。正踟蹰间，警察手里的对讲机响起来，天台上的人传来消息：

"那个叫季怀槿的呢？找没找着？刚才不是说找着了吗？快点儿让她上来！人都骑到高台上了，一个翻身就能掉下去……"

季怀槿知道她今天非得走这一趟不可了，她觉得那个站在鬼门关的人不是此刻在半空中摇摇欲坠的跳楼者，而是她自己。可是还好，她能熬得出去，她还年轻，年轻就什么都不怕。

季怀槿深吸一口气，将玻璃门彻底拉开，顺着台阶走上去。

太阳正在落山，余晖照着楼顶的混凝土地面，蒸腾出一股暖色的热气。远方的霞光赤得如同沙漠，在这样一个傍晚，每个人脸上都有些严肃，静候着事情的转机，谁都不敢懈怠。

季怀槿刚一站上天台，就有一个大腹便便的男人迎上来，他光亮的头顶被落日烘出一层薄薄的血管，交纵地浮出来。这个人一边折起几张手稿扇着风，一边快速地对季怀槿说："试图轻生的人现在情绪很不稳定，你一会儿和他说话的时候，尽量心平气和一些，不管他提出什么要求，或者要你做出什么承诺，你都假意逢迎。记住，把他往回劝，说话气氛好的时候要记得不落痕迹地往后退几步……但如果他让你现场和第三者通话，在不使对方产生情绪波动的前提下，尽量拒绝……"

季怀槿认真地记着，她想这人应该是心理医生，所以等他说完后，忍不住问："那个人为什么要跳楼？他找我又是为什么？我根本不认识他。"

大肚子男人原本还自顾自地叮嘱着季怀槿，听她这么一说，忽然诧异地抬起眼睛看她。季怀槿知道他相信她的话了，他是唯一一个相信她的人。

"你确定不认识他？"心理医生问。

"确定不认识。"

"我也觉得奇怪，一般想要轻生的人都会有某种强烈的诉求、愤懑，或者是抑郁，可是这个人似乎都不属于，他好像只是为了——引他的目标出现。"

"看来我就是这个目标。"季怀槿有些出神。

"可能是，但也可能不是，"心理医生说，"这些暂时都是我们的

推测，要想证实，还要麻烦你面对面地去与他沟通。不要离他太近，你们之间要保持两臂以上的距离——"他拍拍季怀槿的肩膀，"别太担心了，这里都有警察，会保护你的，如果轻生者攻击你，那么事情的性质就变了。"

季怀槿机械地点着头，心理医生将话都叮嘱完，笑着问她："害怕吗？"

"还行。"季怀槿也努力做出轻松的样子。

"你这也算是协助人民警察了。"

季怀槿哭笑不得，对心理医生说了"一会儿见"，就大着胆子朝跳楼者走过去。

天台上没有围栏，只有一圈高出地面一米左右的石台。跳楼者骑在石台上，右腿垂在外侧，上身在半空中左摇右晃，看着十分惊险。

季怀槿走到距他两三米的地方就停了下来，不再上前。她终于有机会近距离地打量这个人。

在楼下向上望的时候，他的头发被风吹得倒向一边，乱蓬蓬的，季怀槿以为这人至少有三四十岁。可是现在她才发现，眼前这个人稚气未完全褪去，看起来不过二十岁出头，说不定比自己还要小上一两岁。

这么年轻的人，双翼还未展开，就认为自己注定无法忍受腥风血雨。

季怀槿扬了扬下巴，看着眼前的少年，同他对峙，就是不说话。

他果然沉不住气，先开口："季怀槿？"

"我叫常小柳，是季怀槿的朋友。"

"你走开，我要找的是季怀槿，让她来！不然我现在就从这儿跳下去。"少年的嗓音有种仿佛随时会撕裂的沙哑，声带像是在变声期受到过严重的损害。

"你跳下去吧，"季怀槿逆着风捋了一下头发，不由自主地笑起来，"你死了，季怀槿也不用上来了。"

"你……"少年人气结，身子往外歪了一些，全凭一条腿在内侧支撑。他似乎很快明白过来，一副恍然大悟的语气，"你就是季怀槿。"

　　季怀槿的恐惧缓和了不少。这男孩儿并不认识她，以他单纯的样子，也不会是她的对手。

　　"指使你的人躲在暗处，却让你在明处承受性命危险，你觉得这样公平吗？"季怀槿往前走了两步，盯着男孩儿，一字一句地说，"谁想找我？让他自己来见我。"

　　男孩儿没想到自己这么快被戳穿，神情不经意中表露出慌张，立即伸手阻住季怀槿，"你别过来！我真的要跳了！"

　　"你要是真的一心想死我也不拦着你，可是你甘心吗？"季怀槿知道男孩儿并非自愿，大约是受人胁迫。他既然不想死，就不会贸然送命，所以季怀槿并不怕他，而是又向前逼近几步，停在安全范围之内。

　　"我知道受人威胁的难处和痛苦，我理解你，所以不会逼你，你自己想清楚，该反抗的究竟是威胁你的人，还是你这条年轻的性命。"

　　坐在高台上的男孩儿表情挣扎，眼眶里忽然盈满泪水。他痛苦地捂住脸，眼泪顺着指缝流下来。

　　"下来吧，这里有这么多警察，你要相信邪不压正，没有人敢报复你，也没有人能伤害到你。"季怀槿慢条斯理地对男孩儿说着，声音轻而坚定。她有信心能劝说他。

　　男孩儿起初只是默默流泪，然后渐渐悲恸起来，眼泪抑制不住地向外淌。他猛地用衣袖擦一把脸，动作幅度太大，整个人在台子上剧烈地晃动起来，险些失去平衡。

　　"想想你的父母吧。"季怀槿柔声说着，心里也是一阵抽痛。她想到自己的父母，想到也曾受人掣肘，想到那年昏暗的十七岁，她也差点就熬不过去了。

　　过了不知多久，男孩儿慢慢停止抽泣。季怀槿一直在对面耐心等着，直到夕阳西沉，她单薄的身影最终被笼在如墨的夜色里。

　　男孩儿转头看向季怀槿，眼神中犹有不确定。季怀槿什么都没有说，

而是沉默地向他伸出右手。有的时候千言万语，不如一个"还有我在"的坚定眼神更能抚慰人心。

男孩儿犹犹豫豫地从高台上跳下来，腿一软，跌坐在满是浮尘的地面上。

季怀槿终于长长舒出一口气。

这只是一个素昧平生的少年，带着不为人知的秘密，也许还是危险的。可寥寥数语，他张皇的表情、无助的眼神，却令季怀槿动了恻隐之心。

季怀槿觉得不论如何，能救下一条命，自己也算做了好事。她继而又想到自己的独家新闻，经过这样一场对峙，说不定能扩大一倍版面。

她高兴起来，忍不住又向前走了一步。她想扶起那个男孩儿，问问他到底在害怕什么。

比季怀槿动作更快的是等在后面的便衣警察，眼看时机成熟，一名警察一个箭步冲上来，将正挣扎着从地上站起来的男孩儿压住。

季怀槿知道警方是在保护轻生者的安全，可动作未免粗鲁。她担心男孩会有受骗的感觉，于是走上前，轻声宽慰他："有什么话，一会儿好好说。"

她距离男孩儿只有一步之遥，可即便是这样近的距离，她都没能看清楚男孩儿是怎么挣脱便衣警察的控制，飞快地从怀里亮出弹簧刀，又是如何将明晃晃的刀刃儿架在警察的脖子上。

这一切都发生得太出人意料，其余的警察甚至没来得及一拥而上，男孩儿便发狂地喊着："退后，所有人都往后退，不然我捅死他！"

季怀槿第一个念头就是跑。

可她受到惊吓，不论意识如何发号施令，双腿就是不受使唤地钉在原地。

前一秒还试图轻生的人，倏忽间就变成暴徒。这名没有经验的歹徒看上去也很紧张，手下失了轻重，锋利的刀尖划过便衣警察的脖子，割开皮肉，鲜血瞬间渗出一条清晰的直线。

唐叙一把抱住簌簌发抖的季怀槿，几乎是拖着将她拉开。她任由他温热的气息喷在耳边，怔怔地忘记抵抗。

她被唐叙搂在怀里，才渐渐恢复意识。她发现自己无可抑制地颤抖，眼泪流进嘴角，带着腥甜与苦涩。

唐叙的下巴抵在她的头顶，喘息的频率与她心脏的跳动是那么一致。他的手轻轻摸上她的脸颊，指尖很凉很凉，季怀槿觉得自己的皮肤上有无数微小的粒子随着他的轻抚在跳动着，战栗着，鼓噪着。

她"哇"的一声哭出来，同时转身扑进唐叙怀里。

她的双臂牢牢勒住唐叙的脖子，仿佛生怕他离开。

唐叙被她箍得很紧，却不敢推开她，只能一下又一下轻拍她的后背，安定她的心神。

一名同僚变作人质，其余的警察不敢妄动，双方僵持不下。

季怀槿把头埋在唐叙胸前，说什么都不敢抬起来看。她怕血，更怕看到人性的丑恶。

可是歹徒似乎并不想放过她，男孩儿嘶哑的声音在她身后吼叫着，叫她的名字："季怀槿！季怀槿！"

唐叙的臂弯保护着她，季怀槿多想就这么蒙着眼睛，捂住耳朵，什么都不看，也什么都听不到。

可是她最终还是挣开唐叙，颤抖着转身。

季怀槿强迫自己看向男孩儿的眼睛时，不夹带任何恐惧。她知道自己流露出的怯懦，会令对方更加张狂。

男孩儿的脸颊通红，狂戾的目光扫过在场每一个人。他穷途末路，已不管不顾。

最终，他盯住季怀槿，嘴角在笑，神情却狠毒。

"季怀槿，接下来发生的事情，你要仔仔细细地看着。"此刻他的视

线里只有季怀槿一人，专注得疏忽了手上的动作，"千万不要眨眼，免得错过好戏。"

被男孩儿挟持的便衣警察发现有机可乘，立即用手肘重重打在男孩的下颚，同时躲开辖制，去抢夺他手里的刀。

男孩儿没预料到人质忽然发力，涨红了眼睛，争抢中死死攥住刀刃。

血从他的手掌滴下来，越来越快，很快在地上积起一摊血。

季怀槿想，如果当时那名便衣警察没有轻举妄动，事情或许还会保有一线转机。

可就是这一念之差，他试图抢夺歹徒手里的刀，愤怒的男孩儿用满是鲜血的手重新握住刀柄，重重照着警察的手指划下去。

季怀槿在看到那截飞出去的小拇指时，不受控制地干呕起来。

那之后发生的事情她什么都没有看见，只是一阵又一阵悲号，还有男孩儿撕心裂肺的叫喊，像一场绝望的噩梦，深深魇住她的神智。

她沉重地瘫坐在地上，膝盖撞掉一块皮肉。

季怀槿以为自己会崩溃，可她只是感觉到自内而外的空洞和麻木，干涩的眼眶里没有一滴泪水。

她觉得疼，膝盖传来的清晰的疼痛，像刀子剜进骨头。

车祸留下的旧伤刚好，又这样一撞，季怀槿想，她这辈子不知道还能不能站得起来。

楼下传来救护车的鸣笛声，被尖刀削掉一截尾指的警察已经由同事快速带离现场。

天台上那两个人打斗过的地方，除了一摊在夜晚看起来发黑的血迹以外，空空如也。

那个男孩儿从十二层楼高的地方跳下去，季怀槿想，此时应该已经摔得粉身碎骨了吧。他眼睛里还单纯着的疑惑，恐怕已经被漫天扬起的尘土蒙住了。

唐叙半跪在地上，架着季怀槿的手臂，想要将她拉起来。

季怀槿只觉得双腿不是自己的，它们软弱得再也使不上力。她揪住唐叙的衣领，目光的焦点艰难地停留在他脸上。

"他什么意思？他最后那句话什么意思？"季怀槿的声音轻得在晚风里支离破碎，可唐叙还是听清楚了，"这一切都不是巧合——对不对？"

她说完最后一个字后，脱力般地倒在地上。

唐叙以为季怀槿昏厥过去，慌乱地捧起她的脸，用指腹掐住她的人中。

可季怀槿知道自己还清醒，她非但此刻清醒，男孩儿纵身从楼上跳下去的时候，她也清醒得很。

她清醒地听见他语气里的嘲讽，临死前那一刻，他说："对了，是你提醒了我——要想想我的父母。否则，就差那么一点，我就真的想活下去了。"

现场很快被封锁，楼下一片乱糟糟的，天台上却安静得恐怖。

唐叙一动不动地抱着季怀槿，黑暗当中辨不清神色。

"墨墨，别怕，有我在。"他替季怀槿拨开额前的头发，呓语般地重复着，"别怕，有我在呢。"

"墨墨"是季怀槿的小名，从前有一个人总喜欢这样叫她。记忆当中那个人的面孔永远是温和的，笑起来的时候眉峰轻微塌陷，眼角弯成两道浅沟。

那个人是她的爸爸，爸爸给季怀槿起的这个小名，也是有典故的。

如果不是唐叙忽然这样叫她，季怀槿甚至以为脑海当中那些边缘锋利的片段，是她上辈子留下来的记忆。

可惜，真是可惜，那不是前世，通通是今生。

"你知道吗——"季怀槿忽然开口，眼睛盯住唐叙，"今天所发生的事情，像是六年前一场事故的重演。"

唐叙没有说话，静静地在黑暗里听着。

他和季怀槿之间，原本有许多美好的回忆，可是中间这六年的时光，渐渐将过往封存，酝酿成一段缄口不言的沉默。

这一刻唐叙什么都不想说，他只想听季怀槿说说话，听她的声音，听她的悲哀和彷徨。夜晚是他的保护，让他晦涩的心事遁形。当明天的太阳升起，唐叙不知道自己还有没有勇气，重新站在季怀槿的身边。

"还记得吗？"季怀槿兀自说起来，"在'那儿'，还有另外一个人的小名也叫'莫莫'，不过和我不是同一个字，他叫'莫莫'，以前为这事儿你还嘲笑了我好久。"季怀槿仿佛自言自语，但唐叙知道，她说的每一个字，都是在说给他听，而他都清楚地记得，"他初中的时候辍学了，去了工读学校，可他一直是我的好朋友。那时候所有的大人都跟我说他是坏孩子，让我离他远点儿，可其实他们都不知道，是他们的歧视才让他变'坏'的。

"六年前，他参与了那场可怕的事故……当时我也在场……可我们都是无心的……你相信吗？我们都是无心的……刚才那个男孩儿削掉警察的手指，然后他跳楼了……我在想，这件事儿，恐怕和他也有关系……我是说'莫莫'……这绝对是报复。"

季怀槿心里乱，话也说得语无伦次。

唐叙明白有些事儿是她心里长久以来的秘密，恨不得这辈子再也不提起来。只是季怀槿不知道唐叙对那场事故也知情——当然这都是之后的事儿了——唐叙也不想让季怀槿知道。

他觉得人与人之间的角色从来都分工明确，比如说他自己，在季怀槿面前，注定就是为了背负些什么而存在的。这念头是从什么时候形成的呢？

唐叙想了想，大概就是他和季怀槿第一次见面那时起。

那一年，他八岁，她也八岁。

第四章

沉默的事

　　袁子卿嫁人之前，就是大院儿里有名的美人。这个无冕封号的由来，其实没有一个具体的时间点。院儿里好多老人是看着袁子卿长大的，她出落得越来越漂亮，也是他们一步步看在眼里的。美貌是永远藏不住的，爱美之心人人皆有，所以袁子卿在院儿里格外受瞩目，倒也并不因为她有个当司令的父亲——况且她嫁人那会儿，袁司令还不是司令。

　　袁子卿的名字听起来颇有男孩子气概，也是出自父亲的手笔。母亲开始分娩时，父亲袁新国刚在搪瓷盆里洗了手，正不慌不忙地从毛巾架上取了晾得有些僵硬的毛巾擦手。

　　母亲生产的过程很长，也很痛苦。

　　袁新国并没有陪在妻子身边，而是端坐在办公室里，用红色封皮的记事本写着近期的工作总结，那是他的个人习惯。直到后勤处的小警务员程瑞来报信，说院长生了个女孩儿，袁新国这才停笔，抬起头来的时候眼角有些湿润。

　　他从抽屉里抓了一把上海大白兔奶糖塞给程瑞，看着程瑞欢天喜地地离开后，才在记事本上翻开新的一页，用新汲了墨水的钢笔写下两个苍劲大字：子卿。

　　"子卿"这名字没有什么特别的含义，这两天袁新国刚好看了《苏武牧羊》，感叹于"苏武留胡节不辱"的情操，而苏武字"子卿"，袁新国希望自己的孩子，即便是女儿，将来也要做个从一而终的人，像苏武那样，既为汉朝人，便宁死不屈就匈奴。

于是，袁子卿父亲的记事本上，永永远远地留下了她作为新生儿来到这世间的第一个纪念，记事本上还留着那天的日期：一九六五年十月二十三日。

袁子卿在大院里平安度过自己的童年、少年时期，直至长成青年，然后认识了自己的爱人，并随他搬去了济南。

袁新国对这桩婚事非常反对，但女儿半带着私奔性质地离开北京，他一不想把事情闹得沸沸扬扬，二是对此鞭长莫及，也只好把态度软下来。

可即便如此，袁子卿这次回来，也是父女俩阔别七年的第一次相见。

袁子卿是独自一个人带着季怀槿回来的，季怀槿在火车上才头一次听说自己有个做司令的外公。她问袁子卿："妈妈，司令就是给所有人发号施令的人，对不对？"

袁子卿隔着一个窄桌，看着对面的女儿。绿皮火车轰隆隆地前进，八岁的季怀槿随着车厢的颠簸在座位上来回摇摆，像个被人上紧了发条的僵硬的木偶，袁子卿忍不住笑起来，左边的嘴角上面，有个浅浅的梨涡。

"外公就是你的外公，"她知道季怀槿心里紧张，于是更内疚，都怪她这几年和家里不太走动，否则哪有孩子见老人会害怕的道理，"外公会对你很好的。"她安慰女儿。

不过话虽这么说，她那个脾气倔上天的爸爸会如何对待季怀槿，她心里真是没谱。

袁子卿明白这几年她完全可以担得上"不孝"二字，但她与父亲的矛盾由来已久，两个人有一个模子刻出来的牛脾气，遇到分歧谁都不知道妥协。

她恨父亲太武断，袁新国又气她太执着。

这次回北京探亲也是袁子卿考虑了很久之后的决定，再过不了两年，袁新国就该退了，袁子卿希望他能从职务的压力中彻底解脱出来，一心一

意过晚年生活，如果他真能这样，袁子卿不介意频繁往来北京和济南，以缓和父亲和爱人之间的矛盾。

但在那之前，她还要求袁新国为她办最后一件事。

火车进站后，袁子卿带着女儿和行李下了车。走出北京站的大门，闷热的风吹在脸上，自行车潮从面前经过，热闹的路口挤满了人，袁子卿忽然感觉有些无所适从。

她领着季怀槿打了一辆黄色的面包车，这是季怀槿第一次来首都，确切地说，是她记事儿起第一次来，她也是第一次坐这种日本人设计的像个黄色皮球一样的汽车。看着宽阔得没边儿的马路，季怀槿觉得自己的人生都鲜亮起来。

面包车经过天安门，季怀槿几乎是扑着贴在玻璃上，朝城楼上的毛主席像敬少先队礼。她只觉得北京是那么的大，马路是那么的长，天又是那么的蓝，这里的一切都和她从前看到的不一样。在此之前，季怀槿以为济南的泉城广场是世界上最大的广场了。

这是一九九九年的夏天，还有不到半年，便将迎来千禧年。香港已回归两年，澳门也即将回归，这时的北京，是最热闹而有活力的。

季怀槿只记得她们乘坐的出租车在大院门口被配枪的卫兵拦住，妈妈摇下车窗对他们说了两句什么，他们就整齐划一地行了军礼放行。

再然后的事季怀槿就更迷糊了，出租车停在一个小院子门口，她跟着妈妈下了车，紧接着不大的院门里竟然挤出了那么多的人，他们拉着她妈妈的手问好，很感慨的样子，然后拎包的拎包，搀扶的搀扶，连拉带拽地将她们母女二人拖进院子。

袁子卿让季怀槿叫人，她仰着头叔叔爷爷的一通乱叫，根本分不清辈分。不过她知道，这些人里没有外公。

袁新国坐在敞开的正厅里，穿着一件藏蓝色的小立领罩衫。他习惯穿得板正，夏天太热的时候，宁可将空调温度调低，也不愿穿凉快的汗衫。

袁新国提干了以后，当年的小勤务兵程瑞就被他要来留在自己身边，这么多年一直跟着他。程瑞迎到门口，接了季怀槿母女二人往屋里走。他弯下身子，拿了一株半晌前刚从院子里拧下来的向日葵递给季怀槿。

季怀槿在济南的时候也是在部队大院儿里疯跑着长大的，于是驾轻就熟地捧着向日葵花盘，拇指和食指轻轻一扭，就将葵花籽剥下来吃。

程瑞觉得这个女孩儿机灵，笑着摸摸她的头顶。

季怀槿立刻停下手里的动作，嘴里的瓜子皮也不敢往外吐，翻着眼睛怯怯地看着程瑞，脸涨得通红。

过了四五秒，她才飞快地将嘴里的瓜子皮吐进手心里，然后将手攥成拳头藏在身后，恭恭敬敬地叫："外公好。"

程瑞看着她乐了，可同时心里又有些不是滋味，于是拉着她走到司令跟前儿，说："这才是你的外公。"

季怀槿见到袁新国的第一印象就是怕。

这个老人家太不苟言笑，面孔比他正坐着的那张黄花梨木椅还要硬。季怀槿当场就想撒腿往外跑，可是她不敢，只能怯生生地站着，忍受老司令不怎么和蔼的目光落在身上，生生将她的脑门烧出一个洞。

爷孙俩对峙似的僵持了一两分钟，袁新国才从桌上的锦盒里抓了一把大白兔奶糖放在季怀槿手里。

程瑞在旁边看着忍不住想笑，多少年了，司令哄人的手段好像就只有这么一招。

"季怀槿，对吧？"袁新国开口，"八岁……上小学二年级？"

"开学就上三年级了。"季怀槿回答。

袁新国似是而非地"嗯"了一声，忽然想起了什么，面子上有些不好看。

季怀槿不了解这位初次见面的外公，但她有直觉，以后不管怎么样，她和外公恐怕都不会亲近。

袁司令似乎不想再说下去，只是叫程瑞带季怀槿去给她安排的卧室看看。程瑞刚领了季怀槿的手，院子里忽然传来嘹亮的声音："司令，听说

你外孙女儿头回回来，看我带了什么好东西。"

程瑞悄悄告诉她："这是唐团长。"

季怀槿回头，看到一个三十来岁的男人走进门。他的身旁，跟着一个个头儿与她相当的男孩儿。

那个男孩儿就是唐叙。他穿着一件海魂衫，白色球鞋，头发理得干干净净的。

这之后当然就是大人相互之间的各种寒暄。八岁的季怀槿不懂军阶，以为这个嗓门很大的中年人名叫唐团长。她一见唐团长就非常喜欢，因为唐团长给她带来了一只足有半个她那么大的海龟当做见面礼，这只海龟需要两名勤务兵才抬得动。

唐团长对袁新国说："司令，我看你家这池塘常年空着长水草，正好前两天亲戚送我一只海龟，我也没地方养，放在你这儿正合适，就当给孩子玩儿吧！"

袁新国没说什么，当时就命人把海龟放进院子里的池塘。季怀槿得到外公和母亲的首肯后，从乱糟糟的客厅跑出去，蹲在池塘边儿上，捡了一根儿树杈逗海龟玩。

海龟游得很快，而且沉得低低的，没一会儿就不见踪影。季怀槿很无奈，她不想回屋，于是坚持守着海龟等它再冒头，直到腿都蹲麻了，可还是不知海龟去向。

"它躲在水里睡午觉呢，你得想办法让它出来。"

季怀槿一偏头，刚才在客厅里见过的男孩蹲在她旁边。

"你有什么办法让它出来？"季怀槿问。

她没想到自己的一句话引得男孩大笑，"你是乡下来的吧？怎么说话声音这么难听啊？"

季怀槿咬着嘴唇不说话。太阳晒得她忍不住皱起眉头。

"我知道你是季怀槿，"男孩站起来，居高临下地看着她，遮住晒着季怀槿的阳光，"我叫唐叙。"他好像根本没发现自己的嘲笑令季怀槿感到不高兴。

如果唐叙有机会去她在济南的家，季怀槿想，她一定会叫自己的小伙伴儿们揍得他满地找牙。可这儿是北京，她谁都不认识，这让季怀槿产生了深深的自卑感。她安慰自己，算了吧，唐团长送了我一只海龟，我看在唐团长的面子上，可以不跟他一般见识。

虽然心里原谅了唐叙，但那一下午，季怀槿死活就是不肯再开口说一个字。

唐叙不知从哪儿捡来一堆石子儿，往池塘里扔，说这样能让海龟上来。石子投入水面时，发出"咚咚"的声音，像清泉投入紫砂壶一样动听。

季怀槿也想往池塘里扔石子，可唐叙说石子都是他捡来的，如果她想要，必须开口求他。

季怀槿不说话，更不求他，就安安静静在一旁坐着。

他们玩儿了半天海龟，觉得没意思。这时树上知了叫得声嘶力竭，温度计显示气温在四十摄氏度以上。袁子卿担心女儿中暑，想叫他们回屋休息，可是小孩儿好像从来不怕热，唐叙忽然提议要带季怀槿上山里抓蛐蛐。

他们带了竹笼子和纱网，放在一只红色的塑料水桶里，由唐叙拿着，就这样出发了。

人院和后面的山相通，院子里的人进出自由，叫山上的人要想下到院子里来却根本没可能。

山不是野山，旅游发展得好，平时游客众多，尤其秋天观红叶，热闹得很，所以院儿里几乎所有的孩子都被允许随意上山。

唐叙本来是要带季怀槿上山的，他觉得季怀槿是个土包子，肯定没爬过山，殊不知季怀槿六岁的时候就能一口气爬到泰山山顶。

他们在走上军用车道的时候开始疯跑起来。唐叙在前面跑，季怀槿在后面追。季怀槿心里憋着气，一心想要追上唐叙。唐叙是男孩儿，跑得比

季怀槿快，但也有限，可他故意边跑边回头朝季怀槿做鬼脸，非要显示自己好像跑得很轻松似的。

季怀槿心里更来气，紧紧追着唐叙不放。唐叙跑着跑着就累了，但两个人暗地里都较着劲，就这么在树荫蔽日的柏油马路上发足狂奔。

半途，唐叙扔了水桶，白球鞋的鞋带也跑开了。

季怀槿眼看就能抓住唐叙衣服的时候，忽然停了下来。唐叙跑了两步发现她没跟上来，也停下脚步，假装回头看，其实是大口大口地喘气。

"怎么不跑了，你？"他边喘边问。

季怀槿没有唐叙那么狼狈，两根小细腿儿从裤管里伸出来，站得笔直。她指指唐叙的鞋带儿，示意他赶紧系上，但还是不肯说话。

汗水从季怀槿粉扑扑的面颊滑下去，她两鬓柔软的短发被打湿，顽皮地贴在耳朵上。唐叙觉得她浑身都冒着热气，湿漉漉的，连眼睛里都有水纹在荡漾。

唐叙不明白这种新奇的、悸动的、又叫人心虚的情绪是什么，他平时总是和一帮小子玩在一起，他是孩子王，每天只会拿着塑料宝剑和家里擀面用的木棍和其他孩子打打杀杀。在他的江湖世界里，一切都是干燥的，他的嘴唇，他用掌心扬起的沙子，阳光底下对着蚂蚁的放大镜，和从书包里倒出来的数不清的《水浒》人物卡片。

可季怀槿像是烈日下的一摊水，带着滚烫的温度在他面前慢慢蒸发。他觉得自己也很热，口干舌燥，想立刻喝光一公升的冰水。

唐叙其实已经意识到，他对待小伙伴们时的杀伐决断、说一不二，恐怕在这个紧紧抿着嘴、一句话都不肯说的女孩儿面前，彻底失去效果。

他向前走一步，感觉季怀槿散发出的热气将他团团包裹住，唐叙心跳得有些快，他抬了抬手指，对季怀槿说："我之前和你开玩笑呢，你说话挺好听的，真的。我们班好多女生也都这么说话，所以你别不吭声了。"

季怀槿垂下眼睛，眼神不知看向哪儿。

"真的，你要不信，我带你找她们去！"唐叙情急之下胡乱一说，若是季怀槿真追究下去，他找不出任何一个说话带着口音的同学，何况他在班上几乎从不和女生说话。

好在季怀槿想了想，对唐叙摇了摇头。

"那你说句话来听听？"唐叙循循善诱，"叫我名字怎么样？"

那一个下午季怀槿愣是一个音节都没有发出来，最后唐叙特别挫败地跟着父亲回了家。

季怀槿知道自己发音的方式和唐叙不一样。唐叙说话的时候，舌尖微卷，音色透亮，带着胸有成竹的自信。而季怀槿呢，她那些飞快又含混不清的吐字，在唐叙面前，显得有点儿难堪。难怪唐叙会说她是乡下人。

可其实季怀槿不是那么小心眼的人，她不至于为了唐叙的一句话就放弃自己说话的权利。她就是觉得好笑，看唐叙急得在她身边团团转，使尽浑身解数试图让她开口，有种被人关心的感觉。

在这个陌生的地方，能够有人关心多好。

唐叙系好鞋带以后，他们又一路奔跑着折返，半途捡起被丢弃的红色塑料桶。后来唐叙带她到院儿里的小商店买零食，季怀槿身上没带钱，什么都没好意思拿，唐叙则拿了一堆，小浣熊干脆面、浪味仙、卡迪娜，恰好都是季怀槿喜欢吃的。临走的时候唐叙还从冰柜里拿出一桶结着冰碴的矿泉水。

季怀槿在一旁站着，她虽然也想买零食，但她没有钱，于是自知没有发言权。

她看着商店老板一边将那些膨化食品放进塑料袋，一边在计算器上敲下它们的价钱。

"叔叔，老规矩，这些东西都记在账上吧。"唐叙怀里抱着冰镇矿泉水说。

老板拿出一个封皮几乎破旧脱落的大单线本，翻到属于唐叙的那一页，在一连串的数字下面，记上最新的一笔。

"叔叔，您知道她是谁吗？"唐叙得意地指了指季怀瑾，"她是袁司令的外孙女。"

季怀瑾看见商店老板的脸立刻皱成了一朵难看的花，他将记账的本子丢在一边，从柜台里走出来近距离打量起她。

"一直听说司令的独生女在济南，这些年也没见着回来过，"他半蹲下身子，视线与季怀瑾的平行，"小姑娘，你是第一次回来吗？"

季怀瑾差点说"是"，忽然想起自己还在"噤声期"，于是只矜持地点了点头。

老板以为这孩子被惯得骄矜，不爱搭理人，便更殷勤地问："北京怎么样？北京好不好玩儿？"

季怀瑾仍旧只是点头。北京当然好，但好在哪儿，她现在不能说。

老板尝试几次都没能令这位小姐开尊口，只好讪讪地回到柜台里。他拿出记账本子，用圆珠笔在唐叙名下的最后一栏划了一条长长的直线，这意味着他今天赊在这里的款项，就这么一笔勾销了。

老板笑吟吟地送他们俩出去，招手的时候还不忘说："今天可算叔叔请你们的。"

季怀瑾已经懂事，她清楚地知道这几袋零食，以及唐叙怀里不停向外滴着水珠的塑料瓶子，都是用外公的名号换来的。外公虽然凶，而且看上去不怎么喜欢她，却能够给她带来最实际的优惠。

唐叙带着季怀瑾绕到一片杂草丛，夏季疯长的杂草没过季怀瑾的小腿肚。草丛里堆着几个废弃的石桩子，唐叙轻轻一跃，就坐到石桩上，拍拍自己旁边的位置示意季怀瑾上来。

石桩上都是土，唐叙沾了一手的灰尘，毫不介意地抹在自己卡其色的短裤上，留下一个清晰的手掌印。

季怀瑾也跳上去，两人挤着坐在一起，抬手时小臂不经意地磨蹭着。唐叙觉得自己被季怀瑾传染了，他也不想说话，甚至不想像平常一样轻轻拨开草丛，看蚂蚱惊慌逃走。

太阳渐渐落山，两个孩子就这么坐着，安静的气氛当中只有季怀槿咀嚼零食的清脆响动。

唐叙发现季怀槿很贪吃，她很快吃光了两袋薯片，将空空的包装袋压平，叠成两个小小的方格，揣进裤子口袋里。

唐叙什么都不想吃，他只觉得口渴，仰头喝干了最后一滴水，然后跳下石桩，走到不远处一座废弃的防空洞前。

防空洞入口的锁头早就被他和他的小朋友用铁丝撬开了，现在只虚掩着，用几块石头顶住。

唐叙将防空洞的铁门打开，一股霉腐而潮湿的气味扑面而来。他有些炫耀地挥起手臂，用自以为很帅气的姿势将塑料瓶子使劲扔下去，过了一两秒，黑暗当中传来瓶子落地的声音。

他回头看季怀槿，等着那个丫头片子发出尖细的惊呼。上次他们班的学习委员婷婷偶然间看见他和小伙伴往防空洞里丢土炮，吓得坐在旁边哭了足足两个小时。

唐叙觉得自己掷东西的样子很潇洒，转头却发现季怀槿仍旧坐在石桩上，没有了唐叙在旁边，她将两条细腿盘了上来，专心又惬意地吃着手里的零食，根本没有注意他。

她被汗打湿的头发已经干了，直愣愣地垂下，像螳螂细细的腿。唐叙觉得他看见季怀槿的眼睫闪动，带着湿润的触感。

"喂，"唐叙被忽视，自尊心大大受挫，忍不住恶声恶气地叫她，"你过来看看这个。你要是喜欢，我可以带你下去探险，这底下可大了，足有四室两厅。"他诱惑季怀槿。

这底下究竟什么样子，其实唐叙自己也不知道。那里很大，是他听爸妈说的，而且爸妈再三叮嘱他，那儿没有氧气，人下去会窒息而死，所以绝对不能去。

季怀槿终于停止咀嚼，迎着夕阳笑起来。

唐叙真是个傻子，那叫防空洞，顺着台阶走下去，经过一个狭窄的冗

道，便是室内。而且那里根本就没有什么四室两厅，而是更加漫长的、走不到头的通道而已。

济南也有防空洞，她早就去过了。

她在嘲笑唐叙，但唐叙可不知道。他第一次看到这个女孩儿微笑，她露出两颗兔子一样的门牙，眯缝着眼睛，脸有点儿黑，头发跟柴草似的。

可他就是觉得这个女生美呆了。

第五章

遗忘的

事

六天以后，池塘里的海龟忽然不知去向。

季怀槿陪妈妈去走亲戚，早早出了门，再回来的时候海龟就已经不见了。

起初她并没有发现池塘空了，她趴在水泥地边上等着海龟睡醒，等了老半天，只等来老阿姨说："姑娘，海龟已经被团长家的小子抱回去了。"

过了两个小时，唐叙刚背完当日的古诗词，练了钢琴，走出门的时候就看见季怀槿满头大汗地站在楼道里。

"海龟呢？"她问。

唐叙虽然和季怀槿差不多高，但还是偷偷踮着脚，努力摆出一副睥睨的神色，"它在我家浴缸里游得欢着呢。"

唐叙心里得意得要命，这是他苦思了三天三夜才想出的新对策。他找司令要回海龟，趁季怀槿不在家的时候让人把它抱回来。果不其然，季怀槿主动巴巴地来找他了，而且心甘情愿地开口和他说话。

"那是我的海龟。"季怀槿没哭没闹，平静地对唐叙说。

这倒令唐叙觉得有些意外。他抢了她的宠物，她应该一把鼻涕一把泪地骂他是个坏人才对。她怎么能不按照他预想的一样哭鼻子呢？

"袁司令把海龟又送给我，现在它是我的了。"唐叙说这话的时候，感觉有些底气不足。

　　季怀槿没再和他纠缠，而是转身走了，她的塑料凉鞋踢踢踏踏地踩在台阶上，一眨眼的工夫就不见了。

　　倒是唐团长，回家看到在浴缸里束手束脚的海龟，气得抽了唐叙一顿鞭子。

　　唐叙觉得亏得慌，简直是亏大发了，他为了能和季怀槿说上这么两句话，还得挨皮肉之苦。

　　这件事儿原本就这么算了，季怀槿默默吃了闷亏，也没找大人给自己撑腰，更没人追究唐叙。眼看暑假就快要过去，季怀槿的归期也近在眼前，唐叙有一天忽然找到季怀槿，神色紧张地说："海龟不见了！"

　　那只海龟一直老老实实待在浴缸里，害得他们一家子都没法在家洗澡。可是这天早晨唐叙推开洗手间的门，却发现海龟已不知去向，只留了一池子有些浑浊的水。

　　他打电话给爸妈，可他们都说不知道怎么回事儿。尤其是爸爸，在电话里又将他臭骂了一通，说他是浑小子，玩物丧志，没有出息。

　　唐叙火急火燎地找到季怀槿，他虽然知道季怀槿根本帮不上忙，可他打心眼儿里觉得这只海龟是他和季怀槿的共有财产，海龟不见了，季怀槿有权利第一时间知晓。

　　"怎么会不见呢？"季怀槿两条浅浅的眉毛拧起来，睁圆了眼睛，"不是养在你家浴缸里的吗？"

　　"我一早起来它就不见了。"唐叙有点着慌，他觉得季怀槿要怪罪他，可海龟在他那里不见是事实，他百口莫辩。

　　"这样吧，"季怀槿也顾不上自己的口音问题，唐叙自然也忘了嘲笑她，"我们出去找找。它总不至于人间蒸发了吧？"

　　"好！"

　　唐叙叫来院里的玩伴，组成了"找海龟小分队"，拿着手电、树枝儿等家伙什，开始在院子里进行地毯式搜捕。

　　海龟虽然不会人间蒸发，但要想在这么大个院子里找到它，几乎是不

可能的事。

其中一个岁数小一些、刚上一年级的男孩失去耐性，将树杈往旁边一丢，喊起来："海龟又没有腿，怎么可能自己爬出去，它肯定是死了被阎王老爷带走了。"

他这么一说，其他孩子都觉得信服不已。原本进行这枯燥乏味的搜索，就是迫于唐叙长年的积威，现在既然有人出头，他们都耍赖似的坐在地上，再也不肯走一步。

小伙伴们倒戈，唐叙感觉特别下不来台。他扯着自己的衣领，有些烦躁地说："你们不找，我自己找！"他捡起地上的手电筒，别在腰上，独自落寞地出发了。

他以为季怀槿会跟上来，故意走得很慢，可是左等右等都等不来她，偷偷拐回去看，发现季怀槿已经趴在地上跟他的朋友们玩起了弹球。

季怀槿弹球玩得很好，屡屡博得喝彩，已经有两个小子围着她问长问短，霸占了她身边原本应该属于唐叙的位置。

唐叙恨得牙根痒痒，狠狠在心里记了他们一笔，想着等到开学一定要找机会报复回来。此仇不报，他就不是英雄好汉！

可是英雄好汉唐叙现在面临着一个严峻的问题。大话已经放出去了，如果他不替季怀槿找着那只海龟，不好交差还是小事儿，可岂不是显得他很没本事？

他偷偷找来唐团长手底下几个岁数小的勤务兵，威逼利诱抖威风，什么招数都使了，就想让他们帮着一块找。唐叙想，他们是大人，做起事儿来肯定比那几个小子要靠谱多了。

那天唐叙他们一直找到过了晚饭点儿，也不知道是谁告了密，唐团长得知唐叙暑假作业都没写，拉着他手下人去找什么海龟。

唐叙精疲力竭地回到家，就看见父亲冷着脸坐在沙发里。

唐叙知道今晚又少不了挨板子，男子汉大丈夫，眉毛都不皱一下，直接走过去朝他爸爸伸出手掌心，眼睛一闭，颇有一种英勇就义的意思，

"爸，您打吧。"

最后板子一定是没落下，唐叙挨完打，熟门熟路地从医药箱里翻出紫药水，用棉签蘸着擦在手上。

唐团长看着儿子，叹了口气，才缓缓说："别和司令家的女孩儿走得太近，再过两天她就要回去了，从此你是你，她是她，未必还有机会再见。"

唐叙背对着爸爸，手上擦药的动作只稍稍停顿了一下，又恢复如常神色。

八岁男孩的世界没有大人那么复杂，那一刻唐叙想的是，季怀瑾很快就要走了，他一定要在她走之前，找到那只海龟。

回济南的日子很快就倒数变成最后一天。母女俩是晚上十点的火车，袁子卿一早去市里买特产，季怀瑾自己在外公家待着，正觉得无聊，唐叙就找上门来。

她和唐叙穿过卫兵把守的侧门，来到铁丝网外的山坡上。

唐叙知道这是他们在一起相处的最后一天，他当然难过，不过这种难过更多地来自于马上就要开学这个事实。

他还没看够山上新栽的枣树和小核桃树，那双能用肉眼测量的、一日比一日更长的腿，还没来得及撒开脚步踩过男孩子那如落叶般堆积的好奇心，他就要重新戴上红领巾，穿上他一点也不喜欢的那双有橡胶钉的足球鞋。

还有他新得到的两道杠的袖标，戴在胳膊上沉甸甸的，让唐叙觉得十分碍眼。他是一个鬼机灵的男孩儿，不喜欢大人强加给他的责任感。他觉得自从有了"班长"这个头衔以后，自己就逊爆了，再也不能随心所欲地溜进车棚拔隔壁班傻大个儿的气门芯了。

他还得忍受那个说话娇滴滴的副班长成天在他耳边八卦："你说谁谁是不是喜欢我啊？不然他为什么要隔着一个人来管我借橡皮？"

唐叙觉得这种话特别蠢，说这种话的女生更蠢。所以季怀槿对他来说是不一样的，因为她基本上都不怎么说话。

按说她不说话，应该正合了唐叙的心意，可唐叙就非得犯贱似的，想方设法逗着季怀槿说话。

他那会儿还不明白，人与人之间相处的角色并不是从一而终的。他在别人那儿高出一头去，也阻止不了他就在季怀槿这儿矮下一头。

别人捧着他，巴结着他，可季怀槿不稀罕他。

唐叙没带季怀槿走大路，而是特意挑了他平时走得最熟的小径。路两边都是他叫不上名字的植物，恣肆侵占着原本就仅能容一人通过的山路。

唐叙走在前面，想着自己先上去，再回身接季怀槿一把。他好容易手脚并用地爬上去，还没来得及逞能，紧随其后的季怀槿就不耐烦地说："你爬得太慢了，要不让我走前面吧？"

唐叙停下脚步，错愕地看着季怀槿像只矫健的野兔一样，一下子从他身边儿蹿了出去。

小小年纪的季怀槿，总能轻而易举地出乎同样小小年纪的唐叙的意料。

他们生长的环境是相似的，却又大相径庭，所以唐叙并不以为她是个异类，却觉得她很异类：如果季怀槿不是也长在都是同龄孩子的部队大院，她就不会知道怎么玩弹球，怎么用弹弓子崩鸟，也不会知道什么是防空洞。如果是那样，她可能就会乖乖地跟在唐叙身后，适时地露出羞赧的神色，在他做了什么自以为很帅的事情时，叽叽喳喳地称赞他。

唐叙盯着季怀槿的背影，忽然有那么一刻，觉得他那个从来正确的爸爸说得不对。

他还会再见到季怀槿。

一定的，就在这个夏天过去以后。那会儿他一定也已经学会如何驾驭家里那辆高大的永久牌二八自行车。

季怀槿灵巧地躲开带刺的树枝，树上结着一串串红色的小果子，她的头发蹭着它们跑过去的时候，脸也跟着红了起来。

她怎么突然就脸红了呢？连她自己也不知道。

北京好久没有下过雨了，气压低得使人发慌。两个八岁的孩子没有足够的生活经验，自然不知道天空中正酝酿着一场苦尽甘来的倾盆大雨。

季怀槿微不可闻地喘息着，停下脚步四下打量，这里已经是半山腰了，以她的判断，再往上走路会越来越陡，而且越来越险。

季怀槿一手支着眉头往远处眺望，这里视野开阔，俯瞰下的北京城像个四四方方的纸盒，庸庸碌碌的人们在其中如蝼蚁般辛劳。季怀槿忽然觉得北京已经不再如初见时那么可敬可畏了。

"看什么呢？"唐叙追上来，也学着季怀槿的样子远眺。但他看的不是京城，而是旁边另外一座山峰。那座山和这里不一样，是座野山，只有有经验的登山爱好者才去攀登。

在唐叙心里，那座郁郁葱葱的青色山峰是神圣的，它静静地矗立在那里，岿然不动，却威风凛然。

这是男孩儿和女孩儿眼里的世界，带着性别色彩，只有它们相加时，才能真正称之为"世界"。

季怀槿虽然贪玩，到底还是个女孩子，心里记着不到半天就要回济南，不能在外面玩得太晚，但她又不想那么早回去，于是捡了块石头坐下，问唐叙："我妈说晚上外公要在贵宾楼请客吃饭，你会去吗？"

唐叙留恋地将目光从对面的山上挪回来，看了季怀槿一眼，"应该不去吧。"他今天跑出来和她玩，又是压了一堆的作业、练琴、背诗和写大字，估计得忙活一晚上了。

他想着如果季怀槿邀请他的话，他倒是可以考虑去坐一坐。这样的饭局他没少参加过，席间应对得体，让所有的大人都对他交口称赞，应该也算得上自己的一项特长，可以拿出来在季怀槿面前显摆。

他得意洋洋地盘算着，可是没想到季怀槿突然在旁边尖叫起来。

原来她尖叫的声音和所有的女生并无二致，高分贝的嗓音和声带振动像魔音穿脑。唐叙连忙捂住耳朵，"你叫什么叫啊！"

唐叙看见季怀槿惊恐的眼神，嘴唇颤抖着却说不出一句话。她的尖叫持续不停，穿过沙沙作响的树叶，一直响彻半山腰，凄厉又恐怖。在此之前，唐叙根本不相信季怀槿也会有这种惊恐如受惊的驯鹿般的神情。

他被这声音吵得头脑发热，眼眶发涨，立刻跑上前去捂住她的嘴，可是季怀槿身子轻轻一扭就躲开他。她动作缓慢地蹲下身子——就在方才唐叙站的地方的后面——然后用手拨开低矮的树枝和杂草。唐叙这才明白她突然失声尖叫的原因。

他们就这样不期然地找到了那只海龟的尸体。

唐叙蹲到季怀槿身边，看着它被阳光曝晒出一层白碱的龟壳，冷静地在心里分析着它的死因。

毋庸置疑，海龟是干死的。唐叙并不知道海龟生存的盐水和普通淡水的区别，他只从这只龟干瘪皲裂的身体看出它死前应该很渴很渴。海龟的龟壳似乎受到撞击，劈开一条致命的、无法弥补的裂纹。它的尸体半翻着，扎进泥土里，头部痛苦地伸长又垂下。唐叙仿佛能看到它临死前无力而绝望的挣扎。

他和季怀槿谁都不明白这只海龟为什么能独自爬行这么远，唐叙甚至疑心是他爸爸派人将海龟"弃尸荒野"的。其实他冤枉唐团长了，堂堂团长不至于到和一只龟较真的地步。

这只倒霉的海龟真的是自己从唐叙家的浴缸里爬出来的，它虽被淡化，但是对于唐叙家浴缸那恶劣的生存条件忍耐到了极限。它挥舞着短小的四肢，从浴缸里摔了出来，一路稀里糊涂地逃命到了山上，最终却因为失足跌落而丧命。

它在以长寿闻名的海龟界绝对算是早夭，不过唐叙和季怀槿看它个头那么大，以为它也差不多该要寿终正寝了。

唐叙提议将海龟就地埋了，征求季怀槿的意见，可是季怀槿一下子哭了起来。

她的哭声如雷，眼泪噼里啪啦往下落，不论唐叙在旁边怎么安慰都不好使。唐叙第一次见一个女生哭得这么有耐力，而且投入，她沉浸在自己悲伤的世界里一发不可收拾。唐叙感到手足无措，不知道是由她去哭个痛快好，还是安慰她逗她开心好。

他也不是没见过女孩儿哭，之前他们班的学习委员在他面前哭了俩小时，他都当是提前过新年放炮仗了，除了确实吵点儿以外，没有什么过多的心理负担。可是这个小祖宗哭起来，他觉得整座山都跟着晃。

唐叙拿哭个没完的季怀槿没辙，只好找来一块大石头，自己动手松了松土把海龟埋了，临了还用脚把土堆踩实了。

埋海龟的过程足有二十分钟，这期间季怀槿虽然不再号啕大哭，但一直抽抽噎噎地没停。最后的最后，唐叙抓起一抔土撒下去，学着电影里头的台词，说："安息吧，海龟。"

十秒钟后，他气得恨不能抽自己的嘴巴，因为好不容易有安静下来趋势的季怀槿听到那句话，再次放声大哭。

季怀槿的肺活量惊人，实在太惊人了。那天，因为她停不下来的哭声，贵宾楼的送行宴被搅黄了，季妈妈带着她还差点误了火车。

唐爸爸以为唐叙欺负季怀槿，而且还是恶毒地欺负了——不然一个小姑娘怎么至于哭成那样？

唐叙被揍得儿大坐不了椅子，腰也肿了，连十根手指都在他的"护臀行为"当中被擀面杖打破了，流了满手背的血。

唐团长恨恨地说："叫你别去招惹司令家的外孙女，你非不听，看我不把你揍个半死！以后你一辈子都不许再见她，听明白了吗？"

唐叙挨打的时候，为了不发出哀嚎声，忍得很辛苦，刚换全的恒牙被咬得咯吱咯吱作响。

经过这次惨痛的白骨再肉、枯树重花以后，唐叙对季怀槿的感情变得复杂起来。如果说一开始他对她尽是好奇和期待，那么现在可能还夹杂着

那么一点点恨。

他不明白自己抢走海龟的时候她为什么不哭，得知海龟走丢的时候为什么不哭，却在原本就没有希望只是恰巧看到它死去时哭得那样疯狂。

她明明之前对任何事都表现得那么不在乎，却非要在最后一天哭着离开北京，这中间误会之深，让唐叙百口莫辩。

后来，夏天过去了，唐叙也开学了。再后来，秋冬更迭，唐叙的伤早就好了，稚嫩的小屁股上看不出一点挨过打的痕迹，他在学校里又交了新朋友，拿了好几个三百分，寒假前被评为市三好学生，春节收了六千块压岁钱。

时间静静漫漫过去了几年，他早就忘了从前那个哭功惊天动地的女孩儿，也忘了他们两人在夏天的故事。

可有时夜深人静，或他独自在夕阳下的操场跑步时，总能听到耳边传来的若隐若现却撕心裂肺的哭声。唐叙以为自己精神压力太大，以至于出现幻听，试图让自己放松下来，可当他排除杂念，那声音却离他更近了。

唐叙忽然意识到，那声音缠上了他，如幽灵般在他周围飘忽不定。

这件事儿一直困扰他，直到他升了初中，进了学校重点班，把眼前所有的头等大事都逐一解决了之后，那声音还是没饶过他。

在所有人眼里，唐叙学习好，体育好，琴棋书画样样都行，难得的是没事儿还爱在学校打个无伤大雅的小架，让唐妈妈对他的性取向百分之百放心以外，也满意于他不窝囊、不服输的性格。学校里的女生三天两头在他面前玩友好装晕倒，往他位斗儿里塞纸条的事也不是没干过，可唐叙愣是当没看见一样。

唐叙表面上看起来是这样一个刀枪不入的小伙子，可他身上致命的弱点只有他自己知道——他有严重的幻听。他甚至觉得自己被人诅咒，要常闻哭声直到天荒地老，这绝对是个可怕的诅咒。

一切疑团与痛苦折磨，没人料到会在某一天真相大白。

那天和平常没什么两样，唐叙骑着他新买的越野山地车来到学校，在早读之前招呼着各科课代表收作业。

那天的第一声上课铃响起，班主任走进教室。唐叙喊了声"起立"，全班同学齐刷刷地站起来，拖着长音说"老——师——好"。

所有的步骤都有序地进行着，熟悉得让人闭着眼也能应对自如。可故事的转折就是从这里开始的，跟着班主任老师进来了一个女孩，没穿校服，背着一个米色的新秀丽书包，穿一双白得发亮的锐步运动鞋，扎着马尾辫，额发茂密，眼仁儿雪亮。

班主任将她拉到讲台上，向全班介绍她。然后那个女生笑着和大家打招呼，她机灵的大眼睛扫过在座每一个人，嘴角高高扬起。

她简短地做了自我介绍，然后偏过头去看着老师。

班主任环视了一下，伸出的食指最终指向唐叙，"加个位子，就坐唐叙前面吧。他是咱们班的班长，你刚来，有什么不明白的都可以问他——唐叙，你把位子往后错一个儿。"

扎着马尾的女生走下讲台，来到唐叙面前。唐叙忽然觉得口干舌燥，耳边嗡嗡的少女的哭声前所未有地明朗。

他直勾勾地看着眼前的女孩儿，她目光中荡漾着粼粼波纹，在白炽灯的照射下，显得亮晶晶又湿漉漉的。

女孩发现唐叙盯着自己看，很大方地朝他挥挥手，打了个招呼。

"你好，我叫季怀槿。"

唐叙耳边瞬间爆发出巨大的哭声，震天撼地，如洪水猛兽般向他袭来。与此同时，那年夏天山上的阳光透过一层又一层树叶，一下刺得他睁不开眼。

第六章

重逢的

事

　　季怀槿阔别多年又从天而降后的第二天，唐叙就发现她已经不记得自己了。

　　他不是没有怀疑过季怀槿看着自己时，眼神坦然得甚至存在着一些虚假的成分。他以为季怀槿故意装作不认识他，其实心里早就有了许多关于他的小阴谋诡计。但很快，他这样的念头就败下阵来，因为第二天上午的课间，季怀槿从外面进班后，就犹犹豫豫地走到了唐叙面前。当时他正向后仰在椅背上，双手做出投篮的动作，见季怀槿看着自己，一下没有掌握好椅子腿儿的平衡，差点就整个人栽到后面去。

　　他扶着教室后墙上的黑板槽艰难地恢复平衡，故意面无表情又客套地问："季同学，什么事？"说完他当然在第一时间意识到自己的开场白是多么的老套，于是不自然地抿了抿嘴。

　　不过季怀槿并不甚在意，事实上她比唐叙更尴尬。只见她稍微探了探目光，乌黑的眼珠飞快扫过唐叙摆在课桌左上角的课本封皮，终于慢慢悠悠地开口道："唐斜，放学你能不能带我去一趟定做校服的地方？"

　　唐叙差点一个趔趄从椅子上摔下去。

　　"我晕，你叫我什么？"他故意用了当下最时兴的网络流行用语，也算是为刚刚的丢脸扳回一城。

　　"唐……不是唐斜吗？"季怀槿开始还有点不好意思，但眼见自己穿了帮，索性光明正大地端详起唐叙课本封皮上的签名，"哦——是唐叙啊，你字写得太草了，不能怪我。"

唐叙看着眼前这个古灵精怪的女生，感到哑口无言。她从前的羞怯不见了，眼神直直、略带不耐烦的嚣张不见了，甚至连一口地道的济南口音也不见了，取而代之的是这个活泼、鬼马、普通话标准却变得陌生的季怀槿。她仿佛脱胎换骨，不再会尖叫，也不再嚎啕大哭。她强加给他的后遗症，多年后变成他一个人无药可医的病症。

这女孩儿太自私了。她害惨了他，却先把他忘了。唐叙忍不住咬牙切齿起来。

"我凭什么要陪你去？"他斜起一对眉毛，故作疾言厉色地问道。

"教导主任说校服已经没有我的号了，等做校服的地儿送来要下个礼拜了，所以让我自己去问问还有没有存货，说是离得不远，让班长带我去就行，你不去算了，我找段梓棋陪我一起去吧。"

说完，季怀槿扭头走开了，以至于当唐叙气鼓鼓地憋出一句"段梓棋是副班长"的时候，她早已不知去向。

季怀槿真的不跟他客气，放了学果然就去找段梓棋。

一直以来，在选班长这件事儿上，所有的班主任似乎都喜欢遵循自古"男女搭配，干活不累"的定律。可唐叙和段梓棋不是，他们非但同性别，总是班里的前三名，篮球场上的好搭档，羽毛球比赛最有力的竞争对手，也是要好的朋友。唐叙求他妈妈出钱新换的那辆富士山地车，还是段梓棋拉着他到北新桥买完又一路骑回来的。而他和段梓棋之间的兄弟感情，一向是基于段梓棋的屈居其下与甘心陪同。

现在段梓棋突然在一个搞不清楚状况的转校生那里变得与他同等重要，唐叙觉得自己有点儿受不了。他毕竟是正班长，身上的责任就是要比副班长大了那么一些，正是这略胜一筹的头衔，使唐叙认为自己十分有义务要确保这两个离校不直接回家的同学能顺利完成他们各自的任务。

他于是飞快地跑到车棚取了车，往外走的时候因为太急着追赶那两个已经走出校门的人而撞倒了站在一旁的值周生。

这是二〇〇四年的四月，正午日头带着春意，早晚起风时气温却有点低。

这天，唐叙没有按照妈妈的叮嘱，放学后在校服里加一件卫衣再回家。卫衣被他胡乱塞进书包里，校服领子里露出雪白又单薄的T恤。他的运动水瓶儿的瓶嘴没有盖好，在书包侧兜里随着颠簸向外洒着水。脚上锃亮的白色漆皮乔丹鞋被自行车的脚蹬划出一道黑印儿，要搁平时，他非得心疼死。

唐叙猛地向前蹬了两下，然后松开车把，让自行车流畅地从季怀瑾和段梓棋身边滑行出去。他没有停下，也没回头看他们，却期待着他们之中能有人叫他一声，给他一个光明正大打量季怀瑾，彻底看透她的心，以及她诡计多端的小脑袋的机会。

可是并肩走着的两个人有说有笑，愣是对他熟视无睹。

这年唐叙十三岁，季怀瑾十三岁。他就想知道她到底记不记得他。

她怎么能忘了他？

季怀瑾和段梓棋走进校服定制店后，唐叙骑着车从角落里拐出来，车头一翘，灵巧地下了便道，往马路对面的麦当劳骑去。

他把车停在背面，然后偷偷溜进快餐店。

打眼儿一看，麦当劳里全是和他穿着同样校服的学生，三三两两地喝着可乐吃着冰激凌。

唐叙到点餐处排队，轮到他的时候，点了一份儿童乐园餐。

从这家儿麦当劳开到山脚下那一天起，唐叙有事没事就喜欢进来要一份儿童乐园餐，随餐赠送的各式各样的玩具已经填了满满一柜子。他不觉得自己一个大小伙子点儿童餐有什么不对，相反，他觉得这是一件很浪漫的事情。如果将来他有了女朋友，有了老婆，生了闺女，他就把玩具送给她们。

想到这，唐叙忽然有点儿脸红。怎么就想到女朋友那儿去了呢？那是大人才有资格提的事儿呀。

与此同时，旁边点餐的队伍里有一个恬静的声音对着柜台说："您好，请给我来一份儿童乐园餐。"

唐叙和陆柳濛同班也有半年多了，今天还是头一回仔仔细细地瞧她。她是年级里早就传得神乎其神的班花儿，据说全班百分之八十的男生都喜欢她。

唐叙承认她确实挺漂亮的，能让他转头的那一刹那，刀枪不入的心脏也猛地充满了热血。

唐叙心想，她真是比季怀槿漂亮多了，她的头发怎么那么柔顺，像瀑布一样披下来；她的额头怎么那么饱满；她从钱包里翻出零钱的动作怎么那么温柔……她钱包里的钱怎么那么多……

"坐在我前面的要是陆柳濛，不知道得比季怀槿强多少倍。陆柳濛和季怀槿，简直是小龙女和李莫愁的区别——不，是小龙女和傻姑的区别！"唐叙痴痴地想着，直到陆柳濛也转头看到了他。

"这么巧啊，班长，和谁来的？"陆柳濛朝他微笑，腼腆，却一点儿都不矫揉造作。

唐叙在心里一千遍一万遍地问自己，快一个学年了，他怎么今天才注意到陆柳濛？才发现她美丽得像笛音一样婉转而透彻。

"我自己来的。"唐叙帅气地阖上钱包放进校服口袋里，原本打算走了，忽然头脑一热，回过头来问陆柳濛，"要不要一起？"

他们二人坐在靠窗一个非常显眼的座位上。

唐叙跟陆柳濛面对面坐着，面前摊着一模一样的食物，像约会一样。

他俩并不熟，在学校说过的话不超过三句，而且这位大名鼎鼎的唐班长不爱理女生在年级里也是尽人皆知。他为什么会突然邀请自己，陆柳濛

心里明白。

家长总以为他们还是孩子，可十三岁的他们自己心里清楚，那些有关男女、爱情、一切模棱两可的情感，都正在他们面前一点一点褪去神秘的面纱。

唐叙将目光放在手边的麦乐鸡上，表面上有点尴尬，心里却挺高兴。

他高兴有两个原因。一是等一会儿季怀槿看到他们，就知道他是因为放学约了陆柳漾才不带自己去买校服，她一定会自惭形秽，认为自己被班花陆柳漾比了下去。二是段梓棋抢走了原本应该由他来带的季怀槿，但他唐叙是谁啊，他可不稀罕季怀槿，他有本事和全班最漂亮的姑娘坐在一起。

唐叙往嘴里送了几根薯条，得意洋洋地看着季怀槿和段梓棋从远处走来。

他知道他们一定会来的，因为在定制店门外的时候，他听见段梓棋约季怀槿一会儿到麦当劳里来吃苹果派。也就是从那一刻开始，他心里奇怪而隐秘的小因子翻腾起来。唐叙几乎是没有犹豫地便走进麦当劳，甚至没想好一会儿要怎么面对自己的朋友和那个不解风情的转校生。

终于，季怀槿和段梓棋推门走了进来，这一切都没能逃过唐叙的眼睛，包括段梓棋看到他们时诧异的神情。

"你们怎么在这儿？"段梓棋问。他的刘海梳向一边，头顶有几根短发微微翘起来，他眉头虽皱着，碎发却在空中轻轻舞蹈。

唐叙大剌剌地跷起腿，抬头看向段梓棋，问："你们呢？"

"教导主任让班长带我去买校服。"说话的是季怀槿，她特意强调了"班长"两个字。

唐叙仿佛这才看见站在段梓棋身边矮了他半头的季怀槿，抄起手来好整以暇地问："那校服呢？"

连陆柳漾都听得出，他的口气轻蔑，带着不屑一顾的腔调，说话时眼皮都懒得抬起来。

季怀槿倒大大方方地摊了摊手，"店里也没有了，还是得等到下礼拜。"

唐叙还想说点什么，季怀槿却没给他这个机会，她转头拽了一下段梓棋的袖子，"这点儿我妈应该已经做好饭了，要不苹果派就别吃了，你到我家吃晚饭去吧。"说完，她从兜里掏出一部手机，作势要打电话。

唐叙一看，好家伙，诺基亚7200，两个月前才刚上市的新款，在北京货还没铺全呢，季怀槿就像拿个玩具一样拿着它上学来了。唐叙喜欢这款手机，因为它是诺基亚生产的第一部翻盖手机，表面有皮质拼接，和以往的直板机都不一样。

他从季怀槿的手机，联想起她那位做司令的外公。唐叙听说袁司令年底就要退了，唐叙不知道季怀槿这个时候出现是不是个巧合。

事实上季怀槿一家搬到北京确实是有原因的。季怀槿的父亲季准和老爷子一直不睦，但眼看老爷子要退休了，袁子卿作为青年丧母的独女，自然要考虑日后老人的赡养问题。就算袁将军血性高得很，总归也逃不过生老病死。

所以袁子卿终于在袁司令快要退休前，放下身段，求他给活动活动，把季准调到北京来，这样他们一家才住进了大院儿。

可是袁司令虽然把女婿调到身边来了，又不愿在临退前落人口实，于是只给安排了一个连队党支部副书记的职务。济南好赖也是大军区，调过来的中校只担任个连级的政治副官，季准不论是资历、年纪，还是军衔，都要比同事大上不少。

可这不妨碍他乐知天命。

季怀槿带着段梓棋回到家的时候，桌上已经摆好了晚餐。季家父母都是很开明的人，对于开学第二天自己闺女就领回家一个小伙子这事儿，他们权当做是季怀槿在学校还算吃得开。尤其是季父，兴致上来了非要拉着段梓棋喝两杯，袁子卿忍不住埋怨："孩子才十三岁，你怎么好意思拉着人喝酒？"

"十三岁已经是大人了，我们家墨墨三岁的时候就尝过我的琅琊台了，是不是？"季准笑呵呵地看向季怀槿，"再说，我们山东汉子，会走路的时候就会喝酒。"

季怀槿三岁的时候是误喝过她爸的白酒，一大口灌下去，被辣得七孔冒烟，当时就吐出来了。

不过让段梓棋感兴趣的却不是这个，他问季怀槿："你的小名叫墨墨？可你名字里并没有'墨'字啊。"

"'我家洗砚池边树，朵朵花开淡墨痕。'这首诗你知道吗？"她问。

"王冕的《墨梅》。"段梓棋不紧不慢地对答。

季怀槿倒是惊讶了，这个副班长还挺厉害。这只是一首题画诗，品类刁钻，又不负盛名，在茫茫诗海里发现并记住它，不算一件容易事。

季怀槿伸出右手小指递到段梓棋面前，"我的小名只有爸妈能叫，所以这是秘密，不要说出去。"

段梓棋笑了笑，觉得这姑娘单纯得有些幼稚，不过一个名字而已，叫什么其实都是一样的。但他还是和季怀槿拉了钩，拉钩上吊一百年，最后还任由她在他的拇指上盖了章。

季怀槿这边和新认识的同学一起，晚饭吃得挺愉快，可唐叙就没这么好运了。

他和陆柳濛从麦当劳出来以后就想回家，刚走了两步就被陆柳濛叫住。

"你不送我回家么？"她问。

唐叙面子薄，女生都这么说了，他也没好意思拒绝，只好取了车和陆柳濛一道走。

陆柳濛的父母是上班族，不住在大院儿里，以前和爷爷奶奶住在东四的胡同里，一年半前才刚搬到附近新开发的楼盘，户口都还没迁过来。

她平时坐三站公交车上学，如果步行的话，大概需要半个小时。唐叙哪里知道这些，傻头傻脑地被陆柳濛带着走了将近四十分钟才到家。陆柳濛腼腆地跟他道别的时候，天都擦黑了。

唐叙心想这绝对是第一次也是最后一次送女生，尤其是住这么远的女生回家，他这么想也就这么说了。陆柳濛微微一怔，但很快笑起来，"好，这次算我欠你的，下次换我送你回家。"

唐叙支支吾吾地别过陆柳濛，飞快地骑着他的山地车往家赶。他一路都在想，到底是什么地方不对，为什么他在和陆柳濛独处的这段时间里，浑身都感觉不自在，一句话也不想说，而且格外烦躁，路过施工工地的时候还想一脚把她踹下去。

陆柳濛明明是那么好看的女孩子，可他为什么就舍不得为她分泌一点肾上腺素？

唐叙气急败坏地回到自己家，爸妈已经吃完晚饭。

唐家家教很严，几乎完全照着袁司令教育袁子卿的那一套来。唐叙从小睡硬板床，家里的"沙发"是紫檀木椅，一切习惯均是几十年如一日坚持下来的。

唐妈妈曾一度担心这样的强压会让孩子失去少年的灵气，而事实证明这套由袁司令发明的教育方法并不成功，不但培养出了袁子卿的反骨，也没能成功磨灭唐叙的气性。

唐妈妈老早就偷偷拨了饭菜给他留下，如果按照唐爸爸的观点，错过开饭时间就活该饿肚子。从前的唐团长现在已经是准将，负责部队后勤，他一辈子没参加过任何战役，却从袁司令那里沿袭了"中越战争"老将的严谨传统。

唐叙胡乱扒拉了两口饭，走到客厅去和他爸说："袁司令的外孙女转学到我们班了，您知道吗？"

唐爸爸没有抬眼，仍旧盯着报纸，只点了点头。

唐叙没有得到回应，正转身要走，唐爸爸却开口："平时在学校你多帮帮她。"

虽然事隔多年，可唐叙还清楚地记得当初他爸并不愿让他和季怀槿来

往，可这回季怀槿搬来，连他爸的态度都不一样了。唐叙心里乐起来，帮她？没可能。他不整她就不错了。

可能是唐叙发力过猛，对季怀槿的排斥表现得太明显了，很快唐大班长对新来的女生看不顺眼的消息就在班里不胫而走。段梓棋听说了，陆柳濛听说了，在女厕所对其他女生讲着八卦的季怀槿的同桌骆优自然也听说了。

骆优一向和陆柳濛要好。她不但知道唐叙讨厌季怀槿的事儿，还同时知道了他曾经送陆柳濛回家。但不知为什么，这一爆炸性新闻居然在全班的八卦中心骆优那里被压了下来。

周一的升旗仪式上，季怀槿因为没穿校服，被主席台上的校长点了名，后来是班主任老师跑到前面去解释才最终解决。

虽然是一件小事，却让季怀槿那种久违了的格格不入的不安全感再次袭来。她从来没有哪一刻像此时一样渴望穿上校服，遁形在人群里。

她刚来到一个相对陌生的城市，面对一群看起来不怎么友好的同学，许多课程跟起来也吃力。她不会轮滑，学校却偏偏开了轮滑课；做操的时候她比别人慢半拍的动作显得无比笨拙，这一切的一切，终于以被校长当着全校学生的面点名为导火索，噼噼啪啪地迸出火星。她感觉到把自己裹得死死的保护在褪色，她开始感到失落、孤独、煎熬，又有一些对未知的恐惧。

恰好这个时候，又蹦出一个讨人厌的班长，在她身后冷嘲热讽，生怕同学们异样的目光击不垮她。

上语文课朗诵课文，唐叙就向老师推荐季怀槿。他不知道季怀槿站在讲台上拿着语文课本的手在微微发抖，但所幸整篇课文被她流利地念下来了，唐叙有点失望，季怀槿的发音标准，甚至比他念起来还投入感情。

那是因为他同样不知道，这样一篇简单的课文，季怀槿在家预习时朗诵了多少遍。

几次下来，大家在潜意识里似乎都将"转校生"和"课文"联系在一起。骆优是语文课代表，有时早读都会叫季怀槿来领读。季怀槿想推脱，骆优却说："这是多好的表现机会。"

季怀槿明白，她这是在说："我让你出风头，你怎么不领情呢？"

学期末学校最后一个比赛是年级里的"朗诵大赛"，每班推选一个人参赛，先朗读固定的参赛课文，再读一篇自选课文，最后再由老师现场给出文章朗诵。朗读完毕后，还要回答几个文学常识问题，有可能还需要即兴创作。

语文老师让全班推荐一名同学去参赛，唐叙率先阴阳怪气地在后面叫起来："必须是季怀槿啊！"

几个平时和唐叙玩得好的男生也跟着起哄，班里一时乱七八糟的，不过听到最多的就是季怀槿的名字。

语文老师对季怀槿还不算了解，但至少知道她绝对不是成绩最优秀的，于是问课代表骆优："你觉得推荐谁比较好？"

骆优其他成绩平平，语文却突出的好，单科成绩保持在九十五分以上不是难事。她偏过头，看了季怀槿一眼后，慢条斯理地站起来对老师说："季怀槿一直是领读，我觉得季怀槿挺合适的。"

于是可怜的季怀槿就这么稀里糊涂地成了全班一致推举出来的参赛选手。朗读比赛和运动会、奥数比赛都不一样，拼的是软实力，并且这恰恰是季怀槿最薄弱的环节。

如果唐叙有幸得见季怀槿抱着一本厚厚的《新华字典》对着穿衣镜纠正发音的样子，不知道他还能不能笑得出来。正式成为朗诵比赛选手之前，季怀槿每天要抽出二十分钟的时间，照着《新华字典》逐字逐句地念。每当这时候袁子卿就坐在客厅里，遇到她念错的地方及时更正。现在季怀槿不但将普通话练习时间延长到四十分钟，还要再额外花上半个小时熟读必选和自选课文。

有时念到汗流浃背、口干舌燥，季怀槿就瞪着镜子里的自己，怪自己

不争气，为什么每个人都能轻易说好的普通话，对她来说那么难。她甚至把镜子里那个脸很臭的自己想象成是唐叙，怨毒地对着"他"用口型骂一些从来不敢说出口的脏话。

这就是季怀槿不可告人的小秘密，她的普通话比五年前好了一些，但终究还是有限，之所以到现在都没有穿帮，是因为她每天都在加紧练习，对于没有把握的吐字，宁可选择沉默也不会说出口。

这是她自我孤立的源头，也是自我孤立的恶果。

"朗诵比赛"的预赛这天，是季怀槿的生日。她已经穿上簇新的校服，坐在阶梯教室里。比赛利用班会课进行，全程直播，也就是说，初一年级每个班的每个人都能看到她。

季怀槿双脚僵硬地并拢，紧张得直想上厕所。她身旁坐的是隔壁班的女生，面容带笑，季怀槿就觉得她是在嘲笑她。

比赛开始后，很快就轮到季怀槿，她选的课文是《从百草园到三味书屋》，虽然怯场得胃都搅和在一起，可唐叙透过壁挂电视看到的季怀槿，却镇定有余。

唐叙内心很复杂，他看着季怀槿捧着课本，睫毛像伞一样在下眼睑打开，单薄的身体里却发出清脆洪亮的声音。他努力克制着自己不要被这样恬静的她蛊惑，季怀槿应该是尖锐的，像她的哭声和叫声一样嘈杂。

可唐叙又无力地发现，自从季怀槿出现后，他的幻听竟然不治自愈。折磨了他那么久的老毛病，季怀槿不费吹灰之力就做到药到病除。

唐叙不愿意承认，又无从否认。于是他的眼睛更紧紧地追随着季怀槿，直到她乖巧地鞠躬，头埋进宽大的校服领子又抬起，轻盈地走下台，唐叙始终盯着她，不错过任何一个捕捉到她的镜头。

季怀槿的初赛有惊无险地通过，成绩排名第三。虽然包括班主任在内的每个人心里都清楚，如果比赛的是骆优，拿第一名没有问题，但当季怀槿回班的时候，老师还是带着所有人一起鼓掌欢迎她。

　　季怀槿短暂地当了英雄，感觉挺不错。虽然过程煎熬了点儿，但总还算值得。

　　因为比赛只用了半个小时，班主任宣布拖一会儿堂，举行一个简短的入团仪式。

　　第一批入团的只有三个人：唐叙，段梓棋，陆柳濛。

　　入团暂时和季怀槿没有什么关系，所以只好将风头交还给她身后一直盯着她背影的唐叙。

　　唐叙作为代表念了入团宣誓，又讲了话。之后团委书记分别为他们三个戴上团徽。

　　季怀槿明显感觉到唐叙走回座位的时候，使劲儿扯着衣服领子朝她显摆了一下，她快速地扭过头去没有理会。

　　散会后直接放学，季怀槿收拾书包的当口，唐叙的朋友们都跑过来祝贺，乱糟糟地将她堵在座位上出不去。

　　唐叙嘻嘻哈哈地应和着，故意将音量放大。在季怀槿听来，更像是一种炫耀。

　　段梓棋没有出现在这群男生的行列里，他背上书包先走了。陆柳濛倒是走过来，同桌骆优以为她来找自己，背着书包愉快地站起来，陆柳濛却说："我今天不和你一起走了，你先回去吧。"

　　说完，她径直走到唐叙面前。周围的男生安静下来，屏息凝神等着看好戏。

　　陆柳濛没有让他们失望，她毫不避讳地对唐叙说："杨千姆的新电影《花好月圆》上映了，和我一起去看吧，算是庆祝咱俩一起入团。"

　　唐叙摆出一副似笑非笑的表情，看着陆柳濛不说话。男生们以为他那是得意，其实不是，唐叙心里正难堪得要死。要他跟陆柳濛去看电影，压抑不说，还得破坏家里的门禁，这哪儿是庆祝，根本就是惩罚。

　　可是他当然不能说自己有门禁的事儿，季怀槿还在前面呢，要让她知道了非得笑话死自己不可。不过说到季怀槿，怎么她听见陆柳濛约他，能

一点儿反应都没有呢？连看都不看他一眼，要知道今天他才是最出风头的那个人。

唐叙心里七上八下的，但只是瞟了季怀槿一眼，确切地说，是瞟了她的后脑勺儿一眼。

然后，他不紧不慢地从座位上站起来，把书包往背上一甩，潇洒地对陆柳濛说："走吧。"

男生们立马爆发出各种怪声儿，陆柳濛微微红了脸，低着头跟在大摇大摆的唐叙后面，一直走到教室门口。

唐叙在马上就要出门的时候忽然停下脚步，一手扶着门，转头视线穿过几个人，落到季怀槿身上。

季怀槿也在看着他。

"要不要一起去？"他问。问完就后悔得恨不能找个地缝钻进去。

季怀槿一定会拒绝他的。

"好吧。"没想到季怀槿坦然地直视着他的眼睛，淡淡地说。

唐叙一直没明白出门的那一刹那他为什么要开口邀请季怀槿一起。那更像是一种冲动，既然一定要破坏门禁，回去被爸爸数落，那么必须得拉上季怀槿一起，才不算太亏。

相比之下季怀槿的想法简单得出奇，她真的很想去看那部电影，所以哪怕是和唐叙，她也忍了。

但他们谁都没料到，在电影院门口，段梓棋把唐叙给揍了。

唐叙到最后也没闹清楚段梓棋是怎么出现在售票口，又是怎么准确地在人堆儿里认出他和陆柳濛的。

总之段梓棋就是站在那里，在唐叙伸出手朝他打招呼之前，拎着他的衣领一拳揍在了他的脸上。唐叙猝不及防被打了个趔趄，站稳后难以置信地看着段梓棋。

段梓棋二话没说，又是一拳落下来。这回唐叙是真急了，挡住段梓棋的手臂，嚷道："你他妈疯了啊？"

段梓棋不回答，就死死地揪着唐叙，揪不住他的衣服就拽他的书包带儿。

唐叙的书包被甩到地上，飞出去老远。正好这时候季怀槿从洗手间出来，先看见唐叙的书包，捡起来以后才发现那边儿两个男生已经打起来了。

陆柳濛站在旁边只顾着娇弱地绞着手指，压根儿不知道拉架。

季怀槿对打架这种事儿比较有经验，而且也有点小亢奋，甚至忘了对象是唐叙，立马一个箭步冲上去挡在他俩中间，"干什么呢，你们？都别打了。"这话她说得太顺嘴，一不小心方言就溜出口了。

段梓棋看见有女生，才不情愿地放手。两个男生各自喘着气，狼狈又恶狠狠地对看。

季怀槿像个老母鸡一样张开手臂隔开他们两个，扬起头来问段梓棋："你们俩不是刚入了团吗？团员怎么还打架啊？"

段梓棋看着季怀槿的眼神缓和了点儿，不过口气还是挺别扭，"这是我和唐叙之间的事儿。"

季怀槿身后的唐叙一听这个不乐意了，又跃跃欲试地往前冲，"不是，你把话说明白了，咱俩什么事儿啊？"

季怀槿是真的在行，知道打架的时候一方稍微平静了点，最怕的就是另一方再较劲，于是她扭头像教训自己从前的玩伴一样说了唐叙一句："行了，你也别来劲啊。"

唐叙愣了一下，低头不可思议地看了季怀槿一眼。

段梓棋余愠未消，但是碍于有第四个人在场，况且季怀槿的存在让他觉得自己太敏感又太冒失了，也许事情并不是自己想象的那样，所以他很快收拾了一下情绪，眼神扫过在场的另外三个人，尤其深深地看了一眼唐叙，然后说："你们好好看吧，我走了。"

段梓棋愤怒地走了，唐叙仍旧感到莫名其妙。他倒不是因为自己在大庭广众之下挨了拳头而感到丢脸，是真的想不明白自己哪儿得罪了段梓棋，明明下午的时候两人还好好的。

"这是票钱，"说话的是陆柳濛，她从后面走了过来，递给唐叙儿张纸币，"对不起，我还有事儿，先不看了。"

陆柳濛匆匆跑下扶梯后，季怀槿和唐叙面面相觑。这两个人一下子来了，一下子又走了，搞得人摸不着头脑。不过季怀槿比唐叙明白一些，他们三个人在讲台上入团的时候她就发现，唐叙、陆柳濛、段梓棋，不论是相貌还是成绩，简直是标准的三角恋配置。

连季怀槿这么迟钝的人都看出来了，唐叙愣是不明白。

"怎么着，"唐叙把电影票摊在手里，问季怀槿，"电影儿还看不看了？"

"不看了吧。"经过这么一闹，她也没什么心情了。

"不看票就浪费了。"

"那就看吧。"

唐叙和季怀槿一前一后，沉默地走进电影院，找到了位置。旁边坐了一对二十多岁的情侣，女生一边吃着爆米花，一边偷偷附在男生耳边说："你看现在的孩子这么小年纪就早恋，咱们上大学那会儿你都不敢约我看电影。"

季怀槿听到旁边的议论声后，转过头去对唐叙说："你左边没人，往旁边挪一位行吗？"她突然不想和唐叙挨着坐了。

"为什么？"唐叙刚刚产生了些类似于沾沾自喜的情绪，很快就被不解霸占。

"旁边的人以为咱俩早恋。"季怀槿不带感情地说，丝毫没有压低音量。

唐叙无语，恨恨地甩下书包坐到旁边去，嘴里还不住地嘟囔："就跟谁想和你早恋似的，臭美去吧你！"

电影开场，唐叙窝在座位里，看着屏幕明明灭灭。他想回头偷偷看季怀槿一眼，可是不敢，因为旁边空荡荡的座位，都是她对他的抗拒。

他是讨厌她的，一定的。而她也讨厌他。

两相生厌的二人，不知情的唐叙，和缄口不言的季怀槿，在黑暗中无声地度过了她的十三岁生日。

第七章

苦涩的事

这院里的长辈有个不成文的老理儿，如果自己的孩子哪天到别人家去蹭了顿饭，甭管是顿便饭还是鸿门宴，过两天都非得请回来不可。所以孩子们早就被家长叮嘱过了，除非是铁瓷的关系，不然不许没事儿去人家吃饭。

季怀槿被邀请到段梓棋家做客，就因为那天她团结友爱地把段梓棋带回了家。

其实院子里的人早就知道季怀槿是司令的外孙女，只不过司令对他们一家子的态度一直模棱两可，大家也就不好表现得太过殷勤，但不管怎么说，段梓棋的爸妈觉得还是一定要请季怀槿到家里来坐坐的。

季怀槿喜欢段梓棋家，可能是因为这是她搬来以后第一次到别人家做客，也有可能是因为段梓棋家和她现在住的地方一样拥挤。

这种拥挤却又明亮的感觉很好，像是幼儿园手工课上用塑料纸折出的四四方方的小格子，所有琐碎的事物被有条不紊地安置其中，让年轻的季怀槿觉得丝毫没有华丽事物带来的压迫感。

段妈妈事先准备了许多食材，做了一大桌子菜，席间又是夹菜又是嘘寒问暖的，让季怀槿觉得实在太隆重了。季怀槿的爸妈都不是特别上场面的人，得知孩子要去别人家做客，也就只当是去吃顿便饭那么简单，除了嘱咐季怀槿懂点礼貌，其他的多一句都没说。所以饭桌上对于段父段母的询问，不论是自家情况还是司令那边儿的事，只要是她知道的，都一五一十地说了。

段妈妈觉得季怀瑾这孩子处事大方，虽然长得不算多漂亮，但笑的时候眼睛弯起来，眼尾流光溢彩，别提多叫人喜欢了。

段梓棋的妈妈不是部队里的人，在一家英语培训班里教英语，她再三告诉季怀瑾，如果想补习，她就把她安排到自己班上亲自教，还约好了周末让袁子卿带着季怀瑾去旁听。听说季怀瑾喜欢轮滑，又提议哪天开车领着段梓棋和她一起到地坛滑旱冰，晚上再去吃一顿涮羊肉。

而段妈妈也是个聪明人，邀约的话说过也就过了，并不强迫。饭后她坐在客厅为季怀瑾削苹果的时候，还嘱咐季怀瑾要好好学习，遇到任何困难只管对段梓棋说。

段妈妈的热情极大地感染了季怀瑾，让她觉得在段家度过的这一晚格外美妙，简直就像她从前在她最好的朋友丁丁家那样舒适自在。

刚一过八点，段妈妈就让段梓棋送季怀瑾回家，说别回去晚了让父母担心。

段梓棋家和她家中间就隔了三栋楼，可段妈妈还是坚持天黑了男孩子就得送女孩子回家。

她和段梓棋走在回家路上，一开始两人都有些沉默，段梓棋是因为还没能完全适应这一晚妈妈的过分热情，而季怀瑾则是完全沉浸在日后或许会多一位新朋友的喜悦当中。

她用胳膊肘捅了捅正埋头走路的段梓棋，故作不经意地转头问他："哎，那天……你干吗打唐叙啊？"

段梓棋从鼻子里哼出一声，半晌没有答话。虽然他妈妈看上去很认可季怀瑾，可他是一个挺慢热的人，没那么快就跟人建立起友谊，掏心挖肺地说心里话。但他知道自己总得说点儿什么，于是在走到目的地之前，他才开口说："我就是有点儿看不惯他。"

"你俩不是朋友吗？"季怀瑾又问。眼看要到家了，他俩停下脚步，改成面对面的姿势，她看着他，而段梓棋却盯着地面。

　　"朋友也有闹别扭的时候。"段梓棋避重就轻地说，他自己心里的真实想法，才不指望别人了解。

　　"你说得对，"季怀槿乐了，笑容在静谧的月色下显得清亮，"你应该不是个无理取闹的人，更何况——有时候唐叙那人是挺讨厌的，别说你了，我都时常有冲动想上去揍他一拳。"说着，季怀槿比画了一个倒钩拳的架势，最后学着李小龙抹一下鼻子，逗得段梓棋也跟着笑了。

　　"行了，快回去吧。"段梓棋同她道别。

　　季怀槿跟他摆摆手，因为心情莫名愉悦，往楼里走的时候脚步变得轻快。

　　段梓棋背对着路灯光，目送季怀槿的背影。他觉得这女孩儿挺神奇的，与骆优和陆柳濛都不一样。今晚他们交谈虽然不多，但她却清清楚楚地让他知道，她是站在他这边的。这是绝大多数人都做不到的，对于段梓棋来说这支持非常重要，简直是弥足珍贵。

　　唐叙虽然是他的朋友，可在他的生命中，却霸占了太多的东西。今晚这个不起眼的女生，却以贬低唐叙的方式，给了他最直接有力的肯定。

　　段梓棋看着楼道里的感应灯亮起来，季怀槿的侧影在楼道转角一下子也跟着亮起来。

　　"哎！"段梓棋忽然喊了一声，远处背着书包的女孩儿顿了一下，从楼梯上探出头来，疑惑地看着他。

　　"明天语文课要默写课文，别忘了！"他笑着说。

　　"放心吧，记得呢！"季怀槿用力挥了挥手，"我走了啊，明天见。"

　　"明天见。"段梓棋说完，转身踏着街灯的投影离开。

　　少年人的世界往往就这么简单，烦恼会被无限放大，同样快乐也总能轻而易举地战胜烦恼。段梓棋有了自己的盟友，季怀槿也找到志同道合的人。

　　傲慢的唐叙，欺负季怀槿的唐叙，让刚刚道别的两个人一下子建立了默契，并且由衷地感觉到，原来生活并不像自己想的那样糟。

季怀槿刚一踏进家门，家里的电话就响起来，袁子卿先接了，说了一句就示意季怀槿过去。

季怀槿溜进沙发里，用脖子夹着听筒懒洋洋地问："谁呀？"

电话那头停顿了几秒，然后季怀槿听见唐叙的声音不太真实地通过电流传到耳边："听说你今天去段梓棋家吃饭来的？"

她万万没想到唐叙会打过来，纳闷地问："是啊，你怎么知道的？"再说了，关你什么事儿，季怀槿在心里补充道。

"你，你干吗去他们家吃饭？"

"你到底有什么事儿？"季怀槿听他口气犹豫，忍不住不耐烦起来。

袁子卿在一旁拍了拍季怀槿，提醒她和同学说话注意态度。

而唐叙似乎根本就没有做好打这通电话的准备，季怀槿嗓门一高，他就开始自乱阵脚，支支吾吾半天才说："你数学作业写完没有？那什么……我其实就是想找你对下答案，刚给好几个人打了电话，都还赶着呢。"

"我还没写。"季怀槿对着空气翻了个白眼，不想和唐叙继续说下去。

"怎么还没开始写呢？"唐叙一听这个，心里突然有点儿不是滋味，这丫头一定在段梓棋家玩得忘了时间，不然这都八点多了还没开始写作业，晚上肯定不想睡觉了，"今儿数学作业特多，我都写了一个多小时，你估计得奔着仨小时写了。"

"行，那我去写作业了，不和你说了。"

"哎，等会儿，"唐叙觉着季怀槿要挂电话，赶紧喊住她，"正好我英语还没写完，一时半会也不睡，要不你到我家来写吧，有什么不会的我还能给你讲讲，写得快。"

唐叙这么瞧不起她，季怀槿气得眼睛直冒火，声音陡然拔高两度，

"用不着，我自己能写。"她不顾唐叙还在那头喋喋不休地说着什么，言简意赅地回绝道，"我挂了。"说完不留情面地撂下电话。

唐叙那句"要不我先把答案告诉你"还没说完，就听见听筒里传来一片苍白的"嘟"声。

他举着电话的手僵在空中，觉得自己丢脸死了，而且出奇地愤怒。这还是第一次有人胆敢挂他电话，这个不识好歹的死丫头，他都说帮她了，她居然不领情。

而且她能去段梓棋家，却不愿意来他家。

唐叙把无绳电话甩到床上，一个人坐在窗边愤愤不平地想，她季怀槿有什么可牛的，长得不好看，学习又不好，脾气倒挺大。而且她怎么这么不知道检点，一大姑娘跑到男生家吃饭，还待到那么晚，一点儿不知道害臊！

唐叙猛地从椅子上站起来，冲进客厅接了一大杯冰水，咕咚咕咚地灌进喉咙里。

他喝了水，整个人清醒不少，思路都变得异常敏捷，他从季怀槿的态度，联想段梓棋这一段时间以来的古怪行径，忽然意识到，只有一个理由能将这一切都解释通。

答案在他冰凉的喉咙里呼之欲出。唐叙捏着玻璃杯的指节不自觉地使力。

原来是这样。

季怀槿这个妖精。

因为快到期末，所以往后这段时间的作业格外多。季怀槿做作业的速度慢，应付起来原本就吃力，更别说她还有"朗诵比赛"这一额外压力。

她来北京后头回感到课业上的力不从心，所以神经时常处于高度紧绷状态。要完成的事情太多，季怀槿不得不晚上熬夜，夜里睡眠质量又不好，上课的时候老走神儿，吃完晚饭就困得不行，必须得眯上一个小时才能做事儿。每次袁子卿叫她起床的时候，就是她最痛苦的时候，往往觉得自己刚刚闭上眼睛，一个小时就过去了。

季怀槿觉得自己的生活一团混乱，"念字典"已经停了有一阵子了，"朗诵课文"的时间也被一再压缩，经常念上两句就觉得作业还没写完，一下子就分了神儿，心里慌得要命。

不过终于在期末考试到来之前，她的精神崩溃之前，"朗诵比赛"的决赛如期举行了。

她预赛成绩还算理想，决赛时只要没有太大差池，勉强就能糊弄个不算难看的名次。

地点还是在阶梯教室，依旧是全年级直播，唯一不同的是季怀槿的精神状态已经大不如前。她连续一个礼拜没有怎么好好睡过觉，只要一闭上眼睛，阿拉伯数字、偏旁部首和英文字母就纷纷来捣乱。

她不停地告诉自己不能失误，因为班主任还对她寄予厚望，而且这天一早骆优就送了她一条费列罗巧克力，还写了签语祝她成功。她离开教室之前，唐叙在背后用圆珠笔尖儿捅她，一脸戏谑地说："不许给我们班丢人，听见没有？"

季怀槿有足够的不能失败的理由，所以上台以后，她深深地吸了一口气，照着妈妈教给她的方法，把阶梯教室里所有的老师和学生都当作一棵又一棵大白菜，傻呆呆地没有任何威胁地戳在那里。

第一个字吐出来之后，季怀槿很快便找到状态。

抽签抽到的必读课文是季怀槿练过很多遍的，袁子卿也逐字逐句地教过她怎样才能念得有感情。季怀槿开头表现良好，自己心里也愈发有底，往后几乎可以说是渐入佳境，不但旁白念得不卑不亢，连人物对话都拿捏着情绪诠释得恰到好处。她的声音好听，加上时扬时抑，又不急功近利，整篇课文念完后，评委老师都忍不住满意地点头。

和季怀槿相比，其他参赛选手的朗诵都咬文嚼字得厉害，难免显得有些浮夸。

个中诀窍还是袁子卿告诉季怀槿的，她说有的时候朗诵并非需要慷慨激昂，首先理解了文章要表达的意思，娓娓道来地对听众讲一个故事，反而更加得宜。

季怀槿正是谨记这点，才会在并不占优的情况下脱颖而出。

第一轮成绩出来后，季怀槿在所有人当中名列第一。

班里同学欢呼起来，段梓棋的同桌趁乱使劲推了他一把，激动地说："神了啊你，竟然能预言成真！"在此之前，没人看好季怀槿会拿第一，段梓棋却力挺她。

段梓棋笑了笑，偷偷转过头去看唐叙的反应。

唐叙沉着脸，若有所思。可段梓棋发现他看的并不是教室前面的屏幕，而是季怀槿空空如也的座位。

或许是感应到有人在看他，唐叙忽然收回目光，朝段梓棋的方向看去。

段梓棋不期然与唐叙四目相对，一时两人都有些意外。段梓棋原本下意识想要挪开视线，却又按捺住了，定神望着唐叙。

唐叙了然地看着他，然后不易察觉地冷笑了一下。

这时候全班都仍旧处在兴奋的情绪当中，没人注意到班长和副班长之间用眼神传递的较量。可这些兴奋的同学之中，只有骆优例外。她敏锐地将一切尽收眼底。

第二轮加试，有选手抽到的题目是即兴创作一段描写"雪中松柏"的短文并朗诵出来。季怀槿的临场发挥能力几乎为零，听到这个题目被别人抽走的时候还松了一口气，觉得再不会出现比这还难为人的考题，谁承想轮到她的时候，竟然是当场口齿清晰并流利快速地念一段绕口令，而绕口令里的相近词竟然是"四"和"十"。

对于季怀槿这个清浊辅音不分的人来说，无异于在劫难逃。

她当场就觉得自己完蛋了，恨不能摔下手里的试题纸就跑。她为什么要答应参加"朗诵比赛"，让全年级的老师同学有看她出洋相的机会？尤其是那个唐叙，他现在一定正对着电视等着看自己笑话呢。

季怀槿心里慌成一团，手足无措地站在台上，雪白的打印纸被她捏得起皱。

评委老师催促她尽快开始，因为绕口令本身难度不大，考的就是现场反应，如果给了季怀槿准备时间，对抽到其他题的选手不公平。

季怀槿的头脑仍旧在抗拒着，嘴巴不知为什么却率先张开，纸上的文字被她机械地读成音节，而所有的音节像无数脱缰的马，从马厩里一哄而出，不受控制地朝前发足狂奔。这些受惊的马匹在奔跑的过程当中互相拥挤着，羁绊着，扬起漫天尘土，使整个场面混乱不堪。

坐在班里的唐叙只觉得这一切更像是一场灾难。季怀槿的声音在空旷的楼道里回响，但很快被更大的发疯般的笑声吞没。教学楼里整个一层都沸腾了，响声汇集在天井里久久不能散去。连自己班的同学有的都忍不住笑起来，一开始他们还不敢明目张胆，但由于其他教室传来的笑声太有感染力，而季怀槿窘迫的样子又太滑稽，终于他们还是笑出了声，彻底从"集体"的立场上叛变。

唐叙很烦躁，心脏也跳得厉害。作为班长，他想出言呵斥他们，双手已经攥成拳，却无论如何都没办法把"别笑了"这句话说出口，只能任由自己在这怪诞的笑声里忍受精神上的煎熬。

他凭什么要帮季怀槿？她在全年级面前现眼，那简直是他唐叙最期待的事情。

可他又为什么觉得自己压根儿高兴不起来？

终于，班主任老师在讲台上对着全班同学使了一个眼色，才如冷水浇熄了台下的嘲笑声，也使唐叙可怜的神经终于得以放松。

唐叙比季怀槿更知道往后的一段时间里，她将面对的是什么样的窘境。这所市重点初中里有百分之六十多的孩子来自大院，这些孩子虽然平常看起来比其他孩子要谦逊有礼，但他们每个人的心中都有一个森严的等

级制度，谁一定不能得罪，谁偶尔欺负一下也无所谓，都不会失分寸。季怀槿虽然是袁司令的外孙女，但以她目前在学校里的声望显然还属于"偶尔可以被嘲笑两句"的范畴。不仅如此，这些大院子弟打心眼儿里都对"成王败寇"这一传统生存体系有种特殊的敬畏，他们知道什么是赏罚分明，因为从小就是被这样对待的。

所以总结成一句话就是，在期末这段时间，季怀槿的日子可能不会好过了。

事实证明从她踏出阶梯教室那一刻起，之后发生的事情无一不在印证着唐叙的猜测。

季怀槿虽然在第二轮比赛中表现得一塌糊涂，但最后总成绩算下来，仍然得了个第四，名次混了个中游，可人却在整个年级里声名远播。

班主任老师趁她没回班里的时候已经事先嘱咐过了，比赛完了这件事也就该翻篇了，更多的精力应该放在一周之后的期末考试上。班里同学有所忌惮，当着季怀槿的面还能维持一团和气，可外班的同学没有这种约束，看见季怀槿的时候时常偷偷用眼神追着她，女生大多窃窃私语两句就罢了，最可怕的是年级里几个皮得出了名的浑小子，一见到季怀槿就阴阳怪气儿地叫唤"四十""十四"。

季怀槿其实并不是个怕惹事儿的姑娘，要是搁从前，她早就劈头盖脸照着那些男生骂回去了。但人的脾气是会根据环境改变的，这里不是济南，而是连爸爸妈妈都得看别人脸色做人的地方，季怀槿为了不引起更多的注意，还是选择了忍气吞声。

她在学校受到不公平的待遇，回家装得和没事儿人一样，只说朗诵比赛上发挥得凑合，最后得了个第四。但过了几天，袁子卿不知道从哪儿知道了她遭人笑话的事儿，回家抱着季怀槿安慰她，软着声音说："你知道我刚去济南的时候最羡慕什么吗？"

季怀槿在她怀里吸着鼻子摇了摇头。

"那时候我多希望自己会像每个人一样，能说一口标准的济南话，这样我在人群里就不是特殊的，我开口的时候，也没人能察觉到我不是他们的同类。"

季怀槿闷着头想，她妈妈天生就会说北京话，明明带着大城市里的优越感，怎么反倒羡慕会说济南话的人？济南话有什么好学的？

"后来我才慢慢想明白，语言只是我们用来交流的一种方式，它因为地域差异而变得不同，可归根结底是为了方便我们与人沟通，如果你因为自己和别人说不一样的方言而放弃了它原本的意义，那不是显得太懦弱了吗？我们说话的方式，都是故乡在我们身上留下的印迹。总有一天你会把普通话说得和学校里所有的孩子一样好，但那时候你也同样会怀念自己说家乡话的日子。"

季怀槿似懂非懂地点了点头。她不想让家里人知道这事，可既然没能瞒住，她就得更加小心翼翼，生怕自己流露出任何关于这事儿带给她的负面影响。

看在妈妈的分儿上，季怀槿决心让自己坚强点。

那时候的季怀槿还不太明白，她所有的不痛快其实与她的口音并没有太大关系，那种满满的失落感，全都来源于被同龄人排斥与冷眼相对的无奈。

就像段梓棋迫切地需要有人来肯定他并不是处处劣于唐叙，此时的季怀槿在内心深处也多么希望有人能认可她，能透过她一次小小的失误，看到她是一个值得被珍视的女孩儿。

因为连她都快要看不起自己了，当她那具机灵而快活的躯壳破裂时，从里面露出来的竟然是胆战又畏缩、软弱得毫无防备的季怀槿。

不过救她脱离苦海的英雄最终出现了。

可惜那人却不是唐叙。

第八章

隐秘的

事

语文期末考试结束后，班主任建议大家吃完午饭到楼下操场活动活动，以免下午的数学考试因为犯困而受影响。

骆优和陆柳濛下楼的时候顺便叫上了季怀槿，她们三个围着二百米的人造草坪跑道遛了一圈，然后坐到主席台上休息。

陆柳濛手里拿着最新一期的《Easy》杂志，从中间撕下来一页折成纸飞机，一边将飞机头放在嘴边呵了口气丢出去，一边对另外两个女生说："咱们比谁折的纸飞机飞得远吧。"

骆优技巧生疏地叠了一个，纸飞机飞行在半道儿就栽了下去。

折纸飞机是季怀槿上幼儿园时候玩的把戏，她比着纸的边缘，每折一次都叠得齐齐的，最后还测试了一下风向，才轻轻将纸飞机用巧劲儿送出去。

季怀槿的纸飞机沿着更广阔的航道飘了出去，在空中滑行老远，眼看就要超过之前的两架，却因突然撞上了一个光亮的脑门儿而不幸失事。

脑门的主人快速地转头用目光捕获尚未来得及逃逸的季怀槿，然后将手里的篮球往旁边一传，怒气冲冲地朝季怀槿走来。

"找死啊你？"他大刀阔斧地向季怀槿逼近，额头往下滴着汗，湿透的校服前襟贴在身上。

季怀槿半眯起眼睛，看着从篮球场向自己移动过来的大块头，忍不住轻轻撇了撇嘴。他发达的胸肌，如成年牡鹿般健硕；胳臂上清晰的筋络，好像轻易能将季怀槿整个人从高高的主席台上摔下去。不过对于这点，季怀槿倒不是很担心，如果动起手来，她可以死死咬住他的手腕，让他喊疼都来不及。

"小孩儿，没看见我们在打比赛吗？"他在季怀槿面前站定，双手环胸，居高临下地看着她。方才打球的几个男生远远站在他身后，注视着这边的动静。

季怀槿觉得可笑，不过是午间休息的消遣，这个头脑简单、四肢发达的大个儿还真煞有介事地仿佛参加的是NBA比赛一样。

"我不是故意的。"季怀槿淡淡地说。刺眼的阳光被这傻大个儿挡住了，她放下遮在额头上的手，说话时语气当中有不易察觉的挑衅口吻，可她根本不担心他会听出什么端倪。

大块头把季怀槿上下打量了一遍，然后视线落到她手里的潮流杂志上，杂志封面上是日本男星小栗旬，这张让万千少女爱到夜不能寐的脸，在阳光下被晒得泛白发烫。

大块头仿佛忽然想到什么，兴奋地朝季怀槿努了努嘴，"哎，你不是那个那个——那嘴特瓢的小孩儿吗？分不清'四'和'十'那个？"

季怀槿一听，都顾不上反感他叫她"小孩儿"，忽然就感觉很泄气。看样子大块头比他们高一个年级，难道她的"光荣事迹"已经都传到初二去了？

季怀槿觉得自己不能默认，咬牙切齿地想说点儿什么，可话到嘴边儿上却都失去了掷地有声的力道。

大块头浑然忘了自己站在季怀槿面前的目的，开始僵着舌头重复季怀槿刚才说的话。其实他没亲眼见过，并不知道朗诵比赛那天发生的具体过程，只不过道听途说了一些半路变了味儿的八卦，以为季怀槿是个大舌头，所以想要借着嘲笑她给自己抖抖威风。

而从头到尾，他的余光，和他那颗七上八下的心，都风一般飘向安然坐在一旁的陆柳濛。此刻他表现得有多凶悍，心里就有多么紧张。那个长发飘飘、星眉朗目的陆柳濛，在他心里简直就是女神般的存在。

他从来只敢远远看着她，从没想过有一天能堂而皇之地靠近她。机会一旦来临，他几乎像捕获猎物一样擒住完全不相干的季怀槿，死咬着她不肯松口。

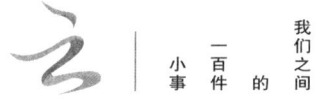

季怀槿怎么知道自己被人当了枪使，她以为眼前这个高年级生只是想找她麻烦。这段时间以来季怀槿一忍再忍，截至这一刻，她觉得自己已经忍无可忍。

季怀槿从主席台上跳起来，拍了拍屁股后面的土，昂首逼视对面的人，反唇相讥道："我是谁关你什么事儿？倒是你，你谁啊？长得膀大腰圆跟个棒槌似的，怎么智商像无脊椎动物一样？哦，对了，你知道无脊椎动物是什么吗？"

她话说得很慢，声音也不大，但胜在昔日牙尖嘴利的气势还在。

对面的大块头气得脸都绿了，一把揪住季怀槿的头发往自己跟前儿拖。他下手没轻没重，季怀槿一下子被他揪得鼻子发酸，眼泪都要下来了，像头被人抻直了脖子的长颈鹿。

季怀槿挥舞着手臂去抓大个子的脸，双手在空中乱抓了几回都扑了空。大块头低沉又急促的喘息声就在耳边，季怀槿猛地发力，照准他的脖颈子挠下去，一瞬间她只感觉自己的指甲没进厚实的皮肉，紧接着，她的脸就被着着实实地扇了一巴掌。

大块头几乎是把自己全部力气都倾注在这一巴掌上，以至于季怀槿还没反应过来怎么回事儿，眼泪就先夺眶甩了出去。她的泪腺像一直死死拧紧的水龙头，终于冲破极限，水流哗啦啦地一泄到底。

与此同时，季怀槿用余光看见远处流星般飞来一颗足球，不偏不倚砸在大块头脑袋上，随之而来的，是一声直白的闷响，大块头被这强力的冲击砸倒在地，痛苦地蜷起腿。

季怀槿原本以为这是如失事的纸飞机一样的事故，没想到转过头去却看见一个刘海像刺猬一样在额前炸开的男生嘴角挂着诡异的笑容站在不远处。他穿着长袖校服，袖子卷到肘部，脚上趿拉着一双黑色懒汉鞋。

"哎哟，真是不好意思啊，齐源，手滑了一下儿，打着你了？"他边说着边靠近，"让我看看没事儿吧？我不小心的，千万别回家跟你爸哭鼻子去！"

季怀槿这才知道她脚下倒地不起的大块头叫齐源。走过来的男生她认识，和她一个年级的，叫莫锐融，是个让人闻风丧胆的名字。季怀槿之所以知道他，是因为有天放学的时候，她和骆优曾亲眼目睹他和几个混混在附近的小学门口劫小学生钱。

齐源的脑袋被足球狠狠闷了一下，顿时眼冒金星，可他的女神陆柳濛还在旁边儿呢，齐源捂着脑袋一骨碌爬起来，刚才嚣张的劲头被那一脚球闷得烟消云散。

"莫锐融你——你他妈的……"

被骂了娘的莫锐融嬉皮笑脸地走到齐源跟前儿，用手轻轻将齐源指着自己的食指拨拉开，"这可碍不着我妈，刚才手滑，真是手滑了。"好像生怕齐源不信似的，他还把两只手掌摊到他面前。

说完，莫锐融把注意力转到季怀槿身上，脸上依旧笑嘻嘻的，伸出胳膊搂住季怀槿，"怎么了，妹妹？有人欺负你跟哥哥说，别瞒着。"

季怀槿下意识躲了一下，但没拗过他。他俩根本不认识，季怀槿不明白这混世魔王干吗忽然跟她很热乎似的，"哥哥妹妹"地叫着，还对她动手动脚的。

莫锐融的出现以及他和齐源的对峙引来操场上很多人的关注，初一第一大混混认了参加朗诵比赛的那个季怀槿当妹妹，还为了她挑衅初二篮球队长齐源的消息以最快的速度被所有人知道了。

这消息传到唐叙耳朵里的时候距离下午的数学期末考试开始还有十几分钟。跑进来报信儿的是他们班的体育委员，当时他也在篮球场上。他兴冲冲地带着这个惊天新闻回班里，双手支着课桌跨过一行又一行座位，直接来到唐叙面前，将他看到的情况——齐源怎么冲到季怀槿面前兴师问罪，怎么阴阳怪气地笑话她，又怎么动手将这个性格阴晴不定的转校生打哭了——都一五一十地告诉了唐叙，以及当时班里的同学。

唐叙听后很沉默地从座位上站起来，拍了拍体育委员的肩膀，然后拿起桌上的水瓶儿，晃晃悠悠地从教室前门走出去了。

班里同学都兴致勃勃地讨论起莫锐融和季怀槿之间不可告人的关系，

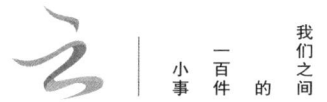
对于班长有些反常的行为没太放在心上。

而唐叙则径直从教学楼的后楼梯走上去，来到初二年级的楼层，正巧男厕所门口几个男生勾肩搭背地走出去，唐叙没耐心等他们走远，一个闪身拐进厕所。

厕所里只有齐源一个人，侧身对着门口小便。他头上肿起个大包，估计疼得厉害，嘴里不时发出吸气的声音。

唐叙的动作相当快，把校服上衣一脱，从后面罩住齐源的脑袋，胳膊死死夹住他的脖子，拖进隔间儿里就是一通拳打脚踢。

齐源被打得摔在蹲坑里，中水溅了一身。唐叙只觉得自己所有的理智都在瞬间凝固，再也不能支配他的意志，他一拳一拳照准齐源被校服外衣蒙住的脸打下去，脚端在他的肚子上，每挥一下胳膊，都是快意恩仇。

齐源呻吟着，显然不是唐叙的对手。可这原本就不是一场公正的对抗，打人的唐叙也不觉得自己胜之不武，因为愤怒已经将他平日里的克己自持撕得粉碎。

他一想到这个人光天化日之下揪着季怀槿的头发，动手打她，还让她流眼泪，光想到这些，唐叙就觉得他罪该万死。

他可以尽情嘲笑她，可这些不相干的人凭什么敢欺负她？而且齐源还是在他不在场的时候欺负她，让另一个人有机会替她出头，保护她，亲近她，用手臂搂着她。

光是想想，唐叙就已经嫉妒得发狂。

所以这些妒忌、心疼、懊悔，加倍地变成对齐源的愤怒，随着雨点般落下的拳头，如数奉还。

唐叙喘着气进班的时候，监考老师已经在发考卷了。

老师问他怎么没去办公室拿卷子，他也阴着脸没说话，手里攥着空水瓶走回座位。路过季怀槿的时候，他胡乱瞄了她一眼，只见她低着头，正在笔袋儿里翻着什么，眼圈有点儿红，但神色还算正常。

考卷发下来，全班鸦雀无声。

答卷子的过程对唐叙来说简直就是煎熬。他心烦意乱地糊弄完了卷子，眼神总是忍不住飘向前面季怀槿微微弓起的后背。她杂草一样的头发扫过肩膀，就像扫在唐叙的心上，打乱了他一贯的沉稳。

唐叙用一个小时做完了试卷，又用了半个小时梳理他对季怀槿的感情，可是数学试题总有分明的标准答案，他对季怀槿的态度却没有。他到底是喜欢她，还是讨厌她？又或者因为太讨厌她而衍生出对她私密的占有欲？唐叙找不到一个完全合理的解释。他只知道这种情绪很复杂，包含了太多他未曾有过的感受，是以令他感到迷惑和不安。

唐叙鬼鬼祟祟地抬头，皱着眉打量起季怀槿的背影。虽然她背对着他，他也知道她正因为答不上题来在咬笔头。

唐叙连忙甩了甩头，把充斥在自己脑中每个角落的季怀槿赶出去。他一定是疯了才会怀疑自己喜欢上季怀槿，要知道他平生最讨厌的就是愚蠢的女生，区区几道数学题就会让她如临大敌，注定她永远不可能是他的菜。

唐叙好容易说服了自己，平复了思绪，准备好好检查一遍试卷，考试结束的铃声却忽然响起，电光火石之间，唐叙几乎是同时发现最后一道大题的演算过程他写错了，以至于结果与标准答案相去甚远。他意识到错误，却来不及更改。

自信如唐叙也会失误，可是错了就是错了，唯一的补救办法，也只能是将错就错。

为期两天的期末考试结束后，所有的学生才总算松了一口气。

往后学校上了一个礼拜的自习，班上又评选出第二批预备团员，换了几个小组长。这些事儿和季怀槿都没什么关系，她的生活也一如既往的单调乏味又小心翼翼，能够称得上改变的，就是自从莫锐融那天替她打抱不平后，没有人再敢拿她开涮，准确来说，季怀槿发现同学们都开始有点儿怕她。

这种久违的在同学间有威望的感觉又回来了，虽然是靠着莫锐融的长

久以来的积威，但季怀槿也觉得不错。

她和莫锐融放学后出去过几次，有一次莫锐融带她去漫画店租漫画，还有两次是和莫锐融还有他的一个朋友到一间小店吃麻辣鸭翅。

她问莫锐融为什么要帮她，他则不以为意地说，是因为看不惯齐源那嚣张样儿。

她还问过莫锐融是不是劫小学生钱，莫锐融扑哧一下笑出来了，嘴里的鸭肉和花椒喷了一桌子，"是劫过，"他说，"专挑穿耐克鞋的小学生劫，可是他们丫哪儿有什么钱啊，最多一次就劫了四十。"

他们吃饱喝足，是莫锐融结的账。结完账他胳膊搭着季怀槿走出小店的时候扭头告诉她："我刚才花那四张十块的，看见了吗？那就是劫来的，昨儿劫的，为了请你吃鸭翅，我知道你爱吃。"

季怀槿气得甩开他自个儿闷头往前走，没一会儿就看见莫锐融那双黑色懒汉鞋出现在她面前。

"哎，你这丫头怎么说翻脸就翻脸？刚才就数你吃得欢，你已经跟我同流合污了，懂不懂？"

"那我全都吐出来还你。"说完，季怀槿弯下腰，把食指伸进嗓子眼儿。她本来就是想摆摆样子，没想到胃里真的一阵翻搅，"哇"的一声连带着刚才喝进肚子里的可乐都给吐出来了。

莫锐融慌张地跳起来躲，"我操！你怎么说吐就吐？我真服了！"

季怀槿吐得昏天暗地，坐在路边儿的长椅上缓神儿。莫锐融到小卖部给她买了瓶矿泉水漱口，两人一起坐着，看太阳徐徐落下。莫锐融问她好点儿了没有，季怀槿点点头，伸出一只小拇指，对莫锐融说："咱俩拉钩，你以后别再劫小学生钱了，你要缺钱我这儿有。"

"我那叫劫富济贫——"

"少废话，拉不拉钩？"季怀槿打断他。

莫锐融挠了挠头，下了挺大决心似的，"成，我答应你！不过你得先回答我一个问题。"

"你说。"

"那天考完试，我到你们班门口找你，说要带你去看漫画儿，你为什么想也没想就答应了——我的意思是，咱俩也不熟，你干吗答应？"

季怀槿思索了一下，才说："别人说你是个混子，学习不好，四处惹事儿。可学习好并不能代表一切，也不能让他们犯的错被原谅，在我看来，你是个行侠仗义的好人，比他们要强。"

季怀槿说的都是真的，她不因为莫锐融是个差生而瞧不起他，也不因为他认识些所谓不三不四的人而恐惧他，他在所有人都看她笑话的时候挺身而出，在她眼里他比所有那些人都强。可这些看法是季怀槿和莫锐融相处之后才有的，事情的真相季怀槿并没有和他说实话，那天莫锐融突兀地出现在他们班后门，说要带她去一个好地方，而季怀槿丝毫没有犹豫，背起书包就跟他走的原因，是因为唐叙轻轻在她身后说了一句"别去"。

季怀槿再一次用和唐叙对着干的方式，证明了自己的明智。莫锐融只是带她去了他平时最爱去的漫画店，还把漫画店的老板介绍给她认识。

季怀槿免费借了一套《不思议游戏》，回家熬夜看得如痴如醉。她和莫锐融的关系也因此变得瓷实起来。莫锐融喜欢跷着腿，说些吊儿郎当的话，说到兴起处有时还会顺手搭住季怀槿的肩膀。可是季怀槿并不反感，她觉得这样的友谊超越了男女生之间的虚情假意，他是她的"铁哥们儿"。

可惜轻松的日子转瞬即逝，期末考试成绩出来了，大批暑假作业也接踵而至。

季怀槿的成绩不好不坏，跟她的人一样，被淹没在众多佼佼者和失意者当中。而唐叙就没她那么好命了，数学成绩一塌糊涂，英语也差强人意，在学期的倒数第二天，被班主任老师婉转地批评了一通。

最后一天是全校大会，季怀槿万万没有想到她的铁哥们莫锐融在大会上被校长"请"到了主席台，当众宣布了处分决定。

知情人说是因为莫锐融期末考试期间把齐源拉到厕所打了一顿，打得他后来进了医院。

全校大会后，季怀槿跑到莫锐融班里找他，两人来到吃麻辣鸭翅的小店里，季怀槿说："想吃什么随便吃，今天我请客。"

莫锐融笑起来，"你以为我把齐源圈到男厕所揍了一顿为你报仇，是吧？其实真不是我干的。"

"不是你干的？"季怀槿吃惊地问。但令莫锐融没想到的是，季怀槿并不关心打齐源的人是谁，而是焦急地皱着眉问道："那你为什么不告诉老师不是你干的？你就甘心这么平白无故被冤枉了？"

莫锐融露出一种类似于无奈的古怪笑容，"我说过很多遍了，可你觉得那些老师会信？"

"那你总不能替别人背黑锅吧？奇怪了，那个齐源不知道自己被谁给打了？听说他住院了，你带着老师去找他对质，总能还你一个清白。或者……或者有没有能证明他被打的时候你不在场？"

莫锐融听季怀槿滔滔不绝地说着话，心里猛地有些触动，他忽然开口，打断了季怀槿的自说自话，"我说不是我干的，你为什么相信？"

季怀槿愣了一下，旋即理直气壮地说："我为什么不信？"

莫锐融仍旧笑，跷起二郎腿，左手食指有一搭无一搭地点在油腻的桌面上，过了良久，他脸上嘲弄的神情才恢复如常。

"要么说你好骗呢。"他探过身，照着季怀槿的脑袋顶儿上拍了一下。

季怀槿没躲开，结结实实挨了一巴掌，气道："那到底是不是你啊？"

"是我，"莫锐融从裤子口袋里摸出一包烟，抽出一根儿点上，"这么行侠仗义的事儿，除了我，还有谁干得出来？"

季怀槿挥着胳膊拨开面前的烟雾，"知不知道吸烟有害健康？你损害自己的健康，能不能别顺带着也损害我的健康？"

莫锐融似笑非笑地，抓紧猛吸了两口，然后把还剩大半截儿的烟头扔到脚底下踩灭了，"活那么长干吗？还不够受罪的。"

"说的也是，那你也给我一根让我试试吧。"说着，季怀槿顺势去拿莫锐融手边的烟盒。

　　莫锐融眼疾手快抢下来，顺手把烟盒重新揣回兜里，"你一准儿活得比我长，所以你就算了吧。"

　　在少年人眼里，"活"是个平凡而乏味的字眼，只要还能喘气儿，就代表活着。同样，"死"也是那么缥缈的概念，仿佛离他们很远很远。

第九章

言不由
衷的
事

暑假刚一开始季怀槿就回了济南，住在爷爷奶奶家。

阔别仅仅数月，济南对于她来说，已经如同天堂。她每天和朋友们疯玩儿，顶着烈日去露天泳池游泳，滑旱冰，到市中心的KTV唱歌。

那个暑假她真正喝了人生中第一次酒。

朋友生日，在离家不远的餐厅订了包间，许多人也是第一次喝酒，掌握不好分寸，季怀槿喝了两瓶啤酒，就感觉头晕得厉害，天花板飞快地在眼前转。

聚会结束的时候已经晚上九点，她勉强支撑着自己走回家，沾着床倒头就睡。第二天起来就像什么都没发生过一样，容光焕发地又跑出去玩儿。

就这么持续了半月，作业几乎没动过，西瓜吃了不知道多少斤，冰镇酸梅汤喝下去好多扎，人也因为每天运动量过大而瘦了，也长高了。

妈妈的电话打来，催促她回北京的时候，季怀槿就知道她的好日子到头了。

爷爷托了个刚好要去北京办事儿的熟人带季怀槿坐火车回去，她走得很匆忙，好几个朋友还没来得及打招呼。

妈妈到火车站接她，直接把她领到了外公家。

季怀槿望着车窗外的北京，她仍旧记得第一次来的时候看到那些宽阔而笔直的马路有多兴奋，可如今这座宏大的城市，像是把她在家乡那些密实的回忆撑开，撑成一张网，然后再将她牢牢罩在里面。

到外公家的时候，天色已晚，可夏季闷热的气息却盘旋在低空，久久不散。

唐叙在袁司令家第一眼看见季怀槿，就发现她晒得更黑了，如同麦芽一样的肤色让她看起来瘦得摇摇欲坠。可她脸上的神情是那么的快活，像一株在野外疯长的植物，这也是唐叙第一次觉得，把这样蓬勃生长的季怀槿困在室内，困在这个死气沉沉的院子里，是一件多么残忍的事情。

袁子卿毫无预兆地把季怀槿从济南叫回来是有原因的，就在这个夏天，袁司令从职务上退下来，将彻底步入闲云野鹤的生活。

当晚袁司令在家里摆宴，请几个走得近的老战友旧同事。唐叙是跟着他爸来的，也是饭桌儿上唯一一个与季怀槿年龄相仿的人。

老战友叙旧，免不了要喝上几盅。白的喝完了换啤的，啤的喝得差不多又上老黄酒。外公黢黑而严肃的脸皮也透出红晕。

季怀槿也破例大着胆子喝了一小口白酒，她不知道白酒的后劲儿那么大，虽然只是抿了一点儿，可烈酒的味道摧枯拉朽，一直烧到肚子里。

她和唐叙最早从饭桌儿上撤下来，两家大人都忙着布菜添酒，顾不上他俩。

季怀槿靠在院儿里的老槐树底下，望着面前的池塘发呆。从前蓄着水的池塘如今已经干涸，在黑漆漆的夜色下，像野兽吞人的口。

唐叙走过来，一屁股坐到她旁边。两人都没说话，仿佛各有心事，安静的氛围中只有从远处山上传来的虫鸣。

过了大约有十分钟，唐叙忽然开口，声音有些哑，他清了清嗓子，说："你真不记得我了？"

季怀槿偏过头去看他。

黑暗中唐叙只看到一对亮晶晶的眼仁儿注视着自己，此时的季怀槿如同这如墨的夜色一样让他看不懂。

他觉得这双好看的眼睛的主人，只有在沉默的时候，才会让他觉得像中了蛊一样地想要靠近。可是她每一个皱眉、撇嘴的小动作，却又都能令

他火冒三丈。

"我记得你啊。"季怀槿轻飘飘的几个音节，足够令唐叙的心随之一紧，"你就坐我后面，我怎么可能不记得你。"

季怀槿不知道唐叙席间也喝了两杯啤酒，敬老司令的。这两杯酒在唐叙的身体里发酵，勾出他许多思绪，让他再也不能像这暑假当中的任何一天一样，假装自己很平静。

唐叙忽然凑到她身边，攥着她的手腕，将她困在自己和老槐树中间，"我是说在那之前，就在这儿！有一年夏天，这池塘里养过一只海龟，你不可能不记得。"

"海龟啊，我记得。"季怀槿说。她并不试图挣脱，任唐叙拽着。

"那我呢？"他有些期待地问。

"不记得。"

唐叙到现在都没意识到他和季怀槿的关系中，存在着很重要的一点，那就是不论他有多少蛮力，始终都能被季怀槿四两拨千斤地顶回去。当然他更不知道，也想不明白造成如今这种局面的根本原因。

他知道季怀槿在说谎，却没有足够的理由戳穿她。她记得那只海龟，没理由不记得将那只海龟从她身边夺走的他。唐叙在心里暗暗赌誓，早晚有一天，他要让她亲口承认，他们之间发生的所有一切，她都清清楚楚地记得，从未有一天忘记。

唐叙气急败坏地松开手，到屋里绕了一圈，又走出来，过了没几分钟又再进去。

后来大人们也散了，季怀槿不知道唐叙是什么时候走的，那天她和爸妈一起回家的时候，爸爸的脸色不是很好看，在路上时也鲜有地沉默寡言起来。

回到家，妈妈走进她的屋子，嘱咐她空调温度不要调得太低，然后坐在她的床头，若有所思地说："墨墨，将来你一定要有出息，这样爸爸妈妈才能放心。"

那会儿季怀槿已经迷迷糊糊地快睡着了，她甚至不知道袁子卿是什么时候关门离开的。

一觉醒来，生活还在继续，不到大难临头不着急的季怀槿终于有了危机感——暑假没剩几天了，可作业还有一大堆。

她举着电话踟蹰半天，最终还是屏息凝神拨通了段梓棋的电话。

段梓棋刚刚打完羽毛球回家，正准备去冲个凉，听见电话那头季怀槿支支吾吾的声音，当即了然地问："要作业是吧？成。你等我先洗个澡，一会儿麦当劳见。"

段梓棋和唐叙不一样，他在班里的威信和好人缘有很大一部分都来源于他的和气，这种和气主要体现在——作业任人抄。

季怀槿也知道抄作业这事儿不太光彩，所以不到万不得已，她也不愿意向段梓棋开这个口。她先到了约定的地点，刚买了两份加大的炸鸡套餐，段梓棋就带着一书包做好的作业来了。

"暑假玩儿疯了吧？作业都不写。"段梓棋忍不住打量起眼前青春洋溢的季怀槿。他能感觉得到她身上有什么地方正在暗暗地发生着变化，仿佛正等待有朝一日鲜明地破茧而出。可这种变化究竟是什么，段梓棋现在也还说不好。

季怀槿不好意思地笑笑，"只此一次，下不为例，我保证！"

"暑假作业挺无聊的，就那些题型，得翻来覆去地做。"段梓棋找出英语作业，递到季怀槿面前，"这都是选择题，好写，先写这个吧。"

季怀槿一刻也不耽搁，把作业本摊开就抄。段梓棋拿出一本精装的《荆棘鸟》来，翻到中间，安静地看着书。他们之间没有言语，只偶尔传来吸管摩擦在塑料杯盖儿上发出的声音。

时间在静止中快速流逝，眼看太阳快要落山，他们点了一杯又一杯饮料，服务生一次又一次来收走空托盘。

要不是唐叙忽然推开快餐店的玻璃大门走进来，季怀槿今天大约可以

抄完一整本作业。

季怀槿就是想不通，为什么唐叙总能阴魂不散地出现在她面前，非得把原本可以有条不紊的事儿搅和得乱七八糟才算完。

唐叙把双肩背包背在胸前，假装不经意地经过季怀槿和段梓棋身边，又故作惊讶地认出他俩来，然后老实不客气地坐到了季怀槿身边儿，伸手扒拉她的作业本。

"哎，你是不是傻啊，这块儿，"他指着一道完形填空题，"全抄串了。老师一眼就能看出来不是你写的。"

段梓棋以为唐叙和他们打个招呼就会走，没想到他居然厚着脸皮坐了下来。段梓棋终于放下手里的书，抱着手肘看向他，用"我跟你不熟"的眼神提醒他，他俩之前的龃龉还没算完呢。

唐叙则表现得很坦然，仿佛丝毫没有接收到段梓棋目光中的信息。他探身拿起段梓棋面前扣在桌面上的书，看了眼封皮儿，"哟，《荆棘鸟》，这本书我去年看过，拉尔夫最后如愿以偿地做了红衣主教，但他直到最后才知道戴恩是他的儿子，结局是个悲剧。"

唐叙发表完自己的演讲，用一种类似于得意的神情偷看季怀槿的反应。段梓棋现在阅读的书，他去年就已经看过了，还清楚地记得所有情节，这不恰恰说明他比段梓棋要厉害得多吗？就像他唐叙在各个方面的表现一样。

可季怀槿根本就没有理他，她心无旁骛地抄着作业，眼皮都没抬一下。

倒是对面的段梓棋，对于唐叙反常的行为终于忍无可忍，冷冷地问："你到底有什么事儿？"

唐叙就是听见他俩在一起的信儿以后铁了心跑过来捣乱的，眼看之前的友好战术不成功，立马板起面孔，严肃地说："段梓棋，你身为副班长，纵容同学抄作业，你觉着合适吗？"

他是有备而来，岂有被段梓棋三两句打发的道理？

一直在一旁沉默着的季怀槿忽然重重地将笔撂到桌子上，转头面带愠

色地看着唐叙，"那你告老师去吧，就说我抄作业，"她推搡了唐叙两把，
"快去告状去吧，别在这儿碍事！"

唐叙眼看自己的策略都不灵，一时又找不出继续待下去的借口，使尽浑
身解数和不要脸的本领磨蹭了一会儿，临走的时候碰掉了季怀槿搁在旁边
的一摞作业，然后趁乱将自己做好的作业夹在里面，才不情不愿地走了。

唐叙走了以后，段梓棋纳闷地说："这人最近受什么刺激了吧？有点
儿反常。"

季怀槿从鼻子里哼了一声儿，"他不是一直这样吗？纯属脑子有病！"

季怀槿回家以后才发现唐叙的作业本在她那儿，刚好都是她还没来得
及写的作业，估计是她作业本掉到地上的时候混进来的。

季怀槿在心里短暂地挣扎了一下，要不要神不知鬼不觉地把唐叙的作
业拿来抄。可她很快就否定了自己的想法，她对唐叙几近怨恨的情绪，令
她宁愿交白卷也不愿意向唐叙工整的答案低头。

而院子的另一栋楼里唐叙正好整以暇地在家吹着空调看着电视，有点
儿得意地等着季怀槿打来电话。他是多么的心慈手软，嘴上虽然说着抄作
业不对，但还是好心地把自己的作业给她。

他幻想着季怀槿一边在家对着他的作业奋笔疾书，一边对他心存感激
的样子，不由得觉得自己是不是太伟大了点儿。

可惜这种想法只维持了三天，眼看要返校了，季怀槿那边儿还是·点
儿动静都没有。唐叙开始沉不住气了。

开学的前一天晚上，自信心极大受挫的唐叙终于拨通了季怀槿家的电话。

"那个……"唐叙犹豫着怎么开口，"我那个……作业是不是在你那
儿呢？"

"你的作业？"季怀槿的声音有些诧异，"你的作业怎么会在我这儿？"

唐叙听她这么说，有点儿着急了，"真在你那儿呢，就混你那堆作业
本里了，你找找。"

103

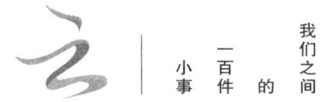
"没有啊，那些作业我早写完了，都整理好了准备明天交了，真没有你的，你是不是丢在别的地儿了？"

唐叙真没想到季怀槿还有这一手儿，他气得恨不得丢颗手榴弹过去，把电话那头季怀槿轻快的声音炸个稀巴烂，"不可能，就是在你那儿，别闹了，赶紧还我，一会儿我到你家楼下取去。"

"你这人怎么不讲理啊，我就在麦当劳见过你一次，那天你连书包都没打开，你的作业怎么可能在我这儿？你别诬赖好人啊。"季怀槿表面维持着镇定，心里却暗爽得乐开了花。

唐叙快疯了，他万万没想到季怀槿这死丫头会恩将仇报，陷他于两难境地。如果他死咬着自己的作业在季怀槿那，就势必要和盘托出那天他故意提前拿出自己的作业本偷偷塞给她的事情。可这太跌份儿了，唐叙打死都不想承认。如果不说，那么他就没有坚定的理由证明作业就一定在季怀槿那。

唐叙怒气冲冲地摔了电话，一晚上没睡好觉。

第二天返校交作业，他大言不惭地站在讲台下边儿对班主任老师说："作业我确实都做了，但是有天拿出去不小心被疯狗给咬碎了。"

这确实是一个非常拙劣的谎话，但唐叙平静地陈述这一切的时候，有一种报复的快感。季怀槿就是那条咬碎他作业本的疯狗。

班主任将唐叙带到办公室，打电话叫来他妈妈。唐妈妈对老师说，整个儿暑假唐叙的确每天都做作业。不按时完成作业这事儿从来都没发生在唐叙身上过，所以他扯的谎虽然离奇了一些，但也还算有一定的公信力。在唐妈妈的再三保证下，班主任决定不予追究，但要求唐叙好好表现，希望他能在当好班长的同时，也肩负起团支部书记的职责。

唐叙不是个官儿迷，这班长的头衔都是班主任好说歹说劝出来的，再要他当团支部书记，他真是觉得没劲儿死了。可谁让他自己理亏，虽然心里一千一万个不情愿，还是得跟着妈妈一起，千恩万谢老师的精心栽培。

唐叙被班主任带走的这段时间里，班里一直由段梓棋维持纪律。段梓棋是个老好人，不像唐叙那么黑白分明，他管纪律的时候，只要不闹得太离谱，他都不会出声警告。于是班里很多人窃窃私语，他们的班长唐叙这回恐怕要倒霉了。

骆优在这些人当中最忧心忡忡，她忍不住小声儿和季怀槿议论："我看刚才老王领唐叙出去的时候，脸都气绿了。""老王"是班里同学对班主任的爱称，"你说唐叙的班长不会保不住了吧？别忘了上学期期末的时候老王就对他成绩挺不满意的。"

季怀槿心里愉快地骂着"活该"，嘴上却说："不会吧，老王不是一直挺喜欢他的吗？"

"这你就不懂了，什么叫爱之深责之切，老王越是喜欢他，越不能接受他退步。"

骆优分析得煞有介事，季怀槿忍不住都相信了三分。如果老王真撸了唐叙的班长职位，那自然全都是因为她。季怀槿光想想就觉得痛快，唐叙的那沓作业，就让它们永远秘密地躺在她书柜的最底层吧，如石沉大海一般，永远没有见光的那一日。

当唐叙沉着脸跟在班主任身后走进门的时候，全班同学，包括季怀槿在内，都以为自己的猜想成真了。

唐叙埋头走回自己的座位，路过季怀槿身边的时候，突然抬头，迎着她看向他的目光，露出一种讳莫如深的笑容。这笑里诡异的情绪，让季怀槿忍不住心里一紧。

唐叙落座后，班主任像什么事情都没有发生过一样，开始总结起班里的琐事。新学期学校响应区里的号召，为了丰富同学的课余生活，黑板报要从每月换一次，改成每两周更新一次，而且内容要更加丰富。

班主任宣布要再选出一位副宣传委员，帮助从前的宣传委员一起策划板报，经过和班长协商，决定让季怀槿来担任这一职务。

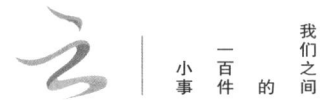

季怀槿立马明白了唐叙笑容里的含义，他对她的报复刻不容缓，在她以为自己令他陷入僵局的时候，他已经张开更大更深的圈套，等着看季怀槿自己往下跳。

她和唐叙的梁子到底是从什么时候结下的，连她自己都弄不清了。不过季怀槿知道，在和唐叙的争斗当中，她的力量实在太渺小，以至于总是占不到主动的地位。

就像他当众推荐她参加朗诵比赛一样，这次的副宣传委员，也是他等着看她的笑话。

午间休息，季怀槿垂头丧气地准备和骆优一起去食堂打饭，唐叙忽然在后面用圆珠笔戳她的校服。

"哎，"他叫她，看着季怀槿的眼睛，神情得意地说，"这次的机会是我好不容易向老王争取来的，你可得好好干。"

放学后，卖麻辣鸭翅的小店里，季怀槿对莫锐融说："快教我说几句特别厉害的脏话！"

"傻妹妹，学这些干吗？谁又招你了？"莫锐融横在椅子里问。

"没人招我，我就学着玩儿。"

"行，先教你一句，听好了，"莫锐融瞪起眼睛，拿出恶狠狠的腔调，吹眉瞪眼地说，"小子，我操你妈屄！"

"小子，我……我……"季怀槿运了好几次气，话在嘴边儿上愣是不好意思说出口，她索性放弃，"哎，有没有稍微干净点儿的？"

"这就是最好听的了，而且实用，任何场合都好使。"莫锐融拍着胸脯保证，"绝对是经验之谈。"

季怀槿想了想，觉得不妥，"算了吧，好歹我也是女生，说这些不好听。"

"哟，妹妹，您知道啊？"莫锐融一边叫老板来结账，一边对季怀槿说，"骂人顶什么用啊，说一百句也顶不上这个，"他亮出拳头，"谁要敢招你，你就照着他鼻梁使劲儿往下打。你要下不去手也没事儿，只管来告诉我，这世界上没你哥哥我摆不平的事儿！"

季怀槿懒得听他的大话，笑着"喊"了一声，这话题就算告一段落。

她和唐叙之间的恩怨是拉锯战、持久战，不是用武力能解决的，得靠斗智斗勇，所以她压根儿不会让莫锐融掺和进来。

而战争的号角一旦吹响，季怀槿才发现人生处处是危机。

首先要摆平的就是新一期的黑板报。季怀槿身为副宣传委员，跟着班里的宣传委员米乐一起去年级里开会，领会了新学期学校对黑板报的期望和要求，带着满满的压力回了班。

米乐是个高个子姑娘，特瘦，人很文静，总是安静地坐在座位上，在班里也没有过分亲近的朋友。季怀槿和米乐不熟，话都没说过几句，突然要一起共事，两人都觉得有些尴尬。

米乐有绘画基础，又做了一年的宣传委员，对设计黑板报的事儿得心应手，不像季怀槿半路出家，什么都不懂，只能愣头愣脑地跟在她后面，每次米乐说了自己的想法后，问季怀槿还有什么要补充的，季怀槿都只有傻了吧唧点头说好的分儿。

为了公平起见，米乐负责设计板报式样，策划专题；季怀槿就负责搜集资料，安排具体内容。画板报的那几天，季怀槿经常和米乐留到静校才离开。米乐站到椅子上用毛线在黑板上打格的时候，季怀槿就去楼下的小图书馆里翻阅相关书籍。

她俩做事儿的时候很少交谈，只是到了差不多该走的时候，米乐扭头看看季怀槿，小声："走吗？"

季怀槿这时候早巴不得赶紧回家了，于是将手里的粉笔一丢，拍拍手掌，就去拿自己的书包。

她和米乐家都住在大院里，所以势必要沉默地同行上一段路，但好在米乐家住在家属区的第一幢楼，得以让季怀槿还有一段自己一个人轻松自在的路程。

板报由她们两人齐心合力，加班加点地画了三天，终于完成。季怀槿

如获大赦，兴奋地跑回家，走进客厅却看到了她最不想看到的一张脸——唐叙彬彬有礼地微笑的脸。

季怀槿看到唐叙，书包都没来得及脱，就泄气地倒进沙发里。

袁子卿嫌她一点女孩儿的样子都没有，走过去帮她摘了书包，拍拍她的肩膀让她坐好。

季怀槿勉强坐正了身子，只感觉对面唐叙的笑容像夏日里最毒的太阳，已经将她曝晒了三天。

"你来我家干吗？"季怀槿用最后一点力气从沙发里跳出来，走到唐叙面前质问他。她觉得自己是一只被同类侵犯了领地的动物，一般在这种情况下，动物界的规矩是必须要给对方强有力的回击。

唐叙脸上的微笑滴水不漏，说起话来也礼貌得恰到好处，他微微抬起脸，一双漂亮的眼睛对着季怀槿，认真地说："我只是来拿我的东西，正准备走了。"

"你的什么东西？"季怀槿下意识反驳的话脱口而出。

唐叙面对她的恶声恶气，显得格外好脾气，他拉开自己的书包拉链，露出里面的硬皮书，"这本《红与黑》不是我借你的吗？但今天摘抄作业我得用，放学没来得及和你说，所以就直接上你家来了，没想到你不在，我就自己去你屋里找了，刚找着，正准备走呢。"

那本《红与黑》明明是季怀槿的，暑假和朋友在书市上以七折的价钱买来的，刚带回北京，还没来得及看呢。

不过季怀槿没有大声地将"那明明是我的书"嚷出来，因为她当然看见了硬皮书后面，那一摞封皮上写着唐叙名字的暑假作业。

唐叙明知道她在班里画板报，于是趁着她不在家的时候，胡乱编了个借口跑到她家去，堂而皇之地走进她的卧室，翻她的东西。他一定把每个角落都翻遍了，因为季怀槿把他的暑假作业藏到书柜的最底层，不仔细翻找是绝对找不到的。

季怀槿被捉了个现行，气得忍不住迁怒于袁子卿。

她攥着拳头回身质问她妈："您怎么随便让人进我房间翻我的东西！"

季怀槿在家很少朝袁子卿发脾气，所以袁子卿十分诧异，"这孩子，怎么突然这么没礼貌？人家没有翻你东西，在书架上拿了书就出来了。一直和我在客厅里坐着聊天来的。"

"阿姨，是我不好，我应该等季怀槿回家以后亲自给我拿，我确实不应该乱动她的东西。"这时候唐叙非要站出来捣乱。他越表现得通情达理，越能体现季怀槿的无理取闹。

季怀槿不想再看见他戴了面具似的微笑，冲到唐叙面前，拽着他的校服往外拖，"行了，书你也拿了，赶快回家吧。"

唐叙一点不使力，任由季怀槿拉着他往前走，直到袁子卿挡在他们中间，拉开季怀槿的手，然后转过头来对他说："唐叙留下吃了饭再走吧。"

他只客套地推脱了一下，就答应了袁阿姨的邀请。

唐叙低头看着自己的校服上留下了季怀槿指尖的粉笔印子，有个不太分明的拇指轮廓。唐叙一向爱干净，却破天荒地没有伸手把那碍眼的印子掸掉。

晚饭是袁子卿、唐叙和季怀槿三个人吃的，季爸爸临时有事没有回家。不管是客气还是出于真心，饭桌上袁子卿自然毫无保留地将唐叙夸奖一番，她说唐叙年纪虽小，却出奇聪明懂事，刚好两家又是世交，季怀槿应当多和唐叙走动走动。

唐叙被袁子卿说得心花怒放。他有理由相信自己虽不是第一个走进季怀槿家小小的餐厅、吃她妈妈亲手做的饭的人，但论起和季家的关系，他绝对比段梓棋更亲近。尤其是听到袁子卿对季怀槿说"初中时代的友谊将会是一生最珍贵的感情"时，高兴得忘了在心里否定他和季怀槿才不是朋友呢。

季怀槿从头到尾都低头拨着碗里的饭，唐叙在她身边，让她整个人都变得不自在。虽然在学校里吃中饭的时候，她就坐在唐叙前面，但这个人突然来到她边上，让她时常能够用余光看到他窃笑着偷瞄自己的样子，季怀槿就觉得一切食物吃在嘴里都味同嚼蜡，手脚也不知道要往哪里摆。

吃完饭，唐叙和袁子卿一起将碗筷收进厨房，原本他还吵着要把碗都洗了，被袁子卿好劝歹劝才给劝住了。袁子卿觉得唐叙这孩子识大体，而且心细，打心眼儿里喜欢。临走的时候亲自将唐叙送出门。

唐叙背着书包站在楼梯口，转头恭恭敬敬地和袁子卿道别。

季怀槿老早就找借口躲进自己的卧室里，袁子卿向她紧闭的房门看了一眼，又回过头对唐叙说："墨墨这孩子是被我惯坏了，唐叙你别和她一般见识。"

唐叙就算心里赞同，嘴上当然不会说出来。袁子卿又说："我知道墨墨从外地转学过来，在学校会遇到许多困难。像上次她在朗诵比赛上出了丑，嘴上虽然没说什么，但心里肯定很难过。唐叙，阿姨拜托你，以后在学校有什么事，你能帮的，就多帮帮她，好吗？"

唐叙觉得自己要说的话在喉咙里哽了一下，只发出了含混不清的声音。他起哄让季怀槿这个普通话不达标的人去参加朗诵比赛，绝对是抱持着恶作剧的心态。季怀槿不出他预料地当众出了丑，只是这件事的后续发展及恶劣影响的辐射程度是他始料未及的。他现在已经分不清自己是否还像事情刚发生时那样幸灾乐祸，尤其此时，季妈妈真诚地请求他在学校多多照顾季怀槿，唐叙不知道自己如何能接受这份嘱托。

"阿姨，我……"

"唐叙，阿姨知道你是好孩子，以后我们家墨墨就麻烦你照顾了。"袁子卿穿着居家服，站在灯光昏暗的门廊里。她脸上的表情是作为母亲独有的温婉和坚持，让唐叙在那一刻有种错觉，觉得她像落在凡间救苦救难的仙女。

唐叙本可以头也不回地走开，也可以随便搪塞两句当作回应。可有的时候唐叙就是这么一个较真儿的孩子，他将这或许是随口一说的托付当了真，并且在短暂的思想斗争后，终于决定许下这一诺千金的约定。

说到底，唐叙也只是个十四岁的少年，面对袁子卿不容拒绝的请求，一念之差跟从了自己无可告人的内心。他不知道这份约定的期限有多长，也不了解在往后的漫长岁月当中，为了守住自己今时今日的一句承诺，需要付出多么巨大的耐心，和一辈子或许只有一次的、刻骨铭心的温柔。

第十章

懊悔的

事

自从那次非正式的登门造访后，季怀槿就发现唐叙对她的态度发生了微妙的变化。虽然他还是和往常一样讨人厌，嘴里说出来的话足以让季怀槿七窍生烟，但他变得愈发婆婆妈妈，无论大事小情，只要是有关季怀槿的，唐叙都要插手管上一管。

唐叙不知道从哪儿弄来了季怀槿的手机号，每天晚上九点半准时发短信问她作业写完没有，有没有不懂的题需要他帮忙。这些短信季怀槿大多是不回的，偶尔被问得不耐烦了，就不带任何标点符号地回一句"做完了"。可唐叙似乎像在履行某种职责一样，只管日复一日自顾自地问着，并不很在意她的回答是什么。

在学校的时候也是，唐叙好像一下子有了新的爱好，就是坐在后面用圆珠笔尖儿戳她的后背，逼得季怀槿怒气冲冲地回头后，一脸谄媚地笑着问她："我要去楼下小卖部买瓶儿水，你要带点儿什么吗？"

他们班的数学老师有一个习惯，判完作业后会按照每个人的错题数将作业本分类，由课代表拿回班点名分发。毫无疑问，唐叙的作业总是在寥寥几本"全对"的行列当中，从前他很少关心发下来的作业本，现在却总是要在课代表进班的第一时间走过去，随手在第一摞里翻翻，然后不经意地问："这里有季怀槿的本儿吗？"

这种事儿多了，季怀槿开始抗议："你管我干吗？"

唐叙却气定神闲地走到她面前，抄着手说："我就是想看看你到底笨

112

到什么程度。"

以前季怀槿和唐叙的关系恶劣，几乎是班上公开的秘密。可即便那个时候，他们之间都维持着井水不犯河水的表象，不像现在，唐叙已经成为跟在季怀槿身后如影随形的天煞孤星。

轮到他们组做值日的时候，更是季怀槿的噩梦。

唐叙不知道用什么手段买通了小组长，取得了全组当中最轻松的任务——擦黑板。而季怀槿被分配到扫地，还是专扫他们组旁边两行的地。

上课的时候季怀槿就总能听到唐叙在她身后认真而专注地用橡皮擦着什么，一到下课，他的位子底下全是橡皮碎屑。这些碍眼的碎屑顽固又难清理，季怀槿时常需要弯下腰来动手捡才能收拾干净。

她不会傻到以为唐叙在她负责扫地的这个礼拜变得格外爱学习，他当然又是在整她，所以季怀槿从不开口向他讨饶，只是趁着课间唐叙下楼买水的时候，偷偷拿走了他的橡皮冲进女厕所的下水道里。

没想到唐叙向同桌借了一块橡皮，依旧在上课时勤勤恳恳地擦着干净得发亮的桌面。

每周一次的轮滑课上，唐叙和季怀槿还有几个同学被老师安排到体育器材室取垫子。季怀槿肚子不舒服，借机靠在垫子上休息。唐叙大摇大摆地走过来，硬是用力从季怀槿背后将垫子抽走。

季怀槿跳起来指着唐叙问："你干吗？"

唐叙甩着手上的垫子，挥开空气里的浮尘，"我能干吗？当然是拿垫子了。"

"那儿有那么多垫子，你干吗非拿我的！"季怀槿觉得自己一定是气糊涂了才会和唐叙讲理。

"你没看那些垫子都脏成什么样儿了吗？你倒是挺会挑，偷懒还知道找块最干净的垫子靠着。"

季怀槿从上节课开始，肚子就痉挛得厉害。她一直忍着，忍到额头冒

汗，嘴唇都被自己咬得发白。她本来想趁机歇一歇，没想到唐叙又来找她麻烦。她懒得再和唐叙多说，随手抓起两个垫子就走出去了。

没走两步唐叙再次出现在她身边，探着脑袋问："你怎么了？不舒服？"

季怀槿别开头，不耐烦地说了一句"没有"。

"那一会儿障碍比赛咱俩一组怎么样？你要是赢了，以后你擦黑板，我扫地。"唐叙似乎颇有兴致。

这赌注虽然极具诱惑力，但季怀槿当然知道自己没可能在轮滑上赢过唐叙，所以理都不理他，继续往前走。

"哎，哎，你走那么快干什么？"唐叙像个跟屁虫一样追着她，"要不我让你三十米，这样儿总行了吧？"

季怀槿还是没理他，放好垫子就走回队伍里。

轮滑老师让大家两两一组，穿好轮滑鞋进行障碍赛。分组的时候，唐叙用眼神儿逼退了试图和季怀槿一组的人，然后自觉主动地站到她旁边去，"说好了啊，我让你三十米，这你要再赢不了，我劝你趁早儿把轮滑鞋扔了吧。"

季怀槿坐在地上，低着头穿轮滑鞋。她小腹的疼痛越来越剧烈，像是被丢进洗衣机里按下甩干键，浑身绞着发疼。季怀槿勉强站起来，感觉到双腿不受控制地发抖，膝盖软得一点儿力气也使不上。

她和唐叙是最后一组，轮到他们的时候已经接近下课。

还没开始比试，唐叙就仿佛胜券在握，倒着滑出各种花式率先和跑道边上的男生庆祝起胜利来。

骆优早早滑完了，已经脱下轮滑鞋换上自己的鞋，她走过来问季怀槿："你为什么要和唐叙一组啊？"

季怀槿这时候已经疼得两眼昏花，胡乱摇了摇头。骆优似乎察觉到她的异样，有点担心地问："你怎么了？是不是难受？我看你脸都白了。"

骆优的话叫一旁的唐叙听见了。原来季怀槿是真的不舒服，他刚想喊停，站在终点的轮滑老师一声哨响，季怀槿咬着牙冲了出去。

她虽然不舒服，但更不想输。季怀槿抓紧一切时间，拖着僵硬的膝盖，绕过摆在跑道中间的路障，朝终点玩命儿飞奔。

唐叙原本想如约让她三十米，可他站在起点上看着她卖力往远处滑的背影，怎么想都觉得不对劲，于是单脚蹬地追了上去。

季怀槿终于还是绊在最后一个路障上摔倒了，脑袋磕在跑道沿儿上，整个人因为疼痛蜷成小小的一团。

唐叙在赶过去的过程当中，将一切都看在眼里。她连飞出去摔倒的时候背影都显得那么倔强，唐叙忽然觉得心里怪怪的，像是懊悔，又觉得有点儿心疼。

几个女生很快围上去，七手八脚地帮季怀槿脱轮滑鞋，试图将她扶起来。

唐叙三步并作两步地赶上前，一个回身在季怀槿面前站定，朝她伸出手，想要拉她起来。

当他看到季怀槿眼角噙着泪花儿抬头死死瞪着自己的时候，心里没来由地"咯噔"一下。季怀槿挣扎着从地上站起来，恨恨地甩开唐叙的手，然后不管不顾地朝教学楼的方向跑去，连鞋都没顾上穿。

那一刻唐叙什么都没有想，他脑袋里一片空白，身体完全由大脑的下意识支配，浑然忘记自己还穿着轮滑鞋，就这么迈开腿追了上去。

鞋底的轱辘绊得他一个趔趄，向前跌了几步才终于稳住平衡。唐叙也顾不上把鞋脱了，就这样三两下跳上台阶，终于在教学楼的走廊尽头追上季怀槿。

季怀槿再次将他甩开，跑进女厕所，将唐叙挡在木门外面。

唐叙想进去看看，又不敢进，站在女厕所门外干着急。这时候下课铃响了，各班陆续有女生出来，看见穿着轮滑鞋站在女厕所门外神情颓唐的唐叙，纷纷投来怪异的目光。

唐叙觉得自己这么干等下去不是办法，又折了回去，刚好遇见走进教

学楼的陆柳漾。他一把抓住陆柳漾的胳膊，说："季怀槿进了女厕所，半天没动静，我进不去，你能不能帮我进去看一眼？"

陆柳漾不紧不慢地抬眼，问唐叙："你什么时候开始这么关心季怀槿了？"

她这话说得别有深意，可唐叙才没工夫反应，"不是，她好像生病了。这事儿是我不好，算了我先不和你解释了，你先帮我进去看看她吧！"说完，唐叙连推带揉地把陆柳漾送到女厕所门口。

陆柳漾表面上板着脸，心里却因为唐叙那句"我先不和你解释了"而暗自高兴。他既然有心和自己解释，那陆柳漾觉得自己不如大度点，于是她进了女厕所，找到季怀槿所在的隔间。

唐叙在女厕所门口焦急地等着，他不明白为什么自己每次都只是想和季怀槿开个玩笑，最后都能伤害到她。这次她当着全班同学的面儿在操场上摔了个狗吃屎，估计又要半个月不理他了。

没过一会儿，陆柳漾从女厕所走出来，唐叙立刻走上前问她："季怀槿怎么样？没事儿吧？"

陆柳漾白她一眼，没说话，朝班里的方向走。

唐叙又往女厕所里瞄了一眼，没看见季怀槿的人影儿。他不明白陆柳漾为什么一个人出来了，又不和自己说里面的情况，情急之下拽了陆柳漾一把。"到底怎么回事儿，你倒是说句话啊！"

陆柳漾甩开他，"我先回班拿个东西。"

"别啊，"唐叙穿着轮滑鞋，比陆柳漾高出两头，迈着有点笨拙的小碎步跟在陆柳漾身后亦步亦趋，"季怀槿不是还在里面吗？你自己出来算怎么回事儿？"

陆柳漾真是不明白一向自命清高的唐叙为什么突然变得这么絮叨，他这副急赤白脸的样子，让陆柳漾也忍不住提高了嗓门，站在人来人往的楼道里嚷道："你有完没完，我回去给季怀槿拿个卫生巾！"

话音将落，唐叙整个人都傻眼了。他没想到事情是这样的，脸上一阵白一阵红，最后草草说了一句"我去换鞋"，丢下陆柳濛就跑了。

而一直躲在厕所隔间里不敢露面的季怀槿，此时此刻的心情和唐叙是一样的。她恨不能一辈子也不从这间厕所里走出去。

陆柳濛回班拿了卫生巾，从门缝里递给季怀槿后，靠在窗台边上问："你是头一次来亲戚？"

季怀槿正在隔间里手忙脚乱地拆着卫生巾，发出了微不可闻的一声"嗯"。

陆柳濛笑了笑，说："你来得可够晚的，我上个学期就来了。"说罢，也无意与季怀槿交谈，"没什么事儿我就先回班了啊。"

季怀槿巴不得她赶紧走，一个劲儿地点头，突然才想起来自己点头陆柳濛也看不见，连忙说了句"好"。

季怀槿对这突如其来发生的事情没有经验，但好歹生理卫生课上早就普及了相关知识，而且同龄的女生大多都已经有过这样的经历，她也不算太慌张，只是觉得让和自己不太熟的陆柳濛知道了，还给了她人生中第一个女性用品，有些丢人。

陆柳濛走了，季怀槿随后走出女厕所，将头埋得低低的，只穿着一双袜子，趁乱混进了班里。

刚好上课铃声响起，任课老师喊"上课"的时候，却缺了班长唐叙的那声"起立"。直到五分钟后，换掉轮滑鞋的唐叙十分没有底气地出现在班级前门。

他第一次迎着全班的目光，不再意气风发地扬着头，而是像做贼一样溜回了自己的座位。

过了一会儿，季怀槿感觉有什么东西被踢到了自己的座位底下。她低头一看，是自己丢在操场没来得及拿回来的鞋。

季怀槿偷偷穿好鞋，尽量想让自己表现得镇定，像什么事情都没发生一样。可是整个下午，操场上发生的那一幕都像一部恐怖片，越是害怕得想要忘记，记忆越是像倒带一样不停在脑海里重播。

季怀槿不信命，也不信牛鬼蛇神，不然她一定会虔诚地祈求上苍，让唐叙永永远远、彻彻底底地消失在自己的世界里。

可惜季怀槿不信命，也不信牛鬼蛇神，不然她就会开始怀疑，她与唐叙的羁绊是不是命中注定。

这个在别人眼里正直得一塌糊涂的浑小子，一面忍受着内心左右摇摆的煎熬，一面小心翼翼地将自己硬塞进季怀槿的生活里，用惶恐的神情，和总是不得其法的笨拙举止，在季怀槿看不到的背后，屡次抬起手来想要拍拍她的肩膀，却又放下手臂。

而季怀槿呢，不论她有多么不情愿，却实实在在地在自己最讨厌的唐叙面前，经历了生理上的第一次革命性变化。

那天放学后，唐叙乖乖地擦完了黑板，又替季怀槿把地给扫了。他用自己的劳动换得了季怀槿按时放学的自由，也用自己的劳动让得到自由的季怀槿在校门口遇上了段梓棋。

季怀槿月经初潮这件事儿被几个当事人保密得挺好，班上同学大多只知道她为了和唐叙比赛轮滑摔了跤，却不知道她在女厕所里磨蹭那么半天的真实原因。

可段梓棋知道这里面的事儿，也同情季怀槿度过了艰难的一天，于是特地在校门口等着陪她一起回家。

季怀槿觉得和段梓棋还有莫锐融在一块儿的时候，自己才能难得地轻松一点儿。所以她没有推辞，和段梓棋闲谈着往大院的方向走。

半路上袁子卿给季怀槿打电话，让她到院儿里的食堂带两个菜回家当晚饭，段梓棋就和她一起去了。两人坐在食堂里等着打包的时候，段梓棋对季怀槿说："今天的事儿你别太往心里去，我猜唐叙也不是有意的。"

季怀槿不想听到唐叙的名字，于是生硬地转移话题："对了，你那么喜欢看书，能不能推荐几本小说给我？"

段梓棋想了想，"上次那本《荆棘鸟》我看完了，写得真棒！"他边说着拉开书包，"我正好带着呢，你看吗？我可以借你。"

这本《荆棘鸟》是唐叙也看过的，季怀槿原本想摆摆手说算了，可是她又一想，唐叙看过的书肯定不止这一本，总不能他看过的她都不看，就从段梓棋手里接过书，拿在手里翻看两眼，说："谢了啊！看完还你。"

季怀槿眼尖，看见段梓棋书包里放着一个带锁的日记本，白色封皮，不仔细看还以为是个普通的笔记本。

"你还有写日记的习惯？"季怀槿朝他书包的方向指了指。

她原本只是随口一问，没想到段梓棋回答得却有点紧张，"哦，也就是随便写两笔，没什么实质内容。"

刚好晚饭打包好，段梓棋去窗口帮忙取了饭盒，顺道送季怀槿回家。

当天晚上，季怀槿就将段梓棋借她的书用白色挂历纸包好封皮，倒不是因为季怀槿爱惜书，而是这样她就可以在上课或做作业时，光明正大地拿出来看了。

临近睡觉的时候，季怀槿拿出手机，照惯例想要删除唐叙发来的短信，却发现这晚唐叙什么都没有发来。也是这个时候季怀槿才发现，她手机里存了许多同学的手机号，却唯独没有唐叙的。也正因如此，她记不得那些同学的电话号码，却唯独记得唐叙的。

这之后唐叙着着实实地消停了好一阵子，段梓棋那本《荆棘鸟》都看完了大半，唐叙的那串陌生号码在季怀槿的手机里仍旧保持着缄默。以至于当季怀槿阔别多日，再次收到唐叙"作业写完没有"的短信后，都有些恍如隔世的感觉。

她平心静气地在手机里敲下一段文字，"写完了，以后请不要再给我发短信"，然后按下了发送键。

唐叙的电话立马就追了过来，季怀槿刚接通，他的声音就通过电流，急不可待地挤进季怀槿的耳朵里。

"还生我气呢？"他犹豫了一下，"我知道上次是我错了，你别生气

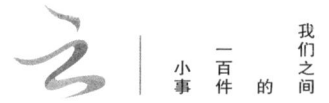
了吧。"

"我没生气。"季怀槿说。

"你嘴上这么说，但我知道你心里肯定不高兴。"

"你有什么事儿？"季怀槿问。

唐叙在电话那头支支吾吾起来，"也没什么事……我这掐着日子，觉得按照惯例你差不多该消气了，所以给你打个电话，没别的意思，就是想当面向你道个歉。"

季怀槿原本是应该生气的，应该气得不接他电话，不和他说话，可季怀槿气得忍不住笑起来，"你这叫当面道歉？"

"我不是觉得你不想见到我吗？你要愿意，我现在就到你家楼下给你当面道歉。"

"不用了，"季怀槿怕袁子卿听见她在打电话，躲进被窝里用被子蒙着头继续说，"唐叙，我承认我斗不过你，我认输，求你别再整我了，行吗？"一向骁勇善战的季怀槿，终于低声下气地向恶魔唐叙求饶，愿赌服输。

"不是，我觉着你误会我了，"唐叙急着解释，"我真不是故意整你，真的，我不知道你那天……身体不舒服。"

"唐叙，咱俩不熟……"

"季怀槿，我不知道你是真不记得还是装不记得，好吧，就当你是真不记得，那我告诉你，在你正式认识我以前，我老早就认识你了。"

"你到底想表达什么？"

"我就是想说，我觉得咱俩挺熟的，比你跟其他人都熟。"

被唐叙说得哑口无言的季怀槿挂断电话，缩在被子里回想刚才的对话，心里如同打翻了满满一杯汽水，冰块的温度和酸甜的气泡一起融化在她快速跳动的心脏里。

季怀槿索性关掉手机，却赶不走脑子里唐叙的声音。这个人从天而降，用一切歪理邪说为自己加持，将季怀槿一夜的安稳睡眠彻底摧毁。

第二天一早，这个人又挂着无辜的微笑出现在季怀槿面前。他身上沾着清晨露气，风风火火地走进班里，季怀槿正在低头看那本《荆棘鸟》，看到唐叙后立马将书本阖上塞进位斗，装模作样地拿出教科书。

她怕唐叙认出《荆棘鸟》来，怕唐叙误以为她是为他才看的。

唐叙倒没特别在意，和季怀槿打了个招呼就走回自己的座位，正好这时也刚到校的骆优走过来，唐叙就将注意力转移到骆优身上，一拍桌子笑着说："哟，骆优剪头了，快成咱们班最好看的女生了。"

骆优不好意思地捂着自己剪齐的刘海，害羞地眨了眨眼睛，"班长，我还觉得剪呲了呢，你快别笑话我了。"

一大清早，唐叙也不知哪根筋搭错了，和骆优较起真儿来，"没有，绝对没笑话你！你挺适合短头发的，要搁季怀槿留一你这头，猪都吓得撞树了。"

唐叙故意把嗓门放得很大，他知道季怀槿听见了，可她背对着他没有任何反应。不过唐叙现在一点儿也不会觉得失落，因为他已经习惯了季怀槿的无视，就像他老是爱挤对季怀槿两句一样，都是顺理成章的习惯。

骆优放下书包的时候看了季怀槿一眼，她伸手勾着季怀槿的胳膊摇了摇，主动做起唐叙的代言人，向季怀槿解释："你别当真啊，唐叙他不是那个意思。"

季怀槿才懒得管唐叙什么意思呢，她就是常得唐叙挺没意思的。昨天晚上还打电话跟她套近乎，今天一上学又跟变了一个人似的，好像不损她两句他就很没有面子。

白天得罪人，晚上道歉，季怀槿想着，这唐叙不会是人格分裂吧。

秋去冬来，眼看气温一天天冷下来了，早上七点多，外面的天还没有亮透。教室里的白炽灯光倒映在窗户上，将室内照得通明，屋外却是一片沉沉的黑。季怀槿透过窗上结的冰凌朝外面看，忽然想要快点长大。长大

了她就可以甩开这些作业本、乏味的两点一线的生活，和身后喋喋不休的唐叙，自由自在地生活。她想象着那样轻盈而无拘无束的自己，一刻都等不了了，如果有什么魔法能让她一夜之间成长，她觉得自己愿意付出任何代价。

不过季怀槿只是随便想想，彼时彼刻的她并不知道成长真的需要付出代价。

之后的几天，班里迎来了入团的小高峰，这批选出来的团员有八个人。在入团这件事儿上，似乎有一个不成文的规定，班干部总要先于小组长入团，小组长们又要先于普通同学。这回入团的八个人里又没有季怀槿，但好赖她还挂着副宣传委员的名头，却成为唯一一个没有入团的班委，这让季怀槿觉得脸上有点挂不住。

新团员入团后，班主任说要给所有团员开个会，说说班里的事情，再顺便说说团支部的事儿。季怀槿开班委会的时候在场，轮到团委事项的时候，就被"请"了出去。

季怀槿独自一个人往家走，觉得有点落寞。她的好胜心第一次占据上风，暗自下定决心，从今天开始要积极入团，这样如果往后再有类似会议，她就不会灰溜溜地在所有人的瞩目之下收拾东西离开了。

季怀槿想要入团的心愿很简单，也很朴素。但她不知道自己在回家路上这样想着的时候，班里留下的那些同学也在探讨着同样的问题。

班主任老师给几个团员各自安排了职务，又让他们提几个有希望在下一拨入团的同学名单。这个名单很快被七嘴八舌地讨论出来，可其中唯一存在争议的人选就是季怀槿。

季怀槿的名字是唐叙趁乱喊出来的，被老师写在了黑板上。可陆柳濛却不同意，她说季怀槿的成绩不够好，如果让她入了团，怕其他同学不服气。陆柳濛的观点引来几个反方支持者，可正方的唐叙据理力争，愣是说了好几条连他自己都不信的季怀槿的优点。当然，支持唐叙的也大有人在，比如段梓棋，比如米乐。

唐叙和段梓棋在同一问题上又难得地体现出久违的兄弟情深，二人同仇敌忾，不容置喙，最终在班主任老师的心里基本敲定了季怀槿这一人选。

散会后，陆柳濛气得咬着嘴唇第一个走出教室。段梓棋也正要离开，唐叙忽然走过去拍了拍他的背，说："刚才谢了啊，兄弟。"

段梓棋含糊地朝他笑了笑，并没有说什么。可聪明如段梓棋，忍不住在心里感叹道，唐叙啊唐叙，你也有今天，竟然像个傻瓜一样，无知无觉地就将有关于季怀槿所有的事，都当成是自己的事。

段梓棋当然不是在帮唐叙，他只是向着季怀槿而已。

可在唐叙心里，季怀槿就是太阳，他围着她公转的时候，其他人就都只能是月亮。可殊不知这浩瀚宇宙当中，绕着太阳公转的，并不只有地球这一颗渺小的行星。

段梓棋时至今日突然茅塞顿开，彻底明白唐叙这些日子以来一切反常症状的病因。他在季怀槿面前一切幼稚的举动、反复无常的抉择，原因当然只有一个。段梓棋惊讶于自己为什么没有早一点发现。

想明白这一点后，段梓棋对于自己在电影院把唐叙打了的事儿，就有点心存愧疚，因为是他误会了唐叙。

段梓棋奉行光明磊落地做事，他既知道自己错怪了唐叙，就没有理由不向唐叙道歉。晚上他打通了唐叙家的电话，简明扼要地表达了歉意。唐叙早就不把挨了段梓棋一拳的事儿放在心上，毕竟那次段梓棋在他那儿也没占到任何便宜。两个朋友一笑泯恩仇，再次恢复邦交。

临挂电话的时候，唐叙贸然问道："哥们儿，你跟我说实话，我保证不笑话你，你是不是喜欢季怀槿？"

段梓棋失笑，认真回答他："暂时还不。"

两人和和气气地挂了电话，唐叙在心里想，段梓棋并没有对他说实

话。而段梓棋却认为这个电话他是打对了，唐叙的担心，恰恰验证了段梓棋的猜测。

美好的青春里，总有那么多的可能性。因此欢笑悲伤，都是礼物。这对从前亲密无间的好友，站在成长的岔路，友谊会考验他们，时光也将离散友谊。至于他们能不能友爱如昨日，一切都还未有定数。

但不管怎么样，唐叙又开始叫着段梓棋一起打球，两人重新并肩出现在所有人的视线当中。

唐叙每晚给季怀槿发短信例行问候，收到回音的次数越来越多，有时候季怀槿还会和他你来我往说上两句。唐叙还没来得及喜悦于这样的变化，困扰就出现了。

唐叙的话费一向由唐妈妈固定充值到他的手机号里，所以短期内唐叙手机话费的大量消耗自然引起唐妈妈的注意。她趁唐叙洗澡的时候偷偷看了他的手机，翻出那些唐叙一直没舍得删的和季怀槿的短信对话。

唐妈妈并没有当着唐叙的面儿说什么，而是将这件事告诉了唐叙的爸爸。

关于这个，唐叙并不是完全不知情，确切地说，他几乎是在第一时间发现自己的手机被人动过，有一条来自于季怀槿的未读短信也被打开阅读了。

唐叙猜得到是谁干的，可等了几天唐妈妈始终都没有下文，唐叙有埋怨却没有机会说出口。就在他快要把这茬忘干净的时候，唐爸爸终于在一次吃晚饭的时候，旁敲侧击暗示唐叙在学校不要和女同学走得太近，并以不能影响学习为由没收了唐叙的手机。

唐叙非但没能将伸张自己隐私权的话说出口，连手机都没有保住。他试图趁爸妈不在家的时候将手机偷出来，却被唐爸爸逮了个正着。那天唐爸爸生了气，照准唐叙的后背狠狠给了一巴掌，怒斥他鬼迷心窍。

唐叙在家从来都是听话的，虽谈不上对父母言听计从，但他总觉得没有必要忤逆父母的意思，毕竟他们对他的要求，让唐叙觉得实现起来并没有什么难度。可这一次唐叙觉得父母实在不近人情，他没做错什么，没理由受到惩罚。

唐叙恍然意识到，长久以来他被父母视作骄傲，原来并不是因为他优秀，而仅仅是因为他听话。但凡他因为这一点点小事背离了父母的意志，他就不再是从前的那个他。那么父母眼中喜欢的，究竟是他，还是一个懂事的傀儡？唐叙忽然没有了答案。

这一发现让唐叙感觉到愤怒，他开始单方面地与父母冷战。

十二月十二日是唐叙的生日，每年此时唐妈妈都会提前做一桌子好菜，买一个蛋糕给唐叙庆祝生日。

这天一放学，唐叙就大声儿在班里攒人，"有想去锎儿厅的吗？今儿我请！"

好几个男生一听说要去游戏厅，都兴奋地跑到唐叙跟前报名。骆优和陆柳濛也去，还又拉上了三四个女生。唐叙倒挺大方，也不管那些人和自己熟不熟，让所有想去的同学都留下，到时候一块走。

季怀槿坐在自己的座位上磨蹭，也不说去，也不回家。唐叙弯下腰，脑袋从季怀槿肩膀上探出来，小声问："今天我生日，这么多人都去，你去不去？"

季怀槿稍稍向后偏头，看了唐叙一眼，"我和米乐得出板报，周五年级里检查，去不了。"季怀槿原本是想等唐叙带着这些人都走了，给她腾出地儿来好干活儿，殊不知唐叙耗在班里，就是想带上季怀槿一起走。

"就这破板报，你老那么上心干吗？明天课间操我帮你俩一起弄，保证弄得完。"唐叙轻轻拨拉了一下季怀槿的胳膊，"走吧，人多了热闹。"

唐叙是不是真爱热闹不得而知，可季怀槿不想跟着班里这些同学掺和。她说什么都不肯跟唐叙一起走，而讲台边儿上又有那么多双等着唐叙领路的眼睛一齐看着，唐叙无可奈何地朝大家一挥手，"咱走吧！"

　　一行人浩浩荡荡地走出学校，段梓棋看出唐叙的心不在焉，于是问唐叙："要不我再回去叫一趟季怀槿？"

　　这个请求简直正中唐叙下怀，但他还要面子，非嘴硬说："你要想叫她就去叫。"

　　段梓棋折回学校，这时候班里只剩几名值日生，还有在后面出板报的季怀槿和米乐。段梓棋特地跑回来找自己，季怀槿觉得如果再拒绝就显得矫情了，于是答应下来。

　　段梓棋和季怀槿约定好地点，就急匆匆地走了。如果他能晚走两步，就会看见自己位斗里忘记带走的那个白色封皮日记本被值日生撞到了地上。而当时季怀槿刚巧也不在班里，她端着搪瓷盆去女厕所打水去了。如果她看见，就知道那个日记本是段梓棋的，就会物归原主，就不会让另一个值日生不明就里地将无人认领的日记本放到讲台上。

　　季怀槿和米乐完成了当天的工作后，已经快七点了。她往唐叙手机上打了一个电话，无人接听，又给段梓棋打，段梓棋也没接。季怀槿想着他们一群人一定是玩儿嗨了，多自己一个不多，少自己一个不少，还是不去凑热闹了。她给唐叙发了一条短信，说自己先回家就不去找他了，并且祝他生日快乐。

　　这条短信刚一发送，就被守在唐叙手机跟前的唐妈妈点开看了。她一直等着唐叙回家过生日，眼看过了晚饭点都没他人影，正担心唐叙的安全，突然看到这样一条短信，知道唐叙放学后约了季怀槿，气得准备将电话拨回去问个明白。唐爸爸按住她的手腕，举箸示意："不等了，咱们先吃。"

　　而对此毫不知情的唐叙已经第十四次将游戏币投进极速赛车的机器里，一边猛踩油门一边在心里嘀咕季怀槿怎么还不来。他身后是看得目不转睛的骆优，和还算淡定的陆柳濛。唐叙驾驶的赛车在骆优一次毫无预兆的喝彩声中撞上了道路旁的防护带，将前挡风玻璃全部震碎。唐叙从驾驶座上站起来，赌气似的抡圆了胳膊使劲拨一把方向盘，心烦意乱地走开。

骆优不知道唐叙烦的就是她在背后一惊一乍地尖叫，以为唐叙输了游戏心里不痛快，连忙追上去说："要不我陪你玩会儿别的？太鼓达人怎么样？"

唐叙之前碍于面子，已经陪她玩了太多"别的"，连跳舞毯和抓娃娃这种脑残游戏都尝试了，为数不多的耐心已经全部耗尽，索性将兜里所有的游戏币都翻出来塞到骆优手里，"你自己想玩什么玩什么去！"

他走到在角落里投篮的段梓棋旁边，伸手从他面前捞了一个球投出去，篮球打板儿弹开，直接又飞回唐叙手里。

段梓棋抽空回头看了唐叙一眼，他消沉的样子让段梓棋忍不住乐出来，"季怀槿还没来？"

"没来，这都七点多了，她还来不来了？"唐叙低头看了眼表，想着从学校到游戏厅要走一条没有路灯的小路，季怀槿不会遇上流氓了吧。

正好这时候游戏时间耗尽，投篮机关闭，段梓棋扭头对唐叙说："要不我给季怀槿打个电话——"他从上衣口袋里拿出手机，翻开手机屏幕，"这儿有一个未接，季怀槿打来的。"

"给她打回去，问问她在哪儿呢！"唐叙急三火四地说。

段梓棋按下绿色的键，拨通电话，季怀槿赶在最后的嘟声结束前接起来。

季怀槿告诉段梓棋她已经在家吃饭了，段梓棋又如实转告给唐叙。唐叙一听季怀槿不来了，立马夺下段梓棋手里的电话，听筒都没对准，就说："不是说好了来的吗？怎么又变卦了？"

季怀槿将自己给他发短信的事情说了，唐叙一听这个，戾气像随着拳头打在棉花上，连忙改口解释："我手机被我爸没收了。"

不知道为什么，季怀槿听到这句话的时候，心情竟然是轻松的。唐叙并不是一个虎头蛇尾的人，他只是被没收了手机。

少女的心思总是别扭的，心中有一丝窃喜的季怀槿明明暗自松了一口

气，却一本正经地告诉自己，唐叙的手机被没收了多好，省得自己每天要受累删掉他的短信。

"你放了这么多人鸽子，"唐叙不依不饶地说，"怎么补偿？"

补偿？鬼知道怎么补偿。季怀槿躲开袁子卿的目光，不动声色地调小了听筒音量，说："明天补送你生日礼物。"

唐叙还想说点什么，被季怀槿三言两语给打发了。他挂了电话，若无其事地把手机递还给段梓棋，心里那点儿过生日的欣喜和期待已经荡然无存。他转头看了一眼跟过来的陆柳漾和骆优，顿时觉得没劲儿极了。

骆优把刚才唐叙给她的游戏币都装进一个Hello Kitty的零钱袋里，用抽绳束起口儿，放在唐叙手上，"剩了挺多币呢，你还想玩点什么？"

唐叙此时已经无心恋战，就想着赶紧回家算了。他把所有的游戏镚儿倒出来，把粉色的零钱袋丢给骆优，"这是女孩的玩意儿，你自己留着。"说完，就走到抓娃娃机旁边，将剩下所有的游戏币都塞进去。

唐叙之前就发现这抓娃娃机设计得特别坑人，吊钩是两爪而不是三爪的，而且爪子很松，抓在毛绒玩具柔软的表面根本吃不上力。不过唐叙现在觉得这设计挺好，能在最短的时间内把游戏币都浪费掉。

每次操控机械爪的时候唐叙都表现得很果决，几乎是连看都不看。骆优在一旁兴奋地拍着抓娃娃机的玻璃罩子，"班长，那个米妮好看！抓她耳朵！耳朵！"

每次落下的爪子颤颤巍巍地夹着娃娃上升，又软绵绵地松开的时候，骆优都会发出失望的感叹声："真可惜，就差一点儿！"

还剩最后一次机会，唐叙很快按了开始键，心里如释重负地想着总算可以走了，甚至没耐心看着爪子落下去，就准备张罗大家一起撤。

"下来了！下来了！"骆优不怎么好听的声音因为激动抬高了八度，听起来像是急刹车时车辙与地面摩擦发出的声音，"班长你快看！"她伸手拉住唐叙的胳膊。

机械爪勾住米妮头顶的商标，一路将摇摇欲坠的玩具吊到了出口，然后滚落在骆优早早等候的手上。

"班长你太厉害了！今儿好多人玩这个来的，只有你抓着了！"骆优忠心耿耿地在一旁为唐叙喝彩。

唐叙心里其实也挺得意的，前一秒还觉得这种小儿科的玩意儿无聊，现在倒觉得这是他用智慧和努力换来的成功，压根儿不去想自己只是为了浪费游戏币，抓的时候甚至连瞄都没瞄一眼。

当他将摊开的手伸到骆优面前时，着着实实地让抱着娃娃的骆优愣住了。她的确没想到唐叙还想把米妮从自己手里要回去，他一大男生要个娃娃干什么？何况这娃娃还是个穿裙子系蝴蝶结的姑娘。

唐叙也压根儿没想到要把娃娃转送给一直觊觎它的骆优。从弗洛伊德的心理学理论上来讲，唐叙没有借助任何感官帮助，仅是从自身身体机能对外界的刺激产生了反应——他打算把这个看起来有点蠢的粉红老鼠送给季怀槿。

骆优臊得脸上有点挂不住了，胡乱将米妮塞到唐叙手上。唐叙则大大方方地打开书包，把娃娃跟书本挤在一起，然后对刚刚被骆优的尖叫聚过来的同学说："走吧，本来还想请大家吃个饭，可时间已经有点儿晚了，咱改天吧。"他拍了拍段梓棋的肩膀，却仍旧对着所有人说，"欠大家伙儿一顿饭，等过阵子期末考完试，我请大家出去撮一顿好的！"

其他同学原本对今晚的聚餐就没有太多期待，听说唐叙打算改日放血，起个哄也就算了。可骆优有点失望，她的书包里还放着给唐叙精心挑选的生日贺卡。

大家在游戏厅门口散了，各自回家。唐叙和段梓棋这些家住在大院儿里的孩子一路走，其他住在别处的同学则到车站坐车。

唐叙和段梓棋先把几个住得近的女生送回去，然后两人溜溜达达地朝家走。隆冬的夜晚风像刀子一样刮在脸上，街灯的光穿过光秃秃的树干打向地面，唐叙将手揣在羽绒服的口袋里，低头踢着一个被踩扁的易拉罐。

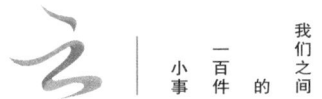

　　段梓棋看唐叙磨磨蹭蹭地跟在自己后面，心里明白他书包里那只被挤得变形的米妮正蠢蠢欲动地想找到它的归宿，于是问唐叙："手机借给你打个电话？"

　　唐叙和段梓棋都是聪明孩子，聪明人之间的对话永远不用说得太明白。唐叙知道段梓棋猜中了他的心思，可正是因为被段梓棋猜中了，唐叙才不想承认，于是笑着推了段梓棋一把，"哪儿那么多废话！回家！"

　　唐叙想着，他和季怀槿有的是时间，不就一个娃娃吗，今晚给她，或者明天给她，还不都是一样的。

　　他还真没想到，就一夜之间，一念之差，理想与现实总能背道而驰。

第十一章

懵懂的

事

先不说唐叙回家以后怎么被爸妈一通臭骂，光是第二天下午放学前发生的事，就令这帮少不更事的孩子始料未及。

唐叙他们班的班主任老王有个习惯，就算班里发生天大的事情，宁可忍到放学拖堂解决，也断然舍不得占用自己数学课一分钟的时间。

可今天上课的时候，老王将手里一摞书本往讲台上一撂，就开始操起手环视班里的同学。

在班主任"你们摊上大事儿了"的眼神逼视下，班里的气氛有点紧张，连季怀槿都觉得惴惴不安，想着自己这段时间有没有干了什么错事儿，还是前阵子年级里的百题竞赛成绩下来了。

老王从讲台上拿起一个白色的本子，朝所有人晃了晃。季怀槿认得这个本子，是段梓棋的日记本，原本上面有一把小小的银锁，现在锁被取下去了，不仔细分辨还以为只是一个寻常的白皮本。

老王平静又严厉的声音回荡在教室里："今天早上我捡到一个本子，这个本子属于谁，我心里有数。我希望这个本子的主人今天放学前能主动来找我，不要等到我去找你们。"

她用了"你们"这样的字眼，不明就里的同学们也许没有注意到，但季怀槿发现了。当然段梓棋也发现了，他被老王穿过镜片的犀利眼神盯得有些喘不过气，紧张得手心直冒汗。

教室里很安静，虽然除了当事人以外，其他同学尚不知道发生了什么，但班主任的口气让他们明白这不是一件小事。教室里气压低得让人发寒，人人都埋着头，等待老王狂风暴雨似的爆发。

唐叙轻轻踹了一下季怀槿的椅子，趴到桌子上，对着她的背影小声说："哎，这本儿不是你的吗？"

唐叙的声音确实不大，可奈何班里实在太静，唐叙的动静仍旧引起老王的注意。

"唐叙，你说什么？说出来让大家都听听。"老王明显动了气，连面对自己一向爱护的班长都不留面子。

唐叙慢腾腾地从座位站起来，恭恭敬敬地回答："王老师，我刚才跟季怀槿说，'把你涂改带借我用一下'。"

"没看见我正说话吗？"老王双手环胸，皱眉怒目。

"听见了。"唐叙说。

班里有不怕死的同学小声笑起来，班主任眼神扫过去，纷纷噤声。

"唐叙，你最近太浮了，下了课到我办公室来一趟。"

唐叙就这么被班主任约谈了。他倒没觉得有什么，毕竟班主任老师不是父母，不会像他爸似的，生气了就抄起脚底下的拖鞋抽他。唐叙的肩膀和后背到现在还留着几道儿昨晚上被他爸用拖鞋底抽出来的红印。他不认为自己做错了什么，和女同学发发短信，就真的伤风败俗十恶不赦了吗？他偏不信这个邪，唐叙昨晚上躺在床上的时候已经打定了主意，就算手机被没收了，他拿私房钱再买一部，接着给季怀槿发短信。期末考试的时候他照样能考全年级第一。

就跟现在似的，他不就和季怀槿说了句话吗？怎么就浮躁了？此时唐叙觉得大人都有一个通病，就是爱上纲上线，老觉着这个世界是按照自己的意志和判断运转的。一旦发展脱离自我意志，就得绞尽脑汁地编排出点儿罪名扣在别人脑袋上。

下了课，唐叙站在老王的办公室里，双手背后，神情肃穆，一脸谦恭地挨训。

　　班主任抓紧短暂的十分钟课间休息，从上课开小差的弊端发散至人生哲理，直到办公室的门被段梓棋敲开，才以威严的一句"知道错了吗"结束谈话。

　　唐叙和段梓棋擦肩而过的时候，给他递了个眼神儿。可段梓棋明显心不在焉，没能回报他以默契的微笑。

　　唐叙觉得有点儿不对劲，于是走出老王的办公室后，就趴在门上偷听。

　　正好上课铃响起，楼道里安静下来，段梓棋和班主任的声音传到耳朵里更加清晰。

　　"你知道早恋有什么后果吗？"老王问。

　　"我知道。"

　　"那个女生是谁？"

　　"王老师，您不是知道是谁吗？这件事还是由她自己来承认比较好，我不方便说。"

　　"段梓棋，你到现在还不知道悔改？"老王的声音陡然拔高。

　　这时候有老师从旁边的办公室里走出来，唐叙连忙装作路过，匆匆叫了声"老师好"，然后迈开步子，怀着怪异的心情，有些沉重地走回班里。

　　这一路他都在用自己偷听到的有限的信息分析整件事的始末。毋庸置疑，老王如此震怒的原因，是因为发现班里的同学早恋，这还是他们班发生的第一起早恋事件。今年夏天邻班有一对其貌不扬的同学被发现放学后在公园约会，整整一个学期，被班主任约谈、请家长、写检查、最后捅到年级里去，总之闹了个轰轰烈烈。两人的下场自然是被棒打鸳鸯了，但那个女生更倒霉，听说到现在在班上都抬不起头来，女生不爱跟她做朋友，男生也不敢跟她走太近。

　　唐叙说不清楚自己心里是个什么滋味儿。听老王的意思，那个神秘的白色本子里，有班上同学早恋的证据。其中一个已经肯定是段梓棋，而另一个人呢？是不是季怀瑾？唐叙分明见过早读之前，季怀瑾偷偷地拿着个白色本子放在课桌底下看，察觉到唐叙后，快速将本子阖上放进位斗。而唐叙也清清楚楚地看到，本子的封皮是白色的。

世界上真的有那么巧合的事情吗？唐叙觉得自己想给季怀瑾找借口开脱，都没有任何可以推翻自己猜想的证据。

想到这里，他不由得心烦意乱。段梓棋和季怀瑾瞒着他互通款曲，在他不知道的时候，像电影里演的那样含情脉脉地凝视着对方。

段梓棋曾因为唐叙叫着季怀瑾去看电影，而对他大打出手；暑假的时候陪着季怀瑾在麦当劳里抄作业；团会时又力挺季怀瑾入团……

类似细节不胜枚举，唐叙现在才意识到自己多么后知后觉，当初竟然差点信了段梓棋说不喜欢季怀瑾的鬼话。

唐叙从后门窗户往班里看，季怀瑾佝着背坐在座位上，托腮看向黑板。她看上去在专注地听课，可心里在想些什么呢？是担心自己的小情人段梓棋，还是发愁要怎么向班主任老师承认错误？她知道面对她的责难将有多么难以承受吗？她又是从什么时候开始喜欢上段梓棋的呢？

唐叙远远地看着她，突然觉得她是那么的陌生，八岁那年那个黑黑瘦瘦的小女孩的形象却在唐叙眼中逐渐清晰起来。

楼道里的穿堂风一刮，唐叙忽然觉得鼻子发酸。他连忙挪开视线，往楼梯的方向走过去，走着走着，他几乎跑起来，球鞋无声落在水泥地上。

唐叙来到篮球场，从场边捡起一只泄了气的篮球，对着篮筐一次又一次投篮。暴露在外的双手和脸很快冻僵了，他也不在乎，只是机械地将球打在篮板上。

他曾答应袁子卿，在学校多照顾季怀瑾。他也想帮她，可在整件事当中，唐叙的身份就是个局外人，他甚至连和季怀瑾共同承担的资格都没有。

唐叙在下课前五分钟朝教学楼走去，在下课铃声响起时站在后门外

边，走进教室，拖着季怀槿的手腕就往外走。

唐叙一鼓作气将季怀槿拖到楼梯间，目光复杂地逡巡过她懵懂的表情。

"老王手里的那本儿是不是你的？"

"你说那个？那不是我的，"季怀槿将方才被唐叙拉过的手腕藏到校服宽大的袖子里，感觉那里像被唐叙施了咒，僵硬得没有知觉，"那是段梓棋的日记本。"

她果然知道，唐叙心想。

"段梓棋主动找老王认了，"唐叙看见季怀槿满不在乎的样子，烦躁得扳住她的肩膀，逼她看着自己，"你别跟个没事儿人似的，赶紧想想怎么和老王解释吧！"

季怀槿把唐叙的手挡开，皱眉问："解释什么？你这人怎么一天到晚神神叨叨的，老说些别人听不懂的话。你是不是闲得没事儿干啊？老王骂你骂轻了吧？"

唐叙觉得自己真是难堪。在季怀槿的世界里，根本就没有他唐叙的位置，可他还跟个小丑似的，厚着脸皮围着她转。他忒拿自己当回事儿了，所以最后自取其辱的也是他自己。

"成！你成！季怀槿，我算认识你了。"唐叙感觉左边脸颊上的肌肉愤怒地不受控制地微微发抖，右手不自觉提起拳头在空中搜索了一圈儿落点，最后重重砸在消防栓的红色铁皮上，"季怀槿，我以后再想着你我就他妈的是王八蛋！"

唐叙扭头走了，边走边把自己的校服外套脱下来掼在地上，又踢了一脚。季怀槿看着他往前走了两步，又很没出息地回身把校服捡起来，拿在手里往墙上摔，就这么一路走回了教室。

季怀槿不明白唐叙又发什么神经，可是看见消防栓上被他拳头砸出来的小坑，又想着唐叙刚才说的话，季怀槿觉得没来由的揪心。

一直到放学之前，唐叙都拿季怀槿当空气。英语课发下来两套卷子，发到唐叙那儿还有两张富余，一般这种时候唐叙都会没皮没脸地把卷子丢到季怀槿桌上，抻着头跟她说："多了两张，你传回去吧！"可今天唐叙竟然站起来，亲自将卷子送回到讲台。

季怀槿再迟钝都知道唐叙生气了。她本来以为唐叙是因为今天没收到自己补送的礼物而找她借题发挥。其实前一天晚上，季怀槿真的为送点什么给唐叙伤透了脑筋。她家里没什么能送得出手的东西，原本想着放学拉上骆优一起去商场给他挑个打篮球用的护腕，钱都带好了。可她又隐隐觉得唐叙的怒气并不只是因为一件礼物这么简单，她琢磨不明白，又不好意思开口问唐叙，于是就这么拖到了放学。

最后一节课的课间，季怀槿去上了个厕所，回班后原本想找骆优商量一起去商场的事儿，可是直到上课她都不见踪影。季怀槿想着还是等放学以后再说，没想到最后一堂课没上完，班主任就进了班，面孔因为不悦而拉得老长。她当着全班的面儿把季怀槿叫了出去。

唐叙看着季怀槿离开的身影，心里像堵了一块儿大石头，照说这石头是他自己亲手搬来的，如今绊了脚，却又不知道怎么才能把它踢开。

唐叙将书包扯开，想收拾东西回家，却赫然看见包里那只系着蝴蝶结的米妮正朝他傻笑。

唐叙拎着米妮的腿把它从包里拎出来，隔空抛给刚背上书包准备走的骆优，说："喏，送你了。"

骆优手忙脚乱接住玩具，问唐叙："怎么想起送我了？"

唐叙没什么情绪地回答："觉着你俩长得像。"

唐叙去车棚取自行车的时候看到了段梓棋，后者却没有看到唐叙。段梓棋站在唐叙出校门的必经之路上，唐叙却故意调转车头避开了他。

回家路上，唐叙将车骑得飞快，松开车把让山地车带着自己逆风滑行。可天气实在太冷了，唐叙觉得不论是车，还是他自己，零部件都因为

低温而变得不那么灵活。

夜色倾轧而来，萧索的冬日如暗不见光的海底，唐叙忍不住打了个哆嗦。

到了家楼下，唐叙没有像平常一样，锁车，上楼，打开家门，走进去做个乖宝宝。

他在想，段梓棋为什么放心把季怀瑾独自留在学校，然后自己像个没事儿人一样回家。

他觉得段梓棋的行为特别不爷们，季怀瑾怎么就看上了他？

唐叙只逗留了不到一分钟，再次骑上他心爱的山地车，用比刚才更快的速度蹬回了学校，把车停到车棚。这时候学校里的人都走得差不多了，车棚里孤零零的只有唐叙一个人的车。

他三步并两步地上了楼，走到班门口的时候就看见季怀瑾一个人在座位上。

唐叙轻手轻脚地走到她旁边，季怀瑾闻声抬头，看见唐叙以后，眼底有一瞬间出现了类似于如释重负的情绪。

她扬着脸，口气里听不出是否带着责备的意思，"你跟老王说那个日记本是我的？"

唐叙摆手否认，"没有，我什么都没说。"

季怀瑾站起来，凑过头仔细端详唐叙的表情，狐疑地问："真的不是你说的？"

"真不是我说的，"他有点不好意思地避开目光，季怀瑾离他太近了，让他感觉血管里的血都开始倒流，"哎，不是，说真的，老王找你说什么了？"

"你猜。"季怀瑾居然还有心情跟他开玩笑。

唐叙不是跑回来和季怀瑾兜圈子的，于是如实回答："说你和段梓棋早恋的事儿吧。"

"你怎么还没走？"季怀瑾话锋一转。

"我问你，那你是不是和段梓棋早恋了？"

"你猜。"

"季怀槿，你能不能好好说话！"唐叙终于看向季怀槿的眼睛，那双眼睛干净得好像没有一点儿秘密。如果有，也是因为那秘密太晦涩，连它的主人都没有发现。

"如果不是你，那你说是谁找老王告的密？"季怀槿问。

唐叙从鼻子里哼出一声："是你的相好段梓棋受不了老王的威逼利诱把你给供出去的吧？"

季怀槿微微皱着眉头，若有所思地说："不可能是他，一定另有其人。"

季怀槿和推着车的唐叙一前一后走出校门。天已经完全黑透了，风打着旋儿朝两人扑过来，季怀槿的头发在空中高高扬起，脸都被吹歪了。

唐叙一个劲儿回身看她，笑得特别放肆，"你这样儿真是丑死了，段梓棋是怎么看上你的？"说到这里，唐叙黯然，也没了取笑季怀槿的兴致，而是取下自己的围巾，单手套到季怀槿脖子上，"把你那张脸遮遮吧。"

季怀槿推脱了两下，最终还是用围巾缠起头发，让它们不致再四处乱舞。

唐叙不明白自己到底得了什么病，下午暗自赌咒再也不想搭理季怀槿的人明明是自己，看着她若无其事的无辜表情时还恨不能上去捧一拳；现在被她裹着自己围巾遮住整张脸只露出眼睛的样子逗得心花怒放的也是自己，巴不得脚下这条回家的路怎么走也走不到头。

还有几天就是二〇〇五年了，这原本没什么特别的，可唐叙一想到圣诞节、元旦、春节这几个重要的节日里，有一个叫"段梓棋"的小子可以名正言顺地霸占她的时间，在属于他们的白色本子上倾吐自己的心事，唐叙就觉得像连考了五个零蛋一样——他根本不可能让这种事儿发生。

唐叙终于明白，无论他再怎么躲闪，还是被命运这颗球狠狠地砸中。

　　他也不是没挣扎过，如果有朝一日注定会爱上一个姑娘，唐叙希望那是个温柔漂亮的姑娘。可上天最终还是没给他还手的机会，就像小时候玩的叫号游戏，每次游戏开始被叫到的都是唐叙的号码，于是他始终都没机会把季怀槿推给别人。

　　现在那个不幸的人终于轮到段梓棋，唐叙才发现他将爱上的那个姑娘有多漂亮多温柔已经不重要了。重要的是她必须是季怀槿。

　　唐叙只要一想起季怀槿，就像夏天里的高烧，冬日结了冰的湖面，是热的，是冷的，是无所适从的难耐。

　　两个人一起走到季怀槿家楼下，简单地说了句"再见"，唐叙就让季怀槿赶紧上去了。

　　季怀槿走进楼道，眼看着唐叙头也不回地消失在路口。她想起春天的时候，有回段梓棋送自己回家，礼貌地等着自己上了楼才离开。

　　唐叙和段梓棋是性格截然不同的两个人，唐叙招摇，段梓棋内敛。如果搁以前问季怀槿他俩谁好，季怀槿会毫不犹豫地说段梓棋能甩出唐叙几条街。可现在她不敢肯定了，季怀槿觉得她似乎有点感受得到，唐叙嚣张而冷漠的外表下，有一颗热乎乎的怦怦跳动的心。

　　说实在的，这晚他们一起回家，季怀槿有无数次机会可以向唐叙解释，她和段梓棋之间并没有什么。

　　班主任老师把季怀槿领到办公室，给她看段梓棋的日记本。季怀槿终于明白为什么那天说起这本日记时，段梓棋脸上有一晃而过的不自然。

　　日记本看似普通，里面却记录着一对小情侣每日的日常，上课，吃饭，睡觉，想念对方。这两个人的文笔实在是好，季怀槿光是扫了几行，就忍不住脸红了。

　　这是一本交换日记，交换的不仅是生活，还有年轻的露骨爱意。季怀槿随手翻了翻，起初两个人写得很频繁，日期都是连着的。写到最近几日的时候，女生的内容明显变少，有时候一隔几天没有只言片语。

看来是变心了，季怀槿想。

班主任老师清了清喉咙，"知道我为什么叫你来了吗？有人跟我说这个日记本是你的，是不是？"

季怀槿阖上本子，放到老师的办公桌上，"这个本子不是我的，跟我一点儿关系都没有，不信您拿我的作业本儿对下字迹。"

班主任老师真的照做了，她翻出季怀槿的作业，逐字比对下来，两个本儿上的字体虽然乍看相似，放在一起还是有很大不同。

"那你知道这是谁的吗？"班主任的口气已经比刚才叫季怀槿来办公室的时候和缓了很多。

季怀槿说自己没见过，她不想给段梓棋找事儿。

洗脱了嫌疑的季怀槿很快被放出办公室，往回走的路上，她几乎没有犹豫地就认为告密的人就是唐叙。可唐叙说不是他，他这样说了，季怀槿也就相信。可如果不是他，那还能有谁呢？要知道这不仅仅是告密那么简单，这简直无异于在背后捅她刀子。

看唐叙下午那么紧张的样子，一定知道本里牵涉的内容，于是他才会在消失了一整节课之后，慌张地将季怀槿拉进楼梯间。季怀槿甚至认为唐叙故意在学校拖着没走也是等自己。

她不解释自己和段梓棋的关系，是不是多少有点儿想看唐叙担心自己的成分，旁观者看得明白，季怀槿本人却未必想得透。

他们还都太年轻，有激情，有热血，却没有教训。长大是一条血泪模糊的路，所有人都得蹚着这条路才能学会什么是爱。而所有的痛苦、忧愁、心酸和彷徨，都是爱的副作用。

唐叙在从季怀槿家楼下走回自己家的这段路上，彻底接受了一个现实：他喜欢季怀槿。不但如此，有朝一日他还将爱上她。这一认知让唐叙觉得有些绝望，也有点兴奋。这个时候段梓棋的存在似乎都没那么重要了，好像一旦他下定决心，他和季怀槿之间，于整个世界里，生存或毁灭，也就只是他们两个人的事儿一样。

唐叙回到家，翻出自己在迷笛音乐节买的黑豹乐队的CD，放进CD机里听了整晚。他还记得今年迷笛的主题是"永远年轻 永远热泪盈眶"，这句话出自美国作家杰克·凯鲁亚克的小说《达摩流浪者》，"O ever young, O ever weeping"，两年后被万晓利唱成歌，而二〇〇五年五月，张楚在"愚公移山"的复出演唱，唐叙带着季怀槿亲眼见到了万晓利。

不过关于万晓利的歌、张楚的演唱会、唐叙和季怀槿在酒吧的狂欢，那些都是后话了。这晚唐叙的CD机一直循环播放的是黑豹的《我们这一代》。

我们这一代

不需要忍耐

世界已打开

一切会清白

等待

用快乐去等待

用摆脱等待

但用希望等待 等待 等待的并不存在

唐叙突然觉得这世界很大，责任很大，风险很大，而要做的事情又太多。他因为年轻而对未来热泪盈眶，却不知往后的自己想起年轻才会热泪盈眶。唐叙觉得自己有好多梦想，它们在他的胸腔中拥挤着，喧嚣吵闹，随时伺机破膛而出。

他想学吉他；想将自己投篮的准确率至少再提高百分之二十；玩儿出Diablo 2里的终极大菠萝；有机会能找茬呛莫锐融两句，最好能干上一

架；将来考上四中，再考进清华；结婚之前去一趟荷兰看大胸大屁股的女
人；老死之前和黑豹乐队的几个成员喝一顿酒；夏天的时候买辆鬼火；和
最好的哥们、心爱的女人一起到沙漠看日落……

还有什么？

还有。还有等他们长大，大到自己能赚钱，大到父母再也不设门禁，
就让季怀槿做他的女朋友。

但为什么不能是现在呢？

并不是因为段梓棋。而是唐叙觉得自己现在还给不了季怀槿什么。从
最简单的角度讲，他给不了季怀槿应有的保护。如果班主任追查下来，他
自问没本事当着老王的面儿拍着桌子高声说："我他妈就是喜欢她！你怎
么着？"

唐叙对季怀槿的一切情绪都出于本能，从没特意拿捏过应该用什么样
的态度和立场面对她。所以他对季怀槿感情上的转变发生得毫无征兆，甚
至可以说实在太顺其自然了。这让唐叙有十足的理由相信，他和季怀槿的
相识从来不是有人故意为之，而是他们命中羁绊得水到渠成。

那么再等两年也没什么的，等他终有一日像个意气风发的骑士，扬尘
绝迹来到她面前，将怀里那枝玫瑰潇洒地递到她面前，不容置喙地说一句
"是时候该考虑考虑咱俩的事儿了"。

那时候季怀槿就不会再冷落他，或是对他嗤之以鼻了。

唐叙的算盘打得非常好，对于今后的憧憬也足以令他四肢百骸都顺畅
起来。但只有一件事儿，他觉得自己放不下心。

老王摸清了季怀槿的案底，那么他和段梓棋费劲争取来的季怀槿的入
团名额，肯定不算数了吧？

唐叙替她觉得可惜。想着这次错过了机会，日后再要翻身可就难了。
以老王平日里做事儿心狠手辣的架势，季怀槿和段梓棋恐怕没好日子过
了。段梓棋还好，他是副班长，学习又好，已经在团支部那担任了要职，

143

老王未必舍得动他。

像季怀槿这种多她一个不多，少她一个不少的庸资之辈，唐叙想不替她担心都难。

可谁承想，第二天班主任就公布了下一批入团同学的名单，季怀槿的名字赫然在列。

唐叙用笔帽儿捅了季怀槿一下，"恭喜你啊，咸鱼翻身了。"说完他恨不得抽自己一嘴巴，明明是句恭喜的话，只要对象是季怀槿，从他嘴里说出来就变了味儿。

"谢谢。"季怀槿偏着头，只留给唐叙一个微笑的侧脸，然后很快转回去了。

唐叙没想到季怀槿会对他笑，心里一软，也傻呵呵地乐起来。

下课后的女厕所，骆优和陆柳濛走进同一个隔间。

两人虽然离得很近，还是放低声音咬耳朵。

"我明明和老王说了日记是季怀槿的，怎么老王还是让她入团了？"骆优用气声说。

"那就是老王没信呗。想证明不是她的还不容易？连字迹都不一样。"

"那……"骆优口气里有点儿不悦，"那你干吗还让我去告密？"

"拖延时间，转移老王注意力啊，"陆柳濛表现得挺淡定，"过两天要开联欢会，之后还要期末考试，这么多事儿呢，搞不好老王过两天就把日记本抛在脑后了。"

"如果老王发现是你，你打算怎么办？"

估计这个问题陆柳濛已经不止一次地想过，连脱口而出的答案都像是预备好的，"能怎么办，和段梓棋散呗。"她撇了撇嘴，"反正我现在也不喜欢他了。"

陆柳濛的话音将落，骆优几乎同时问出来："那你现在喜欢谁？"

陆柳濛看了她一眼，似笑非笑地回答："谁都不喜欢。"她把厕所门上的插销拉开，轻轻推了骆优一把，"你先出去吧，我上个厕所。"

骆优还记得，刚入学那会儿，她和陆柳濛的关系很好。她们总是一起打饭，一起上厕所。上厕所的时候都上同一个坑儿，连放学后去文具店买笔袋儿也要买同样的款式。

现在陆柳濛跟她走得没那么近了，不过她不担心。虽然陆柳濛处处强过她，可她知道她所有的秘密，这不就足够了吗？

但她不知道的是，米乐在陆柳濛隔壁，将刚才她们的对话全部听在耳朵里。

米乐不是有心听的，但奈何她的耳朵太尖。对于一个不爱八卦的人来说，知道许多秘密未必是一件值得兴奋的事儿。

后来老王就真的没继续追查这个日记本的事儿。也不知是因为寒假将至，正事杂事通通都赶到一起，还是老王有心想放这对小鸳鸯一马。总之风平浪静地放了寒假，已经是团员的季怀槿欢欢喜喜地跟着爸妈回济南过春节去了。

寒假比暑假短，还没出正月十五，他们就要返校了。

季怀槿从济南给几个走得近的同学带了些当地的牛肉干，这其中唐叙也有分儿。唐叙嘴上说着不爱吃这些乱七八糟的零食，其实心里还是挺高兴的。

季怀槿有日子没见莫锐融了，她找到他，想要给他整袋儿牛肉干的时候，莫锐融正躲在光秃秃的树干后面抽烟。

"你怎么又抽烟呀？"季怀槿皱着眉头，不悦地说。

莫锐融转头看见季怀槿，笑着把烟头弹出去老远，然后拍拍季怀槿的后脑勺，"哟，妹妹，才几天不见啊，你怎么长个儿了？"

季怀槿是真的长个儿了，这让唐叙尴尬得都快没面对她的勇气了。

因为季怀槿差不多已经和唐叙一边高了，他担心开学以后换座位，季

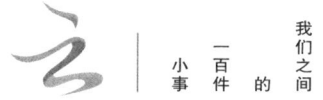

怀槿就不能再坐他前面了。而且,身高被个女生比下去,还有比这更没面子的事儿吗?

座位原本就是要换的,但因为段梓棋的缘故,全班同学都被换了个彻底。

唐叙到现在也想不明白段梓棋到底搭错了哪根儿神经,竟然跑到老王办公室,要求老王把日记本还给他。

这事儿原本他不提,可能也就不了了之了。估计连老王都没有预料到,这个优秀却不露锋芒的小伙子突然就这么想不开,以自己的血肉之躯往森森枪口上撞,简直是在挑战老师的权威。

于是旧事重提,没有不查个明白的道理。

班里一下子被"传唤"了好几个女生。轮到陆柳漾的时候,整件事情的始末已经在班里传开了。

段梓棋当着办公室里其他老师的面,控诉老王擅自撬开他日记本上的锁,侵害了他的个人权益。

老王恼羞成怒,班会上直接撸了他的团干部。段梓棋半低着头,镜片儿挡住神情。不过季怀槿觉着他一点儿懊悔的情绪都没有。

日记本的事儿一时在年级上闹得沸沸扬扬。最后终于在如山铁证之下,陆柳漾的身份也被确认。

他俩一起被请了家长。

"请家长"绝对是义务教育史上几大酷刑之首,尤其请家长的原因还是因为早恋。

整个过程何其惨烈和剑拔弩张都不得而知,虽然后续演绎出很多版本,但没有当事人出面证实,一切似乎都不那么可信。

不过经这么一折腾,段梓棋和陆柳漾算是彻底闹掰了。几次班上男生在陆柳漾跟前起哄,她都会咬牙切齿地说:"别和我提段梓棋,我跟他不熟!"

男生们发出暧昧不明的笑声,而在这一阵阵促狭的笑声里,段梓棋沉默得有些阴郁。

段梓棋这种宁为玉碎，不为瓦全的做法让季怀槿大为折服，她不知道他哪儿来的勇气以身犯险，胆敢和权威抗争，虽然最后以失败告终，季怀槿觉得他至少是壮烈的。

段梓棋现在的景况也不怎么好，老王每每提及他，都难掩语气里阴阳怪气的嘲讽。

但令季怀槿措手不及的是，陆柳濛的矛头一下子指向了她。

不知道什么时候开始，坊间就流传起季怀槿因为爱慕段梓棋而不得，终于因爱生恨，从段梓棋那儿偷了他的日记本私下交给老王的传闻。

季怀槿本想着这是无稽之谈，也就没做过任何解释。后来她发现陆柳濛对她的态度忽然有了一百八十度的转变。虽然原本两人的关系也没有多热乎，但偶尔一起在午休的时候聊聊天，也挺自然的。

可陆柳濛开始单方面地排斥她，一看见季怀槿扭头就走。这样的次数多了，大家渐渐开始对传言信以为真。

季怀槿私下里找陆柳濛解释过，可年轻骄傲的陆柳濛只云淡风轻地回应："不用解释了，我跟你没什么好说的。"

季怀槿为这事儿挺郁闷的。她实在不喜欢别人误会她。

按照季怀槿愈挫愈勇的性格，陆柳濛越不理解她，她就越会想方设法找机会再和她谈谈。

直到一次课间操，她和米乐留在班里出板报，米乐告诉季怀槿："陆柳濛一点儿也不委屈，她把自己摆在受害者的位置，成心想搞臭你。"

起初季怀槿还不相信，但米乐三言两语讲述了她如何让骆优去老王那诬陷季怀槿，又在事情败露以后，亲手炮制不实传闻，指责季怀槿因为嫉妒而出卖她。

季怀槿从没想过性子恬淡的陆柳濛有这么多心眼儿，这简直超出她一贯的认知范围。她想不通自己什么时候得罪过陆柳濛，以至于让她对自己赶尽杀绝。

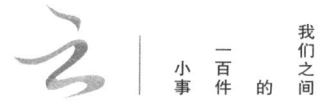
对此米乐却说："这还不简单吗？她嫉妒你。你来了以后，她在班上的地位岌岌可危。"

季怀槿从来不觉得自己身上具备任何闪光点，能威胁到处处优于自己的陆柳濛。季怀槿压根儿也没拿自己和她比过。

"真是知人知面不知心。"季怀槿感叹道。

米乐一边站在椅子上抄黑板报，一边慧黠地对季怀槿说："欢迎来到女生的世界。"

季怀槿被她说得忍不住乐起来。她知道米乐是班里年纪最小的，今年还不到十三岁。可季怀槿觉得这个身材长得像平板儿一样的姑娘，说起话来倒是头头是道。

"我看见陆柳濛那副假清高的样子就烦，"米乐又说，"你别跟她走得太近。"说完，她拍了拍手上的粉笔灰，从椅子上跳下来，"你知道吗？我见过她和段梓棋接吻。"

"接吻？"季怀槿瞪大眼睛。对于一个还不到十四岁的女孩儿来说，"接吻"是大人的行为，连在电视上见到都要害羞得别过脸去。

"对，接吻，"米乐表现得少年老成的样子，"段梓棋这样搂着她，"她端着手臂模仿起来，"她趴在段梓棋肩膀上笑。"

因为"段梓棋陆柳濛事件"，老王对班上所有的男生女生都戒备起来。她着手筹备了一场声势浩大的"调换座位"运动，拆开班里每一对异性同桌。

这着实让唐叙忧心忡忡了一阵子。但所幸他的同桌是个男生，季怀槿和骆优又是同性，才得以侥幸逃脱了老王的"魔爪"。

但若以为班主任预防早恋的措施只有这么简单，那就是大错特错。在老王漫长的执教生涯当中，见过的情窦初开的少男少女绝不止段梓棋和陆柳濛一对。她并不知道段梓棋和陆柳濛之间产生隔膜在先，还以为自己的雷霆手段见了效。

她又召集了几个信得过的好学生，安排他们在同学当中不动声色地观察，一旦发现哪个女生和男生过从甚密，要第一时间汇报。

唐叙不幸成了这个"反早恋"小分队当中的一员，被班主任寄予厚望。

他当然不会真去管这些，但清楚地知道了游戏潜规则后，反而大勇若怯，每次想和季怀槿说点儿什么，最后都挣扎着放弃了。

段梓棋和陆柳濛血淋淋的例子就摆在眼前，他不想害了季怀槿。

日子就这么进入了五月。

这学期最后一次月考的成绩发下来，季怀槿的物理考了个一塌糊涂。

季怀槿自己没特别当回事儿，她还答应了周末和莫锐融一起去附近的足球俱乐部看国安客场对战重庆力帆的比赛直播，连唐叙偷偷拿走了自己的物理卷子都不知道。

唐叙回家看了一遍季怀槿的卷子，发现她有好多硬知识都不知道，公式也用得一塌糊涂。唐叙拿铅笔将每道题的考点都一一罗列出来，又给她圈了好几个逢考试必出题的概念，想着周末叫季怀槿出来好好给她讲讲。不然以季怀槿现在的水平，期末考试的时候一准儿歇菜。

唐叙深知优异的成绩能为一个人的学生生涯带来多少便利，所以他希望季怀槿也能对学习上点儿心，这样在其他方面略有差错也属情有可原。可季怀槿辜负了唐叙的良苦用心，唐叙为她的成绩发愁的时候，她正举着国安的小绿旗在酒吧喝着汽水儿等待比赛开场。

唐叙在电话里旁敲侧击地打听到她所在的位置，然后骑着自己心爱的山地车杀了过去。

莫锐融看到唐叙的时候，用胳膊肘捅了一下旁边的季怀槿，"哎，好像有人找你寻仇来了。"

今天唐叙穿了一件耐克的白色T恤，袖口卷了一个边儿。头发刚刚洗过，整个人带着种稚嫩的清爽，这让同样稚嫩的季怀槿看在眼里，觉得还

挺养眼。

不过这样一个养眼的人，说起话来却不怎么顺耳。

他将单肩背包往桌上一撂，盯着季怀槿，说了一句让莫锐融把嘴里的饮料都喷出来的话。

"你知道这是什么地方吗？要让老王知道你来酒吧，看她不劈了你！"

莫锐融站起来，走到唐叙身边，自来熟地拍着唐叙的肩膀说："哥哥，你用不着这么小题大做吧？这不就一看球的地儿吗？别告我你一辈子没来过酒吧。"

唐叙的确是第一次来酒吧，这原本没什么，可让莫锐融一点破，唐叙怎么都觉得有点儿丢脸。

"开玩笑，哥们去酒吧的时候你还不知道哪儿凉快呢。"唐叙转过身，和莫锐融面对面站着，骨子里不服输的劲头上来了，口气也不怎么好。

这时候球赛开场了，酒吧里的人跟着现场观众一起喧闹起来。唐叙瞟了一眼墙上的背投屏幕，来之前打好的腹稿通通推翻，改口对季怀槿说："你一姑娘，懂足球吗？我带你去一地方得了，准保比这儿气氛要好。"

十分钟后，季怀槿跟着唐叙走出了足球俱乐部。

他之前和季怀槿吹牛的时候说得倍儿有底气，可现在站在马路上，傍晚清凉的暖风一吹，唐叙心里开始犯怵。

他们接下来要去的那地儿，唐叙只在"爱摇"杂志上见过，至于里面具体什么样儿，他也不知道。

可莫锐融在旁边站着，似乎等着看唐叙能把他们领到什么有意思的地方去。唐叙不想在这个节骨眼儿上认怂，于是在路边打了辆车，装得轻车熟路地跟司机说："师傅，去无名高地。"

"无名高地"可以说是北京地下摇滚的圣地，但凡对中国摇滚有点了

150

解的人都知道，几乎所有叫得上名儿的明星都在这里演出过。可唐叙没想到这鬼地方离得这么远，下车的时候他看着计价器，突然有一种在作死的感觉。

他们走进酒吧才得知今晚是张楚复出歌坛的专场。

唐叙听过一些张楚的歌儿，于是借着酒吧里嘈杂的人声，凑到季怀瑾耳边跟她介绍起来："'魔岩三杰'知道吗？那个时代可是中国摇滚的鼎盛时期。"

季怀瑾没听过摇滚，更不知道什么"魔岩三杰"。不过她是否听说过并不重要，唐叙想着只要莫锐融这个二流子不知道就行。

唐叙应该感谢这晚酒吧里的气氛实在是太热烈了，那个个子不高、嗓门不大的传奇歌手甫一上场，台下的尖叫和欢呼就已惊天动地。人们拥挤地站在舞台前，高举手臂跟着台上齐唱。

季怀瑾听得很投入，几首歌下来，她踮着脚尖伏在唐叙的耳边大声说："他唱的歌儿都有点怪，不过挺好听！"

季怀瑾的气息喷在他耳蜗上，唐叙觉得痒痒。现场人实在太多，两人都被挤得出了汗，说话时呼吸纠缠在一起，又燥又热，像夏天的蝉鸣在心坎儿上一样发着颤。唐叙早就将方才的怯场抛到脑后，完全进入了状态，光喝汽水都觉得醉了。

鼓点儿一下一下震着他的知觉，唐叙突然有种前所未有的冲动，想要拉着季怀瑾的手，朝全场人发疯一样狂喊："就这姑娘，将来我一定要娶她当媳妇儿！"

唐叙觉得这是一件非常具有摇滚精神和诗人气质的事儿。

他差点儿就这么干了，多亏莫锐融适时地和旁边的观众推搡起来。

唐叙和季怀瑾发现事儿不对的时候，作为嘉宾的万晓利已经上场，唱着他的代表作《狐狸》，然后他俩就听见有酒瓶子在身边儿摔碎的声音。

莫锐融揪着一个摇滚青年的脖子破口大骂："我操你妈！"

唐叙把季怀瑾挡在身后，一手护着她，一手搭到莫锐融肩膀上想要

151

劝架。

莫锐融把唐叙推开，"你照顾墨墨，这儿没你事。"

即便在这种时候，唐叙都敏锐地捕捉到莫锐融叫了季怀瑾的小名。他还想上去拉架，恰好几个保安挤进来维持秩序。

他和季怀瑾被人流给推开，没过多久，莫锐融与摇滚青年就互相扭打着，被保安拖了出去。

这起小范围的争执没影响台上的演出，但季怀瑾和唐叙因为明显长了一张初中生的脸，同样被请了出去。

出了酒吧门，莫锐融朝地上吐了吐沫，痞里痞气地说："这破地方真他妈没劲，我走了。"

季怀瑾想拦他来的，但莫锐融摆摆手，一溜烟就消失在路口。

季怀瑾追了几步，被唐叙拦下来，"你看看你交的这都是什么朋友。"

莫锐融虽然平时做事儿就不按常理出牌，但季怀瑾也觉得他今天晚上有点儿冲动。她替好友向唐叙申辩，"莫莫平时也不这样儿，都赖你，非来看什么摇滚，他这人一冲动就出事儿。"

"墨墨？"唐叙忽然回头，拧着眉毛看向季怀瑾。

"莫锐融小名也叫莫莫，但跟我不是一个字儿。"

这两人互相叫得这么热乎，唐叙听着很不爽："行！反正现在他丢下你跑了，咱打辆车回家吧。"

季怀瑾虽然还有点担心莫锐融，但也知道想把自己这个坏脾气的朋友劝回来几乎是件不可能的事儿，于是她拉住往辅路上走的唐叙说："打车挺贵的，那边儿有车站，咱俩坐公交回去吧。"

唐叙停下脚步，回身看着蹿个儿都快蹿过自己的季怀瑾，突然心血来潮地想，这丫头还挺会过日子，将来估计是个好媳妇儿。

他自己想着想着就脸红了，赶紧别过脸，暗自调整一下有些不整的呼吸，"你说怎么着就怎么着。"

晚上往市郊开的公车上没什么人，唐叙和季怀槿挑了两个靠近车尾的座儿坐下。

唐叙怀里抱着自己的书包，突然想起季怀槿的物理卷子还在包里，于是拿出来摊在手上给她看，"好几天了，你就没发现自己东西不见了？"

季怀槿探头看了一眼，"哎，这不是我的卷子吗？怎么在你那儿？"她的头发被风吹得拂在唐叙脸上，两人离得很近，唐叙甚至能闻到她身上若有似无的、只属于季怀槿的独特气味。

季怀槿看着自己被红色圆珠笔叉子画得乱七八糟的卷子，突然不好意思起来，一把从唐叙手里夺下。

"你的卷子我看了，重点也给你画了，你回去好好研究研究，别一天到晚净想着出去玩儿。"唐叙忍不住嘱咐她。

试卷在季怀槿手上发出窸窸窣窣的纸张声响，她突然抬起头来，有点疑惑地看着唐叙，又用手攥成拳头当做话筒，举到唐叙面前提问："大班长，你操心的事儿怎么这么多？累不累？"

唐叙看着她细细长长的眼睛里被车灯倒映出晶莹的光晕，比平时温柔得多。他用手掌按下她细得像竹竿儿一样的手腕，不由得笑着说："累啊，但为了能让你上市重点，我还有得累呢。"

明年的这个时候，小小年纪的他们即将面临人生中第一次重大选择。这些孩子将要学会用本事来决定自己的命运。

唐叙对自己都没有十足的把握，更别提对季怀槿。可他就是想试试看，哪怕失败了，他也觉得自己曾和季怀槿一起共同尝试过。

当然这都是一些空话，他的念头挺简单的。

"你好好努力一年，到时候上了高中我还坐你后面。"唐叙说。

中考虽然是全市范围的选拔考试，但按照他们学校历年的传统，院儿里孩子最终选择的也就那几所学校，缩小到市重点的范围，也就只有两三个高中。

唐叙是想去四中的，凭他的成绩考不上简直没有天理。不过他都想通了，让季怀槿考上四中不太现实，但选择的余地还多着呢，北京那么多高中，她喜欢哪个，他就陪她上哪个——只要别太次就成。

季怀槿听了唐叙的话之后愣住了。

她还没想过中考的事儿，总觉得不到她操心的时候。可是唐叙一说，她突然挺有压迫感，想想还剩一年大家就要分道扬镳，不知怎么就觉得有点舍不得。

尤其唐叙说要和她上一个高中，她更不敢想。别看他俩现在坐得近，住得近，家里走得也近，但他俩的成绩天上地下，差的不是一星半点儿，这些她都知道。

季怀槿突然意识到，唐叙离她实在是远，远得好像他们从来都不是一个世界的。

"我……"季怀槿说话的声音不知不觉就变小了，"我怎么可能跟你考一个学校？"

"怎么不可能啊？"唐叙有点着急了，"你就不能上进点儿？不就这一年吗？你好好学，我帮你！将来咱上五中，五中你要觉得不好，咱就去二中。"

"我都考不上啊。"

"那咱就去二十五！就这么定了。"唐叙生怕季怀槿反悔，急着替她拍板儿。

以前季怀槿最烦的就是唐叙身上那种仿佛与生俱来的优越感，好像他比别人强是件不争的事实。可唐叙的优秀第一次成为让季怀槿觉得自卑的压力。

"要去你自己去吧。"季怀槿被他逼得没辙，心烦意乱地说。

"哎，你这人怎么回事儿，好好地说句话又急眼了！牛脾气啊你。"

公交车走走停停，用了一个多小时才到达终点。

这一晚他们彼此都有些别扭，怀揣着微妙的心事，被前途的未知打击得提不起精神。

唐叙在滔滔不绝地向季怀槿分析完局势利弊而没有得到任何回应后，终于也沉默了。

而季怀槿虽然嘴上一直回绝，但唐叙的话她还是听进去了。回到家就开始上网查去年各个学校的录取分数线。

那些高高在上的分数让她当晚就失眠了。

第二天起床，她回想昨晚发生的一切，虽然在酒吧和公车上每一个细小的环节都历历在目，季怀槿却觉得好像那才是梦境。而梦里她得知自己落榜却看见唐叙拿着四中的录取通知书，因而在校门口哭得肝肠寸断的场景才是真实的。

她决定不去想那些烦心的事情。明天的麻烦，交给明天处理就好了。

周末过完后，季怀槿得知莫锐融住院的消息。

她和唐叙一起去医院探望的莫锐融。

他伤得非常重，脑袋被人开瓢，季怀槿推门进去的时候，只觉得莫锐融被包裹得像个倭瓜一样丢在病床上。

莫锐融的家人都不在，季怀槿坐在病床边上给莫锐融削苹果——苹果是她和唐叙去医院的路上买的。莫锐融吃力地挥了挥手，说不想吃苹果。

"那你想吃什么？我去给你买。"季怀槿说。

"那去给我买包烟吧。红塔山，白盒的，软包装。"

季怀槿把削好的苹果往莫锐融手里一塞，"抽死你算了！"

莫锐融动了动嘴角，"妹妹，你是不知道，哥哥我那天真的差点儿被人抽死。"

季怀槿和唐叙待了不到十分钟，护士就来催他们走。季怀槿对莫锐融说明天再来看他，并答应给他带一套漫画解闷儿。

两人从医院出来，唐叙借口落了东西要回病房里取，让季怀瑾在门口等他一会儿。

他特地支开季怀瑾，是因为有些话想单独找莫锐融问个明白。他说自己受伤是因为帮哥们儿码架的时候被人给阴了，单纯的季怀瑾不疑有他，可是唐叙不信。在唐叙心里，事故发生得太过巧合——这世界上哪儿那么多巧合的事儿啊？

唐叙一进病房就开门见山地问："你是被酒吧里那人打的吧？"

莫锐融似乎没想到唐叙会折回来，正躺在病床上艰难地翻着身，闻声抬头睨着唐叙，停下自己的动作。过了半天，他终于笑起来，"你还有点儿脑子啊。行，比墨墨强。那傻丫头，我说什么她都信。"

唐叙虽然早有心理准备，但亲口听莫锐融承认，一时还是不知该说什么好。可他知道自己必须得说点什么，别扭了半天，唐叙才开口道："谢谢你了。"

莫锐融还是笑得那么没心没肺，"不是为了你。"

"我知道。"

"那你别废话了，走吧，墨墨还在楼下等着你吧。"

唐叙也不知道还能和莫锐融再说点什么，他和他之间原本就没什么好说的，但这种井水不犯河水的关系因为季怀瑾的存在，注定要被打破。唐叙手扶到门框上，又回头像是自言自语地说："你对她真够好的。"

莫锐融顺手抄起床头柜上的苹果核儿扔向唐叙，"去你奶奶的，"他的动作太夸张，牵动伤口，忍不住倒吸了口冷气，疼得龇牙咧嘴，"谁他妈像你似的，我拿墨墨当妹妹。"

"我还是得谢谢你。"唐叙站直了身子，认真地朝莫锐融点了点头，"上次齐源那事儿，你替我背了个处分。"

莫锐融不屑地"呸"了唐叙一声，"你小子知道就好。快滚吧，看见你我就头疼。"

"哥们儿，真的对不住了。"说完这最后一句话，唐叙就乖乖地从病房里"滚"了。

和莫锐融这几句没头没脑的对话，确实令唐叙对他改观不少。他打心眼儿里开始有些佩服莫锐融，甚至还有那么一些嫉妒。

和唐叙比起来，莫锐融几乎是一无所有。可正因为如此，他无论做什么事情，都不像唐叙那么束手束脚。人都说上进难，堕落易，可其实并不是这么回事。

让唐叙彻底摆脱掉优等生的包袱，他承认自己做不到。唐叙所犯过的一切无伤大雅的小错误，都在一个安全的范围之内。他知道自己这样儿挺屃包的，动手打了齐源，却在所有人将过错推给莫锐融的时候，贪生怕死地没有站出来说一句话。

如果故事能再重来一遍，他愿意把事儿扛下来。

如果故事能再重来一遍，从"无名高地"出来以后，他就会拉着莫锐融跟他们一起走。其实那天晚上唐叙就多少有点预感，莫锐融不由分说撇下他们跑开，不是没有原因的。他一定知道酒吧里闹事儿的人不会轻易放过自己，所以他才和他们分开，为了让不知情的季怀槿能够安全回家。

季怀槿的命真好，唐叙想，有那么多人都愿意帮她，又不告诉她，让她能一直做个幸福的傻瓜。

往后唐叙不止一次回想起这个春天的下午，医院灰秃秃的墙壁下面，季怀槿背着书包坐在台阶上的样子。她的鞋尖儿上沾着潮湿的新泥，脸色有点难看，一双眼睛却像融化在高温下红蜡，灼热地流动着。她看到唐叙后站起身，双手掸了掸屁股后面的土，神情懵懂地看着他。

唐叙伸出手来，想拂开困在她发丝里挣扎的小虫，可是季怀槿轻轻一撇头就避开了。唐叙的手仍僵在半空，心情就像是那只可怜的小虫，犹自挥动翅膀，作徒劳反抗，却终究不敌宿命。

他突然觉得自己之前所做的选择都是对的。如果说从前唐叙一门心思想当男子汉大丈夫，那么现在他知道自己有了新的使命。他想做保护季怀

槿的那个人，免她受伤，免她落泪，免她意识到来自外界的一切伤害。当新旧两个使命冲突的时候，唐叙想，他选择后者也是无可厚非的。

"季怀槿，"唐叙忽然开口，有点恶声恶气地叫她，"你愿意跟我考同一个高中，将来再上同一所大学吗？"

季怀槿看着眼前的男生，漂亮的五官被刻意的冷漠掩饰，一双如墨般饱满的眼睛里却荡漾着神采，有些紧张地等待着他渴望的答案。

季怀槿扬起头，在夕阳下对他眨眼睛。

"我尽量吧。"她说。

唐叙一颗颤动的心，终于四平八稳地落地。

第十二章

夏天的

事

在春天快要过去之前，唐叙终于将个子蹿到了一米八，而季怀槿的身高仍旧只停留在自己十四岁时的水平。

她现在最大的苦恼就是如何才能再长个三五公分，以及用最有效的偏方整治脸上不时冒出的青春痘。

唐叙说她太没追求，耽溺安乐，才会只将注意力都放在表面上。有这个功夫，不如多做几套真题。

不过其实唐叙也发现了，自从上了高中以后，季怀槿不如从前好看了，简直可以说是每况愈下，扎在人堆儿里就像一只因为自己毛色不佳而终日垂头丧气的野鼹鼠。

有的时候唐叙看着季怀槿偷偷在课桌底下照镜子，挤自己脸上朝气蓬勃的青春痘时，都会忍不住慨叹：他当初怎么就看上她了呢！现在反悔，应该还不算太晚吧。

与季怀槿相反的是，唐叙简直快成了全校最受欢迎的男生——当然，这不仅是因为他以第一的中考成绩考进这所学校。

上了高中后，女生的审美一般会发生一些微妙的变化，比如会更加倾心于"带着痞气匪气的坏男生"，学习越次，做事儿越出格，反而越会受到女生青睐。

可这条法则在唐叙身上似乎不适用，他还是一如既往的优秀，还是优秀得那么不知收敛，可却受到越来越多的女生的追捧。

这些前仆后继摔倒在唐叙脚下的青春期女生当中，要数加入了校合唱团的骆优资历最老。元老骆优仗着自己曾和唐叙是初中同学，炫耀般地向新班级里对唐叙心怀爱慕的女生散播着上天入地的小道消息：唐叙的星座、血型，打篮球时的小动作，对食物的好恶，以及唯——一个曾经让他动心过的女生——陆柳濛。

在骆优心里，未必真的觉得唐叙喜欢过陆柳濛。这招儿"借刀杀人"属于三十六策里的"胜战计"，她还是跟陆柳濛学的呢。当年陆柳濛亲自授教于她，如何利用舆论嫁祸季怀槿，让那比核弹还可怕的威力将她撕个片甲不留。虽然彼时舆论的吐沫星子并没能成功将季怀槿淹死，但骆优不得不承认陆柳濛确实给了她灵感。

果不其然，骆优的计谋产生了羊群效应，起初只有几个女生对唐叙的眼光提出质疑，后来发展成为唐叙的拥趸们一致认为陆柳濛根本配不上她们的唐叙，甚至到最后女生们已经忘了她们最开始为什么关注陆柳濛，而是为了她每一次失误、挫败颇具总结性地说："看吧，我就说过她不行。"

在她们眼里，陆柳濛也没有那么好看，顶多算得上秀气，要是剪了刘海，还不知道要难看成什么样子。陆柳濛的学习也没多好，只是仗着自己语文和英语成绩好，到时候分了文理科，优势就没有那么明显了。身材也不行，小腿有点粗；她那双粉色的帆布鞋和芭比的书包不知道多土，一定是得了公主病……

事情演变至此，陆柳濛在学校里已经没有什么朋友了，毕竟连她昔日的闺蜜骆优都已叛变。

不过这一切，要翻过头来，从他们中考的时候说起。

季怀槿从来都不是一个用功的孩子，可她发现自从升上初三下半学期开始，各科老师每天都把知识点掰开揉碎地给他们讲，这有点儿类似于她妈妈的唠叨，说得多了，不知不觉就记住了。

发现学习并没有那么难的季怀槿开始试着耐下心来做题，从前那些像

天书一样的文字符号渐渐有了自己所代表的意义。

她的成绩以每次两三名的速度在月考中稳步提升着，令唐叙看到了希望。后来当他得知季怀槿将中考目标定为A中的时候，他自己也基本确定了方向。填报志愿时，唐叙不顾老师反对，硬是将四中报在了A中后面。

唐叙的家里人倒是没有太多意见，毕竟A中离大院儿近，院儿里的孩子上A中也算是一种惯例。唐爸爸虽然希望唐叙能有更好的前程，但他并不是一个喜欢打破陈旧惯例的人。

于是唐叙就这样顺理应当地和踩着A中分数线的季怀槿成了同学。而至于陆柳濛和段梓棋怎么也上了A中，倒是有一段故事。

这段故事说也简单，一日放学后，段梓棋在陆柳濛每日回家的必经之路上拦住她，原因自然是想知道陆柳濛的想法——她打算上哪所学校。

在这些优等生的世界里，选择大于一切，却也比任何事情都来得随心所欲。因为所有的结果，都只来源于他们愿意或不愿意，而不是是否有这个能力。

陆柳濛告诉段梓棋她想上A中，因为离家近，而且学校的硬件条件好于那些只注重成绩的市重点高中，当然这是假的，可段梓棋相信了。

不过陆柳濛也没想到自己随口诌的谎话竟然一句成谶。中考成绩下来后，她的档案被第一志愿提走，却又被她爸爸偷偷拿回来，塞进了A中。

陆柳濛得知这件事之后，曾经在家大哭过几次，但也于事无补。开学伊始，她仍旧只能挂着红肿的眼睛，强打起精神来，装作不在意地约着骆优去A中报到，并在校门口看见了早早等候的段梓棋。

那时候段梓棋当然知道陆柳濛说要上A中的话是在骗他。他有挺多责难的话憋在心里，可是看见陆柳濛的样子，却又无论如何说不出口。

最终他也只能看着陆柳濛走进学校，她的背影远远看上去骄傲得那么不堪一击。不知怎么的，段梓棋就意识到，陆柳濛是再也回不来了。虽然他们曾一起偷尝过刺激而惊喜的早恋的禁果，她红得像春天花瓣儿似的嘴唇曾在他耳边低喃着温柔的话语，但她的心坚硬得像冰冷的铁，早已拒他于千里之外。

这对小情侣的故事就这样结束了，或许是暂时，或许是永久，明天的事儿谁也说不好。段梓棋死心了，却发现并没有想象中那么难放下。他有了新同学，新的球友，新的和他说话时会脸红的女生。

而陆柳濛呢？她在与梦想的高中失之交臂的时候，就觉得有一部分的自己正在以看不见的速度和程度腐烂着。这样形容也许显得有些矫情，可十五岁原本就是一个矫情的年纪。被父母操纵而失去自我，足够算是一个沉重的打击。

陆柳濛从来没有在骆优面前掩饰过自己对A中的不满，这里的女生从来不读雨果和巴尔扎克，也不懂长短句和山水田园诗，那些金戈铁马花前月下的壮阔浪漫，离她们太远太远了。在她们的世界里，永远只有学校不远处卖五彩封皮的韩版笔记本的文具店。

陆柳濛对于A中女生庸俗共性的批判，令骆优的内心深处产生了极其强烈的反感。她至此才知道，陆柳濛并不是假清高，她是真的以高高在上的姿态生活着，活了这么多年，活成了习惯。

可在骆优心里，她们根本就是一样的。穿一样的校服，吃一样的食堂的饭，做同一份考卷，聊的也是那些雅俗共赏的八卦。

骆优的确没想过陆柳濛将自己划归在了同类的范畴之外，这让她十分难以接受。这种潜藏的不认同感，终于在她敏锐地发现陆柳濛对唐叙不可言说的情感之后，彻底爆发了。

她在陆柳濛的手机备忘录里，发现了一连串奇怪的毫无逻辑的数字。可女生的第六感是多么可怕，骆优很快意识到那是唐叙自开学以来大大小小的考试成绩。如果说这些都只能称之为巧合，那么当她翻出备忘录里唐叙他们班的课程表之后，一切猜测都轻而易举地被验证了。

骆优表面上不动声色，却已经在心里又狠狠地记了陆柳濛一笔。

要知道她已经不是从前的骆优，不会再甘愿跟在陆柳濛身后，做个尽心尽力的跟班儿。骆优在高一新生的选拔中脱颖而出，以绝对的优势加入了校合唱团，代表学校参加了大大小小的比赛，还在学校荣膺"金帆合唱团"称号时尽了自己举足轻重的努力。

　　她在合唱团里已经成为一个小小的明星。她不再是陆柳濛的朋友骆优，而是高声部的主唱骆优、被外来教唱的音乐教授夸奖过的骆优。这份优越感不但在合唱队的排练里膨胀，也延续到了骆优的生活当中。她从没有哪刻像此时一样感受到自己无穷的魅力和吸引力。

　　从阴影中走出来的人，见到的阳光是那样耀眼。

　　连季怀槿这样迟钝的人都发现了骆优的变化。作为旧同桌，上了高中后骆优的表现实在是差强人意，每当季怀槿在楼道里还算热情地向骆优打招呼时，她昂扬的态度都让季怀槿觉得自己面对的是另一个陆柳濛，一个比陆柳濛还要像陆柳濛的人。

　　还好这时候季怀槿有了新朋友：和她与唐叙分到同一个班的米乐。

　　其实米乐与季怀槿的友谊早已在教室后面弥漫的粉笔灰里慢慢建立了起来。季怀槿喜欢米乐，这种喜欢是前所未有的。她和米乐在一起的时候，不需要担心哪句话说错得罪了她，也不用刻意找一些对方或许会感兴趣的话题迎合她。

　　季怀槿在米乐面前，表现出了一个完整的、毫不收敛的自己，恰好米乐能够懂得这样的她。

　　季怀槿觉得米乐是个精彩的姑娘，她的低调和豁达并没有影响她敏锐的洞察力。米乐有骆优所没有的智慧，和陆柳濛所不具备的随和。两个姑娘很快就分享了彼此所有的秘密，米乐说自己羡慕季怀槿丰富的童年，希望有一天能和季怀槿一起去济南，见见她的朋友。

　　也是因为季怀槿的关系，一向习惯和女生划清界限的唐叙逐渐与米乐熟识起来。在新班级里，这三个昔日同学变得要好，物理实验课或是劳技课上，时常自由分在同一组。米乐和季怀槿虽然让大多数女生羡慕，却不会让她们嫉妒：王子爱上灰姑娘的故事，在生活里实在缺乏共性。谁能想到优秀如唐叙，会看上季怀槿呢？

　　与此同时，季怀槿发现自己上了高中后，比在初中要受欢迎得多。她不知道风水是不是真的轮流转，还是高中为他们所有人打开了一个全新的颠覆过往的世界：骆优成了年级里的红人；一向吃得开的陆柳漾被女生排斥；总是宽厚温柔的段梓棋变得沉默寡言；而她季怀槿也摆脱了那个陈旧窝囊的形象——起码没人再听得出她的口音。在这个新集体里，她终于不是转校生、外地同学，而是和其他人一样，靠着成绩跨进了校门——尽管她的户口问题让父母交了挺大一笔择校费。

季怀槿对这样的变化还算满意。

所以当她接到莫锐融的电话时，一下子被内心深处产生的内疚情绪所笼罩。因为她过得很好，这对于过得不好的朋友来说，仿佛是种背叛。

季怀槿第一时间把与莫锐融通话的事情告诉唐叙——现在她和唐叙终于可以没有隔阂地自如交流——唐叙得知后只说了一句话："别让他觉得这里什么都变了。"

季怀槿明白唐叙的担心，莫锐融一走两年，两年虽算不得多长，但也发生了许多事儿。张爱玲不是说过吗，三年五载对大人来说也许只是一句"白驹过隙"，但对于年轻人来说，漫长得如同一生一世。

季怀槿身在这两年的变迁之中尚能察觉改变，就更不消说莫锐融了。

莫锐融回来的那个下午，季怀槿本来想叫上唐叙一起去接他，但被他拒绝了。他说他家老头子估计攒了一车的话要说，等他挨完训，再去找他们也不迟。

所以这三个年轻人最终见到面的时候，已经是三天以后的事情。

从前他们常去的鸭翅店变成了一间茶馆，莫锐融说想去看看，季怀槿虽然不愿意去，但还是没拒绝。

茶馆里有两桌上了岁数的中年男人在打牌，声音大得像是在吵架。唐叙点了一壶龙井，茶难喝得如同锅底的糊渣泡水。不过没人在意这些，他们想寻找的，无非是逝去的简短岁月所带来的回忆。

季怀槿看着莫锐融在她面前点了一根烟，破天荒地没有朝他抱怨，而是静静地看着烟雾在彼此面前弥散，有点儿苍凉的意味。

最后还是莫锐融先开的口，他先是瞟了唐叙一眼，话却还是对着季怀

槿说的。

"你们现在都是高中生了啊。"

季怀槿不知道该接什么下茬，只顾着傻笑，幸亏唐叙在一旁打圆场，"你这不也回来了吗？也该跟我们一起上高中了。"

莫锐融嗤笑了一声，"兄弟，你怎么还这毛病？老爱抢话说。"

唐叙被噎了一句，面上讪讪的，别过头去假装看其他地方，不再答话。

季怀槿看唐叙吃瘪的样子觉得好笑，咧开嘴对莫锐融说："唐叙也是好意。"

"哟，行啊，妹妹，向着外人说话，哥哥我可要吃醋了。"莫锐融故意挤对季怀槿一句，看着她蓦地红起来的脸，心下自然什么都明白了。她和唐叙这对冤家，打也打过了，闹也闹过了，现在总算能坐在一处好好说话了。也难为唐叙这小子，守着季怀槿这个不开窍的木头这么几年，估计委屈也没少受，才守得铁树开花的光景。

就在他琢磨季怀槿的时候，季怀槿眼尖地瞥见他从袖管里露出来的一截手腕上满是伤疤，烫伤后重新愈合的皮肤皱巴巴的，一个一个不规则地密布在腕子上。

季怀槿朝伤疤的地方指了指，问莫锐融："你这是怎么弄的？"

莫锐融低头看了看自己疮痍满布的手腕，然后用衣服袖子将那些面目可怖的伤口盖住。不过可算是被唐叙逮到机会，他立刻半开玩笑地问："你怎么还烫烟花儿呢？看不出来，够文艺的啊。"

唐叙知道莫锐融手上的伤疤是拿烟头烫的，他有个发小儿被喜欢的姑娘踹了以后，就曾悲痛欲绝地拿烟在胸口烫了一个疤，扬言要用身体的疼痛缓解内心的痛苦。

莫锐融听出唐叙的话里有话，却也不以为忤，反倒跟着他笑起来。

"兄弟，我可不是为了什么小儿女情长，我这是为了生存。"莫锐融再次拉起袖管，褪至手肘，季怀槿这才看见他身上的圆形伤疤一直蔓延到小臂，目之所及一片触目惊心。

　　"你知道在里面儿，大哥想把烟掐了又不想脏了地板，你就得巴巴地把胳膊凑过去给他捻烟，末了还得笑着说一点都不疼。"莫锐融说得云淡风轻，"知道如果不这么做的下场是什么吗？那说明你对大哥不忠心，那所有人都会联合起来办你，让你想死都没法死。"

　　唐叙看见季怀槿的眼睛随着莫锐融调笑地谈起这些事儿而渐渐湿润了。她连忙喝了一口茶，茶水烫得她的嘴角红起来，眼里的泪也结成水珠。季怀槿不是一个会掩饰自己情绪的姑娘，她手足无措的难过看起来让人更加动容。

　　莫锐融稍稍探起身，拍了拍她的脑袋，"妹妹，你可别哭啊，我说这话可不是让你难过，是想告诉你当大哥有多厉害，"他伸出拇指指了指自己，"后来的大哥可是我！知道我手底下有多少兄弟吗？"

　　季怀槿被他逗得破涕为笑，"说得跟自己是黑帮老大似的。"

　　"你以为呢？跟黑帮老大差不多厉害。"莫锐融拍着胸脯，似乎生怕季怀槿不信。

　　季怀槿知道莫锐融这两年受了不少苦。看一个人过得好不好，往往不用言语，两人抬起眼睛相视数秒，个中滋味一目了然。

　　季怀槿也知道莫锐融变了。虽然他还是没个正形，对什么都不甚在意，但季怀槿觉得他骨子里那种正直的东西在减少。少了热血和冲劲的莫锐融，严格来说，已经和街上的小混混没有分别。这是季怀槿最不愿相信和承认的。

　　"往后有什么打算吗？"季怀槿问。

　　莫锐融这时候抽完了第六支烟，用手胡噜了一把自己的圆寸，说："过两天我还有几个兄弟也要毕业了，我们合计着到时候一起做点儿买卖。"

　　季怀槿想劝他好好回学校上课，但话哽在喉咙里变成一声奇怪的叹息，最终还是没有说出口。

　　事后唐叙劝她，莫锐融再次回到院儿里，不管是身体还是内心都需要一段适应的过程，她应该给莫锐融时间。

167

季怀槿忍不住问他，工读学校真的会这么无情地改变一个人吗？

唐叙这时候显得比较老成，他轻轻拍了拍季怀槿的肩膀，安慰说："你也在变。"

两年前的春天，莫锐融因为恶性打架斗殴被学校开除，送进了工读学校。至于再具体些的隐情，就只有唐叙和季怀槿知道。

打架实在是一件冤冤相报无了时的事情，在"无名高地"被人一顿胖揍的莫锐融出院后，抄着棒球锁杀将回去，从小径包抄了那晚的摇滚青年，打得他哭爹喊娘。之后，终于惊动了学校。

校方还算顾及情面，出面替他联系了一所合适的工读学校后，小霸王莫锐融同学就被请出了校门。

这件事在当时颇为轰动，可是不出一个月，大家似乎就将莫锐融这个名字彻底从脑海中删除，再也记不起来了。

那时候季怀槿赌气地想，就算所有人都忘了他，她也会长长久久地记得自己这个好朋友，以及与他一起度过的开心的日子。可是她接到莫锐融电话的那一刹那，当电流无声地将他们绵薄的友谊维系起来时，季怀槿才惊觉，自己已经多久没有任何一个念头是关于莫锐融的了。

虽然她自己不愿意承认，但她确实是快要忘了他。

季怀槿下定决心，此刻是个新的开始，她要好好维护与莫锐融的这段友情。

六月伊始，学校里全体高三学生都放了假。对于高考毫无概念的季怀槿只觉得中午的食堂终于不再那么拥挤了。

下课后她照例准备和米乐还有唐叙一起去打饭，却被合唱团的负责人胡老师叫到办公室。

胡老师告诉季怀槿，合唱团需要一个声音洪亮吐字清楚的女生做临时报幕员，而找她的原因是因为有人推荐了她。

季怀槿几乎没有犹豫就猜到了那个"推荐"她的是何许人也，她只是没想到都上了高中，骆优仍旧乐此不疲地故技重施。长大了几岁的季怀槿已经理解了当初骆优举荐她参加朗诵比赛的真实心情，可季怀槿不再畏惧于骆优在她背后搞的这些小动作。她临场报了一段幕，落落大方的姿态得到胡老师的肯定，即时便被录用了。

那之后每次合唱团的活动季怀槿都会去参加，胡老师觉得季怀槿在主持方面很有天赋，不但安排她参加了学校的主持社团，还在合唱曲目里为她加入了一段声情并茂的旁白。

或许这大大出乎骆优的预料，所以在暑假来临之前，季怀槿因为不会说普通话而在初中朗诵比赛上出丑的事儿，很快被合唱团里大部分的人知道了。

不过这没能影响季怀槿的心情，就像这些不和谐的传言没能阻止又一个夏天日益变得炎热一样。

这是二〇〇七年的七月份，十六岁的季怀槿度过了一个令她有生难忘的愉快假期。

她第一次没有主动提出利用暑假回济南看爷爷奶奶，而是和米乐一起在露天游泳池办了游泳卡。其实大院里也有游泳池，可惜是室内的，季怀槿振振有词地告诉米乐，夏天就应该走出房间，尽情享受阳光。

于是两个姑娘每天早早起床，各自背着防水背包，里面装着运动饮料、巧克力棒，还有一大瓶防晒霜，趁太阳还不算太毒，就将自己泡进泳池里。中午她们就挂着湿漉漉的头发走回院子里的食堂，去师傅老梁那里吃一碗喷香的牛肉面，下午就再跳进游泳池。游得累了的时候，她们会躲进教员休息室里吹冷气，看体育频道直播的体育赛事。

米乐对季怀槿说，明年的北京奥运会，她想要去看菲尔普斯的游泳比赛。

就这样与阳光、空气和略带发涩的池水为伴了两周后，她们无奈地迎来新的游泳伙伴唐叙。

不知道为什么，季怀槿总觉得在唐叙面前裸露自己修长的双腿和被太

阳晒脱皮的脊背，是一件十分难为情的事儿。可她拗不过唐叙，毕竟游泳池不是她开的，她无论如何也无法阻止兴致勃勃的唐叙穿着印有卡通图案的四角泳裤跳进水池，激起一层热烈的浪花。

十六岁的唐叙前一阵子疯狂地迷恋上去西单淘打孔碟，然后将那些不知所谓的摇滚音乐灌进MD盘里。唐叙总是喜欢递一只耳机给季怀槿，兴奋地说："听听这首，皇后乐队的歌，嗨爆了！"

季怀槿对于这些唱英文的大嗓门不太感冒，她喜欢听那些北京奥运会的宣传歌，电视里循环播放的时候，她总爱跟着哼哼两句。

泳池休息室里，唐叙摘下耳机，满不在乎地对季怀槿说："想去看奥运会开幕式吗？到时候让我爸给咱弄几张票，咱一起去！"

季怀槿黝黑的小脸儿一下子满是期待，"真的假的？不是说票早都被抢光了吗？"话说出口，她突然想到，以唐叙爸爸现在的地位，世界末日登上诺亚方舟的船票不一定能弄来，但区区几张奥运会开幕式门票，应该难不倒他。

激动过度的季怀槿下意识地扑上去抱住唐叙，她微微隆起的胸脯隔着厚厚的浴巾毛料贴在唐叙的后背上，她有力的心跳一下一下敲打在他紧绷的神经上。

时间静止了数秒后，又迟缓地行进起来。意识到发生了什么的两人都有些尴尬，但还是季怀槿率先反应过来，红着脸从他身上弹开，想要坐回自己的塑料靠椅上，却坐了个空，一屁股摔倒在地上。

唐叙也没比她好到哪儿去，甚至忘了扶她起来，而是愣愣地看着季怀槿自己笨手笨脚地裹好浴巾，揉着红肿的脚腕儿爬了起来。

唐叙不好意思极了，但越是这样，他越想表现得淡定。他清了清喉咙，没话找话地说："对了，iPhone在美国上市了，不知道国内什么时候能有。"

那个时候乔布斯在中国还没那么有影响力，不是所有人都知道日后会有一部手机将彻底改变他们的生活习惯。于是季怀槿干巴巴地回答："iPhone是什么？"

这回连唐叙都回答不上来了，他满脑子都是季怀槿温软的小臂箍在自己脖子上的真实触感。她带着浓重漂白剂气味的身体散发出久违的热度。

唐叙觉得自己快要发疯了。

这种冲动让他差点在一瞬间耗尽全部耐心。他多想立刻告诉她，他喜欢她，喜欢了好久了啊，她感觉到了吗？

"唐叙。"季怀槿叫他，让他从沉醉的幻想当中回过神儿来。

"你说。"

"我先回家了。"季怀槿沉着脸从椅子上站起来。

"为什么？咱们一起走吧。"

"不了，你和米乐接着游吧，我先走了。"说完，季怀槿迈开两根小细腿，在唐叙阻挠之前，快速地消失在女更衣室门口。

唐叙尚云里雾里，不明白季怀槿这姑娘怎么翻脸比翻书还快。这时候米乐也站起来，朝唐叙笑笑，"不好意思，那我也走了。"

刚刚她的呼吸还在这间斗室中回荡，下一秒就只剩他一个人挂着水珠坐在冷清的空气里。唐叙有点儿失神地透过窗户望向荡漾着金色鳞波的泳池，思绪不知不觉就飘到季怀槿那里。她红得像朝霞的脸和耳根，张皇跑开的青春的胆怯，让唐叙忍不住又笑起来。

阳光晃眼得厉害，唐叙眯起眼睛，面孔被照得发亮。

一下子欢畅，一下子失落，唐叙觉得自己真是着魔了。

晚上，唐叙给段梓棋家打了一通电话。从他们日渐长大后，就很少再用家里的座机联系了。可是段梓棋的电话打了几天都打不通，唐叙无计可施，只好硬着头皮问段妈妈："段梓棋在家吗？"

段妈妈很热情地回答："是唐叙吧？段梓棋跟着夏令营去法国了，你不知道吗？"

他确实不知道，可这个燥热的夏日傍晚，他实在需要找个人出来聊聊。聊什么都行，哪怕不说话，就这么坐着看天也挺好。

唐叙也没想到自己最后会打通莫锐融的电话。莫锐融似乎在台球厅，

他说话的时候唐叙听到球杆击打台球时发出的清脆声响。

唐叙的脑海里一下子出现了烟熏火燎的地下台球室的景象，忽然有点儿后悔打这通电话给莫锐融。他原本想随便说两句就挂的，没想到莫锐融走到安静的地方，在电话那头问："怎么着，兄弟，出来喝点儿？"

于是社会青年莫锐融骑着摩托车，带着好学生唐叙出现在一间不起眼的饭馆门口，熟络地向四川老板娘要了五十个羊肉串，还有四瓶冰镇燕京。

"这顿你请。"莫锐融说。

唐叙正准备用瓶起子打开啤酒，停下手里的动作看着他。莫锐融嘴里叼着香烟，朝唐叙伸了伸手。

唐叙平时不喝酒，开啤酒的动作生疏得很。他将手里的酒瓶和起子递给莫锐融，没想到莫锐融拿着两个酒瓶对在一起，轻轻松松地将瓶盖打开，交还给唐叙。

"哎，我说你这人怎么跟个娘们似的，"莫锐融打开自己那瓶啤酒，照准了嗓子眼儿灌了一大口，"咱们大老爷们喝啤酒哪有用杯子的？"

"靠，不用就不用。"唐叙甩开手里的玻璃杯，他一辈子不知道什么叫失败，却处处都能被莫锐融看扁。

两个人本来就不熟，也没什么共同语言，于是各自沉默地喝着面前的酒，偶尔用软得像牙签似的一次性木筷夹几根凉拌土豆丝。

户外的矮桌矮凳上坐满了人，有年轻人，也有上了岁数的。他们脚边摆满了绿色的玻璃瓶子，脸通红，说话时舌头打着卷，嗓门大得出奇。

沉默得久了，唐叙问起莫锐融的生活。

"随便找点儿事儿干吧，"莫锐融向空中抛了一颗花生，用嘴接住嚼了起来，"反正不管干什么，我不想再进去了。少管所也不能去。"

唐叙干笑两声，拿着瓶嘴儿和莫锐融的碰了碰。"你志向挺远大的啊。"想想觉得这话说得不太友好，于是又问，"为什么不考虑回学校继续念书？"

"念书？别逗了。"莫锐融摸了摸自己的下巴，"你以为你脚底下的路就是你的了？我告诉你，不是。就算踩在你脚底下，其实也是在别人嘴

172

里。我的路，早就被他们规定好了。我永远只是个进过工读的问题人物，当个乖宝宝？还是等下辈子吧！"

在今晚之前，唐叙一向认为自己和莫锐融是截然相反的两个人。可是此刻他才发现，尽管他们有不同的身份、不同的视角，可这个世界的法则是共通的。他甚至能明白莫锐融说的这些不知所云的酒话。

好人有好人的定律，坏人有坏人的定律。所有违背这个残酷法则的变数，都是不被允许的。就像没有人会认可他的错误一样，同样没有人会认可莫锐融的悔改。

他们都是被困在玻璃罩子里的小白鼠，有身不由己的无奈。

"说说你的梦想吧，实际点儿的。"唐叙问。

"梦想？"莫锐融仿佛认真地思考半晌，"我的梦想就是，将来别死于癌症。"说完，他哂笑起来，像是自嘲。

他们住在同一个与世隔绝的院里，唐叙自然知道上个月莫锐融的爸爸死于肺癌的事情。即便对于夺人性命的癌症，莫爸爸也还是太年轻了。

唐叙对此也觉得惋惜，他喝了一口啤酒，头昏脑热地说："对不起，提起你的伤心事儿。"

莫锐融突然放声大笑起来，笑得声嘶力竭，引来周围许多人的注意。

"伤心？我真不太擅长这个。"在笑干了最后一口气儿的时候，莫锐融淡淡地回答，"我看他死的时候，可真痛苦啊。所以我就想，其实我挺怕疼的，将来我可不能这么死。"

这是莫锐融第二次提起死亡。上一次是什么时候，他早就记不起来了。

不过从现在这刻，直到他临死之前，莫锐融都没再想过关于生死的问题。

这晚上他们喝了不老少的酒，在饭馆旁的小树林儿里解了好几次手儿。晚风黏糊得像粘牙的牛皮糖，带着炭火味儿，附着在他们冒着酒气的毛孔上。

长大后的唐叙喝过各种各样的酒，尤其是工作之后，大大小小的酒局见过无数，可十六岁那年吞下的酸涩的发酵泡沫，永远带着说不清道不明

的滋味，再回忆起来的时候，只觉得当时天是那么空，胸怀是那么广大，而自己又是那么能喝，好像喝多少都喝不醉似的。

半夜十二点多的时候，唐叙妈妈给他打了第四通电话。莫锐融趁上厕所的时候去前台结了账，然后骑着自己的小龟王带唐叙回家。

半路上他们为了躲一只野猫翻了车，唐叙摔在马路牙子上，磕破了嘴角。

还好两人伤得都不重，互相拉了一把就起来了。莫锐融笑着说："真他妈晦气，我这后座还没带过姑娘呢。"

唐叙也笑了，"我要是姑娘，才不坐你这破车呢。"

莫锐融扶起摩托车，试了两下打着了火儿，一脚撑着地，说："翻车这么浪漫的事儿，竟然让咱俩赶上了。"

唐叙给了莫锐融一拳，手指着他警告："别想打我主意，我可喜欢女的。"

"操，"莫锐融朝唐叙脚边啐了一口吐沫，"你还指望找着第二个像墨墨这么不开眼的姑娘看上你？"

唐叙在意识到自己激动了之前，手率先攀上莫锐融的后脖颈子，"哥们儿，什么意思？把话说明白点儿。"

"意思？没意思！你们两人之间的事儿，我可真不爱掺和。赶紧的，还回不回家了？"

莫锐融到最后也没跟唐叙解释自己那句话的意思。可那不妨碍唐叙迫不及待想要见到季怀槿的心情。他瞪着眼睛在床上躺了一晚上，盼着天亮就能在游泳池边儿看见小腰儿细得不盈一握的她。

可是没想到第二天季怀槿并没有出现，问了米乐才知道，学校为了市里的演出，去郊区集训。季怀槿临危受命，被胡老师一起叫走了。估计一个礼拜之内回不来。

得知这个"噩耗"的唐叙愤恨地在泳池里游了十来回，气喘吁吁地靠在太阳椅上想，不就一个礼拜吗？他等着，等季怀槿回来了，他就把所有心里话都告诉她，看她往哪儿跑。

174

第十三章

出乎意料的事

合唱团成功演出返回学校的时候，已经开学两天了。

这期间等得心焦气躁的唐叙沉不住气，匿名在学校贴吧里发了个帖子，询问合唱团演出的具体日期。

没两天他这个发帖人的真实身份就被人发现了。后来那条帖子变成了热帖，毕竟最不会出现在贴吧的炙手可热的校草唐叙忽然现身，引起不大不小的骚动也算在情理之中。大家都猜测着与绯闻绝缘的唐叙是不是终于动了凡心。合唱团里漂亮姑娘云集，原来唐叙也不能免俗。

唐叙想着反正他早晚也要向季怀槿表明心迹，提前制造点儿舆论声势也未尝不可。于是他索性光明正大地出现，官方证实自己喜欢的姑娘确实就在合唱团里。为了避免舆论乱点鸳鸯谱，唐叙还特意透露自己和那姑娘老早就认识了。

发了帖子替自己正名的唐叙心满意足地下了线，想着这回季怀槿逃不出他的手掌心了。于是后来他也没再登录过贴吧，也就没发现那条帖子被回复了十多页，大家的猜测五花八门，可愣是没有一个人想到是季怀槿。

合唱团里的姑娘们虽然封闭集训，却也在第一时间得到了消息。晚上排练结束后的休息时间，是女生们畅谈八卦的最佳时机，可惜与胡老师住在同一间屋的季怀槿只能在房间里乖乖写作业，错失了与大家口沫横飞地猜测唐叙心仪对象的机会。

不过，对于唐叙公开向不知名女生表白的事情，她还是有所耳闻。这让季怀槿不由自主地想起他们最后的一次见面，想起自己失控地扑到唐叙身上的情形，只觉得无地自容。

唐叙会不会觉得她轻浮？她的双臂攀在他耳后的时候，会不会引起他的反感？彼时彼刻，自己是否令他想起他喜欢的女生？

被这些问题困扰着的季怀槿有些失落。她原本讨厌他，后来不知怎么地就不再抗拒他，还和他成了好哥们儿。可做了他的哥们儿，无疑就失去了被他喜欢的资格。

季怀槿突然无可抑制地觉得难过。她还不如一直讨厌他。

她心里有个角落在蠢蠢欲动，不安地幻想着，如果她不再做他的哥们儿了呢？要是她也一不小心喜欢上了他呢？

唐叙会给她一个机会吗？

开学第三天，唐叙在自己的书桌上发现了一张皇后乐队的CD，翻开封面，镭射光盘上签着皇后乐队成员的名字。

唐叙在短暂的欣喜若狂后，陷入了更大、更深、更强烈的欣喜若狂。

毋庸置疑，了解他如此私密喜好的人，除了季怀槿以外，不做第二人想。他甚至没有费心去想季怀槿如何弄到这张珍贵的绝版CD，他当即能够想到的，只有了解到他心意的季怀槿给了他多么重要而决定性的暗示。

唐叙只想不顾一切地飞奔向她。所有教条和世俗的喧扰此刻都成为时不我与的动力。

可如果像个毛头小子一样冲到她面前，脸红心跳地对她说声"谢谢"，又太逊了不是吗？

唐叙认为自己需要一个新颖而浪漫的表现手法，完败一切简单粗暴的平铺直叙，让那条铺满鲜花花瓣的小径一直蜿蜒到季怀槿的心里，并且久久停驻。

可不得不说，唐叙实在不是一个制造惊喜的高手，他绞尽脑汁、用两节数学课的时间在纸上涂涂画画出来的结果，就是带季怀槿去山上看日

出，当太阳从地平线升起的那一刹那，悄悄从后面套一只狗尾巴草编的花环在季怀槿头上。

幸好他又用了两节课计划路线无果后，突然想到天亮以前院儿里通往后山的大门是关闭的。而且更重要的是，季怀槿是个赖床鬼，要想把她从被窝里骗出来，唐叙自问没有这个本事。

唐叙怔怔地看着季怀槿的背影若有所思，余光里讲台上老师的口一张一合，却仿佛没有发出任何声音。

说起关于为什么上了高中后唐叙仍旧能够坐在季怀槿后面，并且在班主任屡次三番的座位微调当中幸免于难，还是因为刚开学的时候唐叙主动找到老师撒了一个不大不小的谎。这个谎令唐叙有足够的自信，既然他们没有被文理科拆散，那么他就能够安安稳稳、称心如意地在季怀槿后面再坐上两年。不到高考那天，没有什么能把他们分开。

至于那个谎言是什么，唐叙一辈子都不会告诉季怀槿，或者其他什么人。那将成为永远烂在他肚子里的谜底。

就在唐叙思考的空当，季怀槿突然轻轻转过头来，小声对他说："唐叙，老师叫你回答问题！"

唐叙吓得一个激灵，"腾"地从座位上站起来，拿着练习本装模作样地说："这道题……这道题吧……有点难度……"

"你疯了？"季怀槿又偏过头，眉毛拧在一起，几乎不动嘴唇地用气声暗暗提醒他："老师问你上个月班费还剩多少钱……"

下课以后，唐叙追着季怀槿在楼道里溜了两圈，就是想问清楚既然她有心帮他，为什么又要误导他，什么叫"老师让你回答问题"，这不是明摆着开他玩笑吗？季怀槿被他跟得不耐烦了，突然停下脚步，跺着脚转头大喊："谁知道你那会儿走神啊？我好心提醒你也有错了？"

路过的邻班同学看见他们俩毫不避嫌地胶着的神情举止，忍不住小声儿议论起来。

"唐叙不会看上她了吧？"其中一个女生问。

"不可能，他俩只是好哥们儿。"另一个女生答。

她俩的声音不大，但唐叙和季怀槿恰好都听见了，于是停止执着于刚才的问题，双双看向路过的两个女生。

"哎，"唐叙叫住她们，"你俩等会儿。"

女生们指了指自己，似乎不太确定唐叙是在和她们说话。

"对，就你俩。"唐叙走过去的时候故意双手插着裤袋，手肘挂着墙壁摆了个有点耍帅的姿势，居高临下地质问道，"好哥们儿怎么了？再怎么说季怀槿也是个姑娘，我怎么就不能喜欢她了？"

两个女生面面相觑，看样子还没搞明白状况。

唐叙却对自己掷地有声的独白很满意，他仿佛刚刚发表了一番伟大的声明，用慢镜头潇洒地回过身，朝季怀槿所在的方向招手，说："你过来。"

可是方才她站立的位置上哪儿还有人，季怀槿早就在他走向那两个女生的时候，掉头回班了。

唐叙像不小心吞下一只苍蝇，无语地站在原地，心里疙瘩死了。

他觉得是时候找季怀槿谈谈了。

礼拜四下午的最后两节是社团活动课。季怀槿被合唱团胡老师安排进主持社，每周都要跟着主持社的负责老师慷慨激昂地念他写的那些疯疯癫癫的诗。主持社的人很少，因为能够忍受这种精神折磨的人并不多，大多数同学都更倾向于选择轻松的电影社、吉他社或是羽毛球社。

如果有谁认为唐叙参加的一定是吉他社，那真是大错特错了。唐叙喜欢吉他，尤其喜欢电吉他，但他觉得几个自认为有音乐气质、头发油腻、满口青春梦想、喜欢听水木年华的男生凑在一起拨弄几根琴弦，聊人生聊姑娘的胸脯，实在太煞风景。

他参加的是劳技社。唐叙喜欢它的原因，是因为在这门课上，他总是

做得多，而说得少，并且不必担心会有人持续不停地向他发问。

这周劳技社的任务是制作电路板，当唐叙拿着电焊焊接元件时，突然想到了一个制作工艺繁复的绝妙主意。

唐叙看看手表，距离放学还有一个小时，于是一手拿着电焊，一手从裤兜里掏出手机，给季怀槿发了一条短信。

"五点二十，室内田径跑道见，从后门进。"

这之后唐叙就专注于用劳技社团里取之不尽的电路板，来完成他惊世骇俗的浪漫情节。他相信季怀槿一定会如他预料的一般震撼、感动，说不定还会扑上来抱住他，就像她曾经在暑假的泳池边做的那样。

唐叙被自己鼓舞得信心十足，劳技社的其他同学看见他埋头将一个又一个电路板并联在一起，连成一条小小的发亮的银河。

劳技老师走过来，看看唐叙完成的杰作，亲自打开开关测试，竟然没有一点纰漏。

"老师，我想把这些电路板带回家。"唐叙见她目带赞许，趁热打铁地提出请求。

"当然可以，"老师回答得丝毫没有犹豫，"这是你的作品。"

于是放学以后，唐叙小心翼翼地抱着他的电路板，躲开所有人的视线，偷偷溜进操场边的室内田径馆。

这里并不是很大，却空无一人，空气里弥漫着微酸的发霉气味。

他们学校的室内田径馆仅对体育特长生开放，并且只有在户外天气不好的时候供他们训练使用，大多数学生并不知道学校里有这样一个冷僻的场所，所以轻易不会有人进来。

唐叙将用绝缘导线连接的电路板挨个儿顺着跑道铺好，自己坐在尾端，面前是最后一块排列着开关的电路板。

准备好这一切的时候，他看了看表，刚好是与季怀槿约定的时间。

而与此同时季怀槿这个守时的姑娘轻轻拧动后门的把手，走了进来。

田径馆里没有开灯，唐叙只能看到远处她模糊的轮廓。季怀槿似乎还没有适应屋里的黑暗，试探着向前走了两步，险些踩到第一块电路板。

唐叙觉得时机已到，轻轻按下第一块板子的开关，一瞬间十几个小小的发光二极管依次亮起来，像夜幕里的星星坠落地面，带着淡淡的荧辉，照亮了季怀槿脚下的路。

第二个、第三个、第四个电路板上的发光管也亮起来，指引着唐叙渐渐看清了走向他的轻盈脚步的主人——骆优。

唐叙对天发誓，如果可以的话，他真想骂一句脏话，然后将手里的电路板狠狠挥向骆优惊喜的脸。

"你来干什——"

唐叙话音未落，骆优就张开热情的双臂，紧紧搂住了唐叙。她兴奋扬起的额头毫不留情地撞在唐叙的下巴上。

等等，等等，这一切都不对。虽然故事确实按照唐叙的脚本发生着，可是主人公完全搞错了。

"我就知道你也喜欢我。真的，我早有这种感觉了。"骆优将头埋在唐叙的脖颈里，沉醉地说。

她太入戏了，说起话来语调就像个站在舞台上的女高音，让唐叙听得浑身难受，生不如死。

终于，忍无可忍的唐叙不怎么怜香惜玉地将骆优从自己身上拨开，略带嫌恶地说："我要找的不是你。"

"可你确实找了我。"骆优被唐叙推开后，方才目光里的缠绵幸福很快熄灭，而是睁圆了眼睛看着不解风情的唐叙，他不费心掩饰地皱着眉的样子，让骆优不需要任何解说就明白发生了什么。

唐叙掏出自己的手机，快速翻看发件箱。最后一条已发送信息上赫然显示着骆优的名字。骆优名字的首字母"L"和季怀槿的首字母"J"在唐叙的手机通讯录里挨着，恐怕是他不小心按错了键，选择了错误的收件人，才会造成眼下这种让人哭笑不得的局面。

181

虽然唐叙不喜欢骆优，甚至对她有些反感，但毕竟这件事儿错不在她，唐叙觉得自己还是有必要向她道个歉，于是垂着眼睛不甚诚恳地说："对不起，我发错短信了。"

他不解释还好，一解释反而更令骆优难堪。有什么比"我喜欢你，也以为你喜欢我，所以我告诉你我喜欢你，你却说你并不喜欢我"还要尴尬的事情呢？

如果在几年前，这种表错情的打击对于骆优来说，无非是她咬碎了吞进肚子里的牙齿，坚硬地硌在心里，表面却一切如常。可如今她是崭新的骆优，她的自尊心变得无上矜贵，任何妨害到她的行为，不论对方是有意还是无意，都必将遭到她以牙还牙的报复。

这次的对象是她最在意的唐叙，也正因为是唐叙，她无论如何都忍受不了。

于是恼羞成怒的骆优铆足了劲将唐叙的电路板踢到墙上。失去了导线的连接，电源被迫阻断，田径馆里恢复一片漆黑。

骆优在黑暗里偷偷观察唐叙的反应，却只看见他沉默地站在对面，像是一种宽容的忍让。

不过男生和女生的计较并不相同，唐叙不是在容忍她——他没必要忍她，他只是觉得自己欠她一次，现在还清了，他不需要再继续给她留面子。

"你在这里等谁？"女高音骆优幽幽开口，声音突兀地回荡在逼仄的室内，见唐叙不回答，她自顾自地问下去，"是陆柳漾吗？"

唐叙觉得自己实在没有必要回答这个问题，因为他不想让骆优知道自己对季怀槿的感情，不是他羞于承认，而是他很清楚明白真相的骆优日后会变本加厉地针对她。

唐叙的缄口不言似乎令骆优以为自己至少猜对了几分，要知道，现在她最无法接受的就是在风光不再的陆柳漾面前输阵，于是她咄咄逼人地问："我和陆柳漾比，你更喜欢她？"

唐叙想了想，然后缓慢地点头。

"为什么？"骆优的声音听起来有些破釜沉舟的凄厉，"陆柳濛自大又可笑，她样样都不如我，你喜欢她什么？"

唐叙觉得这个问题他大可以回答，于是一字一句地说："不是我喜欢她，而是和她比起来，我实在是比较讨厌你。"

"唐叙，"骆优几乎尖叫起来，"你以为自己有什么了不起的？"

唐叙满不在乎地耸耸肩，"没什么了不起的。"

"是不是季怀槿？"

骆优毫无征兆地提及季怀槿，是令唐叙没有想到的。女生真是可怕的生物，她们拥有男性无法理解的思维逻辑，唐叙觉得自己可能有点儿低估了骆优的智商。

"是不排除这种可能性。"唐叙回答得模棱两可。

骆优听罢却沉沉地笑起来，双眼带着意味不明的嘲弄，她似乎一跃占据了谈话的主导，好整以暇地抄起手来，盯着唐叙的表情说：

"你还不知道吧？季怀槿和段梓棋在外面睡过，就他俩。这事儿合唱团的人都知道。"

第十四章

渐行渐
远的
事

A中是所校风活泼开放的高中，老师们从来都不严厉打击男女生来往——当然，只要别太过分就行。女生们在课余时间喜欢看小说，不过无关文学，净是一些要死要活的爱情故事，或者无病呻吟的青春疼痛。那些澎湃又压抑的情感表达令女生们觉得是那样贴切，每个人都幻想自己是一座孤独寂寞的岛屿，在风浪中等待着骑士救赎。

最近风靡的是一个叫"冷殇"的作者，其短篇故事时常见于各类在女生间流传的杂志。而她忠实的读者大多是A中的高二女生，连季怀槿他们班这些理科女生都未能幸免于"冷殇"的致命魔力。课间她们会讨论冷殇最新故事里让人心碎的男主人公，并在课本的空白处一遍又一遍写他的名字——那些名字听起来都很奇怪，而且十分拗口。

隔壁班有个女生说自己认识"冷殇"，一下子就引来无数人的追随，大家想尽各种方法央求她透露些冷殇的真实资料：她长得漂不漂亮？多大年纪？谈过很多次恋爱吗？她一定拥有许多段刻骨铭心的爱情，不然怎么会将它看得那样透彻？

在冷殇的鼓舞下，许多女生也开始在单线本上写些东拼西凑的爱情故事，然后私下里互相传阅，乐此不疲。

季怀槿实在不擅长这些情啊爱啊的东西，而且文笔也不怎么煽情，很快就无法继续融入女生的世界里。她短暂的受欢迎时代始于高一，却无疾终结于高二。不过被打回原形的季怀槿并没有太多失落的情绪，她更在意为什么这段时间里，唐叙总是对她爱答不理的。每当她找点儿话题与他分享时，他都刻意回避她的视线。

最过分的一次，是在英语课上。英语老师突击检查，临时让大家找一张空白纸默写课文。季怀槿听见唐叙在身后向他的同桌借纸，就从自己的本子里多撕了一页递给唐叙。可是唐叙连声谢谢都没说，甚至头都没有抬，就拿起桌上的纸撕了个粉碎。

从那次之后，唐叙和季怀槿基本上闹翻，并且有了水火不容的架势。

季怀槿觉得自己被孤立得莫名其妙，可她越是在乎唐叙，越不容许自己在他面前服输。所以她没有试图找唐叙摊过牌，而是将满腔辛酸委屈都发泄在每周主持社的诗歌朗诵会上，因此当仁不让地成为那个疯子老师最得意的门徒。

她开始有点儿理解那些追捧"冷殇"的女生们了。少女的心就像一扇自由的大门，开启的方向是花团锦簇，而一旦闭合起来，华丽的世界通通隔绝在外，只留一方小天地，关着一位寂寥的自己。

这就是青春残忍的地方，最好的年华总是耽搁在自怨自艾的哀愁里；而终于识尽愁滋味的时候，才恍觉从前的自己早已从身体中剥离出去了。

因为唐叙而变得动辄伤感的季怀槿向父母提出申请，想要借着国庆节假期回济南待两天。这时候袁子卿已经被调离旧职，专门负责部队家属的分房拆迁事项，可以享受法定假期，于是一家三口一起踏上了回济南的火车。

季怀槿已经有一年多没有回过济南了，火车上她听着熟悉的乡音，突然想起数年前袁子卿曾说过的话。她如母亲所预言的那样，忘记了自以为一辈子不会变的济南口音，操起流利的普通话，可不知为什么，她开始怀念从前的自己。

国庆节的七天假期里，季怀槿见了儿时的朋友。令人遗憾的是，尽管他们都很努力，但彼此之间不再有共同语言，每当季怀槿兴高采烈地说起什么，看到的只是昔日玩伴们茫然的神情。

那一刻她有些希望坐在自己对面的是米乐，是莫锐融，还有她最不愿意想起的唐叙。

唐叙总是这么有先见之明，他曾告诉过她，人是会变的，所以永远不要往后看。

季怀槿不知道现在的唐叙是不是也已经变了，所以不想再回头看看身后的她。

假期的最后一天，季怀槿和爸妈一起搭乘回京的列车。火车驶入北京界的时候，袁子卿接到电话，身在九寨沟会见老战友的袁老司令因为高原反应而突发心脏病住了院，由于当地医院的卫生条件差强人意，他将连夜被送往市里的大医院救治。

火车到站后，袁子卿夫妻俩直接买了去往成都的车票，而季怀槿被要求独自回家。

季怀槿和外公的关系这么多年也没怎么改善，她感觉得到老人并不太喜欢她，也从来没有向自己展露过慈爱的样子。相比之下，他对唐叙反而更亲厚。所以季怀槿并没有什么特别的伤心情绪，她揣着袁子卿留给她的钱打了一辆出租车。车子穿梭在市区的时候，外面下起了雨。秋雨在这座城市里并不特别多见，季怀槿透过车窗看着潮湿的傍晚，街上行人行色匆匆，有种极为不真实的感觉。

出租车停在季怀槿家楼下的时候，天已经黑透了。雨帘下的路灯有些昏暗，可汽车头灯映亮的前方，季怀槿看到唐叙的身影。

唐叙是在季怀槿拖着行李箱下车的时候才认出她来的。虽然他们只分开短短七天，但唐叙觉得自己已经有好久没有仔细看看她的样子了。夜色是他最好的保护，他一面眯起眼睛避开水雾，一面用自己黑亮的瞳仁儿一帧又一帧捕捉季怀槿的画面。

出租车开走了，只剩两个年轻人中间隔着五六米的距离。季怀槿一手撑在行李箱拖柄上，另一只手不自觉地整理了一下头发，问唐叙："你怎么站在这儿？"

唐叙慢慢朝季怀槿走近，最终在她面前站定，代替回答她的问题。他是来找她，自然。袁老司令昨天就发了心脏病，但一直联系不上袁子卿他们一家，所以唐叙的爸妈先一步赶去了九寨沟县，今天下午打来电话，说袁子卿是晚上的火车回北京，让唐叙去看看，把这个消息告诉他们。

唐叙走到季怀槿家楼下的时候看见楼上窗户紧闭，没有灯光，就知道他们还没有回来。他有种如释重负的感觉，又有些失望，傻了吧唧地站在那里不知是走是留。然后就下雨了，一开始只是毛毛细雨，后来雨势渐大，唐叙也忘了躲，索性被淋了个痛快。他的头发湿透，短短地翘起来，像雨后初生的幼芽；额前有一缕头发垂下来，看上去有些凌乱，却不狼狈。

"你外公心脏病住院了，我爸联系不上你们……"

"我知道了，我爸妈已经往那边赶了。"季怀槿轻轻拉了唐叙一把，"下雨呢，上楼说吧。"

唐爸爸交给他的任务已经完成，唐叙知道自己应该走了。可是季怀槿邀请他上楼坐坐，他倔强的理智和脆弱的情感又开始交战。

"我……"

"走吧，你看你都被淋成什么样了。"季怀槿说完后，就没再管唐叙，而是拖着箱子径自走进楼道。这幢楼比她刚来的时候旧了好多，楼道里堆着左邻右舍的旧家具和废纸箱，白色墙壁上也印着不知是谁的脚印。

平时看习惯也不觉得有什么，今天却变得格外刺眼。

季怀槿忽然有点不好意思起来。她知道唐叙和段梓棋，还有很大一部分同学家都搬了新的房子，比从前更大、更敞亮，可季怀槿家一直住在这里，丝毫没有要搬走的迹象。

袁子卿在自家的防盗门上贴了一幅他们一家三口的漫画画像，是某晚在后海闲逛时请路边卖画的街头艺人画的，四十块钱，袁子卿又花了二十块钱将画儿裱起来。

唐叙有好长时间没有来过季怀槿家了。他看到画上脸贴脸的三个人一起朝他笑，觉得挺羡慕，也忍不住笑起来。

季怀槿快速地打开防盗门，不由分说把唐叙拉进玄关，打断他欣赏那幅画儿的兴致。

"你随便坐吧，我去拿个浴巾给你擦擦。"季怀槿说着，走进浴室。

再出来的时候，她看见唐叙仍旧站在门口，头发、身上滴着水。季怀槿将浴巾递给唐叙，看他将头发擦干净，就领他进客厅坐。

唐叙没好意思坐沙发，而是从连着客厅的阳台上拿了一张折叠椅，搬到季怀槿面前坐下。

"袁司令一定会没事儿的，你别太难过了。"唐叙有点儿心不在焉地安慰她。

虽然说的是好听的话，但季怀槿总感觉有些生分。她向前坐了坐，看着唐叙，问："这段儿时间在学校为什么躲着我？"

唐叙将浴巾从头上拉下来，拿在手里，动作行云流水没有一点儿迟疑或停顿，眼睛却一直看着地板，"谁躲你了？"

"不想说是不是？"

唐叙想了大概三秒钟才回答："对，不想说。"

他要是开得了口，早就抓住她问个明白了。可他心里的龃龉，是一盘没有转圜的棋局，他暴露了自己的坏棋子，对方却戴着深不可测的面具，所以他是那么的孤立无援。

唐叙几乎怨恨自己，因为他明知道季怀槿不属于自己，却放不下。季怀槿在他面前，是个开朗得几乎透明的姑娘，连抱了他一下都害臊地逃走，可是在他看不到的时候，她又是什么样子的？

唐叙无数次想到这里，然后就不敢再继续想下去。

"冷不冷？我找件儿干净衣服给你换上吧。"季怀槿看见唐叙的衣服一直往下滴着水，他脸色白得有些不好看，估计是冻着了。

季怀槿原本想找一件爸爸的衣服给唐叙穿，可是去卧室翻了翻，爸爸的衣服都太老旧过时，实在寒酸。她想到自己衣柜里有一件干净的男生外套，几乎是没有犹豫地就拿了出来。

唐叙接过衣服，并没有及时穿上，而是攥在手里，像被施了静止咒语一样，半天都没有动弹一下。

"快换上吧，别感冒了。"季怀瑾说。她有挺多话在心里憋了那么久，想好好找唐叙问清楚。

唐叙终于有所反应，抬起头来看着站在面前的季怀瑾问："你的衣服？"

"不是我的，是……"

唐叙打断她："我知道不是你的，是段梓棋的。"他从折叠椅上站起来，将外套丢在沙发里，掉头就往外走。

"哎——"季怀瑾在玄关追上他，"你干吗去？"

这时候唐叙已经打开沉重的防盗门，转过头来盯着季怀瑾，用不大却足以让她听见的音量说："你真恶心。"

季怀瑾知道，这回她跟唐叙是彻底玩完了。

他对她的控诉太严厉，季怀瑾想，今后不论如何，她也不会再原谅唐叙了。

季怀瑾憋了一肚子气，整晚一个人在家里坐立难安，却找不到任何借口发泄。她不想再想起唐叙这个人，可满脑子都是他临走时愠恼的模样，然后就越想越具体，比如他做实验的时候用小钢珠给她变的魔术，舞蹈课上伸手邀她做舞伴的样子，还有每次中午赢了篮球比赛后一脸谄媚地问她"我厉不厉害"时对她夸奖的期待。

她以为自己挺了解他的，可那些都只是日常培养出的默契。他到底在想些什么，喜欢的那个女生是谁，她通通不知道。在她和唐叙的交往当中，虽然他总让着她，但真正掌握主动的那个人绝对不是她。

唐叙对她好，她就接受着。可突然有一天唐叙不再围着她转，她就只

剩怅然若失的份儿。

唐叙像是她身体里一块小小的结石，带给她隐隐疼痛，久而久之，变成身体的一部分。没有他的生活春光明媚，可季怀槿总觉得缺了点儿什么。

第二天上学，季怀槿在课桌上发现了一张CD，光盘上有一串签名。旁边的同学告诉她是唐叙放在她桌子上的。这让季怀槿更糊涂了，昨天他对她说了那么难听的话，今天又送她一张CD，是有心弥补吗？

可一直到放学，唐叙都丝毫没有示弱的意思，基本排除了季怀槿猜到的可能性。

终于她先沉不住气，将CD递到唐叙面前，问他："这是什么意思？"

"还给你。"唐叙背着书包越过季怀槿，向校门外走。

"这不是我的，我都不知道这是谁的歌。"

唐叙停下脚步，愤愤地转身走回季怀槿面前，拿过CD放进书包里，然后继续走他的路。他突然觉得自己蠢得可笑，收到这张CD的时候几乎没有犹豫地就以为是季怀槿送他的，因为只有她知道自己多喜欢皇后乐队。可原来他给她听的那些歌，她从来都没放在心上过。

这种一厢情愿的想法，让唐叙觉得自己像个失败者。

他努力地维持着基本风度走出校门，离开了季怀槿的视线。可再往前走，却觉得手不知往哪儿摆，步子迈得也僵硬，挺直的脊背冷汗直落。

唐叙徒步走了十几分钟，回家的路过了大半，才想起自己今天是骑车来上学的。

他最宝贝自己那辆山地车，一般情况下，唐叙绝对不会允许自己的车被遗弃在车棚里，可现在他也懒得回去取车了，索性继续往家走。

他越走越快，心里燃烧着的那簇火焰也越烧越旺。唐叙脚下仿佛带着风，摧枯拉朽地刮到段梓棋家楼下才停住。

"段梓棋，段梓棋——"唐叙也不管这楼上住的都是相熟的叔叔伯伯，扯着脖子就在楼下喊起来，而且越喊越生气，越喊越大声，"段梓棋你他妈的给我滚下来！"

段梓棋下楼的时候穿着一件开襟线衣，里面是藏蓝色的棉衬衫。他们这个年纪的男生很少穿得这样稳重老成，比如唐叙，到现在还是离不开棉T恤和帽衫、运动裤。

段梓棋的变化是从参加了去法国的夏令营后才有的，不是那种翻天覆地的改头换面，而是不经意地，因为想开了，不在乎了，才发生的改变。

唐叙气喘吁吁地说："走，杀两盘去。"

段梓棋起初还没明白唐叙所说的"杀两盘"是什么，直到他们走进羽毛球馆，唐叙向管事的陈叔要了一副拍子，他才明白，唐叙心里一定因为什么事儿不痛快了。

他俩都不太擅长打羽毛球，小时候倒是老打，但也打得不好。这间羽毛球馆自打他们出生的时候就有了，火过一阵子，其间也翻新过一次。后来因为有了新馆，来这里的人就少了。但唐叙和段梓棋对这里算有感情，有时候不为打球，只是来这儿聊聊天。

这里比所有地方都显得空旷，说点儿什么心里话也不觉得特别难为情。而且唐叙喜欢拿这儿当篮球场，假装手里控着不会脱手的篮球，腾空飞跃来几个跳投，姿势潇洒自如——反正进不进谁也不知道。

段梓棋以为唐叙就是想和自己说说话，没想到他煞有介事地将球拍递给他，然后自己站到了发球线后。

唐叙的每次发球和接球都带着势不可当的锐气，好像真要和他拼个高低输赢才罢休。段梓棋原本没有完全进入状态，但被唐叙扣了几个球后，也被激发了斗志，不再一味退让。

两人很快就精疲力竭，汗顺着额角落到地上，后背也湿透了。

段梓棋朝唐叙挥了挥球拍，示意中场休息，唐叙却趁他不备将球打过拦网，"别废话，几比几了？"

段梓棋这时候才终于明白，唐叙今天是冲着自己来的。

他狼狈地救下那球，然后快速移动上网，轻轻一挑球拍，将唐叙势如水火的猛攻断送在网前。

唐叙走过去捡起球，两人隔着一张网互相对视。唐叙伸手抹了一把流进眼睛里的汗水，喘着气说："继续。"

这场球僵持了两个多小时，经过你来我往的卖命奔跑，两人终于体力不支地仰躺在地上。唐叙胸前猛烈起伏着，浑身一点力气都没有了，可那股火焰仍旧没有得到排遣，奄奄一息地在他心里挣扎。

唐叙一骨碌从地上爬起来，走到段梓棋身边，用脚尖踢了踢他的小腿，"起来，哎，我说——你行不行啊？"

段梓棋实在是累了，将头偏到另外一侧不理会他。

唐叙也没再闹他，自己走开了，没一会儿拿了两瓶矿泉水回来，扔给段梓棋一瓶，然后自己拧开另一瓶朝嘴里猛灌，一口气喝掉一整瓶。

他将空瓶子在手里捏扁后远远地抛出去，这时候段梓棋也从地板上坐起来，瓮声瓮气地在唐叙身后说："你发什么神经？"

唐叙做了一个夸张的转身动作半蹲到他面前，"我就是发神经，你猜怎么着，我现在特想揍你一顿，可是我没有，你知道这说明什么吗？"

段梓棋笑了一声，"你有病。"

"不对，"唐叙认真地说，"说明我现在还有点儿理智。走，我请你喝酒。"

从羽毛球馆出来的时候已经很晚了。段梓棋想，唐叙这个疯子今晚算是缠上他了。

自从他和唐叙在高中被分到了不同的班后，关系似乎比从前还要好一些。当然，从唐叙的角度来讲一切和从前没有分别，但是段梓棋不一样。他离开唐叙，终于摘掉了头上"千年老二"这个不太雅致的帽子。如今他是班上唯一的班长，学习拔尖儿的学生，老师最器重的对象。这就足够了，他挺容易知足的。

再说，他没什么朋友，有唐叙这么个能带着他偶尔发发神经的同类，其实也不错。总比他一个人日复一日地窝在家里强。

唐叙和段梓棋一起溜达到院儿里的小超市，买了两盒卤鸭脖，两瓶儿红星二锅头。他们就在空场上捡了一块马路牙子坐下，唐叙先把酒打开的，闷了小半瓶，被辣得满脸通红。

"酒是个好东西啊，"他很快上头了，坐在那儿上半身直打晃，"你喝过吗？"

段梓棋把鼻梁上的眼镜摘下来，也不管脏不脏，就拿着上衣擦镜片儿，"喝，初中那会儿就喝。"他重新架回眼镜，看了唐叙一眼，语带玄机，"你也知道为什么。"

唐叙没搭腔，而是把剩下的二锅头喝了个干净。虽然他和莫锐融一起出去喝过酒，觉得自己还挺能喝，但毕竟那回喝的是啤酒，跟白酒不一样。烈性的二锅头吞下肚子，烧得脾胃拧在一起，唐叙眼睛鼻子皱着，过了半天才缓过劲儿来。

"行，你不再需要这东西了。"唐叙把空酒瓶丢向远处的垃圾桶，他扔得挺准，酒瓶落在垃圾桶的铁皮上发出巨大的声音。"现在该轮到我了。"唐叙说，他不清楚自己说这话的时候是怨愤更多一点，还是伤心更多一点。他觉得自己像是在完成某种意义重大的嘱托，和世间最宽容的释怀。他知道自己这样做将会很痛苦，但那是种伟大的痛苦。

除此之外，唐叙也别无选择。

"你得好好对她。"他说。

"谁？"段梓棋隔着镜片看见唐叙一脸没落英雄般的悲壮。

"废话，当然是季怀槿。"

那晚唐叙的记忆就到此为止。他不记得自己怎么被段梓棋搀回家，也不记得怎么在家楼下的树边吐了个昏天暗地。

幸好他爸妈都不在，唐叙进了家门后连灯都没开，栽在床上倒头就睡。半夜醒过来的时候，感觉眼睛花得厉害，脑袋也疼。

他摸索着去洗手间放了一池子热水，泡进浴缸里，才觉得整个人又活过来了。

唐叙人生中的第一次醉酒，因为不记得自己出了多少窘态，所以没有留下太多阴影。尽管他觉得喝醉多多少少有些没面子，但他仍旧想为自己的情深义重喝彩——他竟然大度地祝福了段梓棋和季怀瑾。

不过也只有这样，唐叙才会觉得自己心上那个隐隐作痛的窟窿不会越变越大。

他第一次喜欢上一个姑娘，他们的交集从儿时开始，他本以为没有尽头，所以耐心地等着，将冲动熬成了信念，只为一个美好的契机，让他们终于成为并集，除了他，就只有她，再没有其他元素。

是他大意了，忘了考虑或者根本就没有考虑季怀瑾会喜欢上别人。他所以为的"命中注定"的缘分，或许只是一场算不上美丽的误会。

唐叙知道从天亮开始，他将彻底把季怀瑾忘掉。

不过天亮以前，他还是想好好同他的季怀瑾道个别。

唐叙选择的道别方式实在算不上新颖。他调出手机里一直没舍得删的和季怀瑾的短信记录，一条一条地看。都是些没有特别意义的短信，记录的也只是日常生活里的琐事。唐叙看着看着眼泪就掉到手机屏幕上，落在二〇〇六年一月份他问季怀瑾有没有退烧的那条短信上。

唐叙知道自己不能再看下去了，不然他会忍不住把段梓棋从睡梦中拉起来狠狠地揍一顿，好歹让他知道什么叫疼，那种六神无主的疼，方寸尽失的疼。

唐叙将联系他与季怀瑾的一千多条短信全选，闭着眼睛按下删除键。

从此他的手机就不会再总是因为内存不足而接收不到新信息，也不必再忍受越来越慢的速度。

可是他收到的新短信将不是季怀瑾发来的，他变快的手机速度也不能让他在第一时间回复季怀槿的短信。

唐叙觉得单恋这件事儿真的是太不哲学了。所以即便失恋，他也要失个辩证的恋。

时间似乎没过多久，但窗外的天渐渐泛出青白色的光亮。唐叙照镜子的时候发现自己下巴上长了一层薄薄的胡子茬儿，规矩地勾勒出他下颚的弧度，在初升的天光下，怎么看都显得有点憔悴。

唐叙一直都知道自己长得好看，从小学开始班上女生一大半儿都喜欢他。而且难能可贵的是，眼看那些昔日和他齐名的小校草长大后都大隐隐于人堆儿里，再也挑不出来的时候，唐叙还是高调地英俊着，并有无可抵挡之势。

不过他现在算是明白了，自己长得再好看，喜欢的那个人不觉得，一切都等于白搭。

正当唐叙独自对着洗手间里的镜子黯然神伤的时候，季怀槿也起床了。她简单收拾了一下，就背着书包去食堂吃早点。

食堂人不少，她没看见坐在她身后两张桌子距离的唐叙。

唐叙本想远远地走开，可转念想想他也没做什么错事，为什么要躲着她？于是他俩几乎同一时间吃完了饭，往食堂外走。

有那么一秒，唐叙几乎以为季怀槿看到他，并朝他走来。

但她被一只手轻轻拉住了。季怀槿回头，有些惊讶地看着来人，低呼道："段梓棋？"

段梓棋将校服领子拉起来挡着脸，镜片后一双眼睛紧紧盯着季怀槿。

"我觉得咱俩在度假村遇见，不是巧合，而是一个圈套。"

季怀槿瞪大眼睛，"你是说……"

段梓棋点点头，两人心照不宣。"对，是骆优。"

这时候面对着季怀槿的段梓棋看到她身后的唐叙，大大方方地朝他打了个招呼。

季怀槿也回头看见他，唐叙肿着一双眼睛扁着嘴从她身边经过。季

怀槿觉得自己不论说话或不说话都挺尴尬的，犹豫半天，轻轻叫了他的名字。

唐叙原本都走过了，听见季怀槿叫他，停下脚步，礼貌地看着她微笑。

"你好啊，季怀槿。"他没有意识到自己客气得多么做作。

季怀槿也没有意识到。她只觉得，她和唐叙怎么已经生分成这样了。

第十五章

绝望的

事

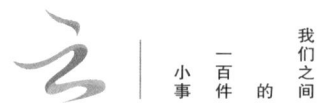

　　季怀槿经常发现合唱团排练厅外的女厕所里有烟味儿，有时候蹲坑里还会漂浮着一截没来得及冲下去的烟蒂。

　　季怀槿知道合唱团里有人抽烟，并且这还不是某个人的个别行为，而是一个日益庞大的女生群体。

　　虽然人人都知道吸烟有害健康，损伤皮肤和声带，但仍旧没能阻止她们在休息的时间聚在厕所里吞云吐雾。

　　季怀槿知道这又是来源于"冷殇"的魔力。

　　冷殇曾短暂地带动过女士香烟的流行，后来不知怎么的，她突然不再中意寡淡的薄荷味，而是向往起浓烈的男士香烟。

　　在冷殇的小说里，女主人公抽骆驼牌香烟，没有过滤嘴，烟味呛得厉害。那种烟是美国工人阶级的首选，可经过冷殇的润色，却也具备了赋予女主角孤高冷傲形象的能力。

　　冬天衣服穿得厚，容易吸附烟味。学校老师和学生的厕所虽然是分开的，但还是发现了女厕所的秘密。

　　老师们开始严打，时常在随机时间冲进女厕所，有点儿像是一直以来男老师对于男生的突击检查一样。后来这股风不但没有刮过去的趋势，反而愈演愈烈。女生们在头发上动的小心思，也没能逃过老师们的眼睛。

　　年级主任勒令女生们将改紧的裤管还原，洗掉偷偷搽上的粉底和腮红，校服外套上钉的那些五颜六色的小钻钉，也要一个个拆下来。

在冷殇的影响下，许多女生烫了波浪卷发，头发挑染成在阳光下才会看出来的颜色，早上起来要用五分钟的时间画眉毛，将喜欢的人的名字缩写文在校服上。这火光四溢的碰撞终于被定义为年轻的离经叛道。

冷殇的故事所驻扎的杂志一时间在校园变成违禁品，被老师们一次又一次从女生的课本底下抽出来。

可女生们总有一千一万种方式躲开老师的视线，将最新一期的杂志做成剪报的样子，贴在练习本里，像考试时作弊的小纸条，怎么也杜绝不了。

合唱团是这类女生聚集的地方，于是风行最盛。

季怀槿原本是喜欢合唱团的，可高二第一学期快结束的时候，她发现这里已经变得乌烟瘴气，不再有以前活泼欢快的氛围。

女生们三三两两分裂成许多小团体，当面和气，背地里却互看不顺眼。

但一直在言论的风口浪尖上的骆优最近又着着实实在合唱团里火了一把。

A中附近有另外一所普通高中F中，两所学校的学生不论在家庭背景还是学习成绩方面都有很大差距，所以即便离得近，学生们的交集也并不多。

季怀槿不知道骆优是通过什么契机认识了F中的"老大"涂樊，不过涂樊对于骆优轰轰烈烈的追求倒是被闹得尽人皆知。

一次，合唱团到区里比赛，涂樊不知从哪里弄到了十来张门票，带着他的"小弟"们去给骆优捧场。十几个男生穿着白衬衫黑西裤坐在那里，演出结束后涂樊还深情地奉上一人捧玫瑰花。

合唱团胡老师看见后，笑着说骆优越来越受欢迎。

骆优则板起脸将几十朵玫瑰丢到后台的垃圾桶里，对身边的女生说："我可不喜欢这种男生。"

之后涂樊对骆优的追求几乎可以用疯狂来形容。

放学的时候，季怀槿经常能看到涂樊的"小弟"守在A中校门口，见到骆优后整齐划一地鞠躬，叫一声"嫂子好"。

每次骆优都拒绝他们要"护送她回家"的请求，傲慢地说："回去告诉涂樊，让他少来烦我。"

有个男生因为看不惯骆优的态度，上前推了她一把，之后就再也没有出现过。

季怀槿想，这真是个冷酷的世界，每个人生活在属于自己的矩阵当中，不能越雷池半步。她对骆优和涂樊之间的事儿没有兴趣，倒是挺好奇那个男生之后的下场。

涂樊在他们A中很快名声大噪起来。年轻的时候，大家似乎都更倾向于崇拜有话语权的人。涂樊在F中举足轻重的地位使他同样得到了A中女生的尊重，尤其他鞠躬尽瘁地追求骆优而不在乎任何回应的行为，让女生认为他简直就是新时代的许文强，是她们心目中轰轰烈烈的爱人形象。

涂樊对骆优忠贞不移的追求持续了近三个月。在这三个月当中，他并不经常出现，但每一次现身都带着偶像般的戏剧性。

他家境良好，比同龄人都要显得成熟。所以不论他出现在挤满玫瑰花的跑车里，还是温柔体贴地向骆优敬上天价珠宝，都不会令女生们觉得意外。

这种让人眩晕的追求打动了所有人，却唯独打动不了骆优。如果说涂樊能带给她什么惊喜，那一定就是当众拒绝他所产生的空前庞大的优越感。

骆优喜欢不经意间听到其他女生对于涂樊的议论，喜欢她们对"为什么涂樊喜欢的不是自己"的扼腕叹息。

如果说骆优原本是合唱团里盛名鼓噪的高音公主，那么现在的她就是万人之上的女王，因为连涂樊也臣服于她裙下。

A中和F中，两所原本没有太多交集的学校，终于因为涂樊的关系变得紧密。他的"小弟"在A中门口为骆优保驾护航的时候，结识了A中的女生，渐渐同她们走得很近。

　　甚至连莫锐融都听到风声。有一次他问季怀槿："涂樊现在在你们学校挺火吧？听说好多女生都喜欢他。"

　　莫锐融现在和季怀槿见面的机会不多，她不知道他每天都在忙什么，问他他也不说。

　　莫锐融自从父亲去世，就很少回家住了，院里几个从小玩到大的朋友，也基本断了联系。

　　季怀槿知道那不是莫锐融的错，家长们都警告自己的孩子不要再和莫锐融来往。他无可避免地被孤立，彻底变成了院里的外人。

　　所以他不愿继续留在这里被人排斥，精神和行为双双出走，听起来无奈多于自愿。

　　"你怎么认识涂樊？"季怀槿问。

　　"不算认识，"莫锐融说，"是别人认识他。"过了几秒，他笑嘻嘻地补充，"我只认识钱。"

　　"这是什么意思？"

　　"嗨，没什么意思，"莫锐融不想继续这个话题，"妹妹，你别问了。知道那么多事儿没好处。"

　　后来又过了两天，莫锐融再次找到季怀槿。

　　"骆优这妞儿现在怎么成这样了？我记得以前她看着挺蠢的。现在倒好，眼睛恨不能长到脑袋顶儿上去了。"

　　季怀槿不知道怎么回答这个问题，于是套用唐叙的理论，讳莫如深地说："人都会变。"

　　莫锐融摇摇头，"以前真没看出来，这姑娘整个儿一浪蹄子，难怪把涂樊迷得七荤八素的。这涂樊也是，真他妈俗。"

　　季怀槿不明白莫锐融怎么突然对涂樊这么感兴趣。她笑了笑，心不在焉地解释："可能因为涂樊一直追不到她，所以格外上心。"

　　"追不到？"莫锐融敲了敲季怀槿的脑门儿，"妹妹，你逗我呢？

你是没见过骆优那骚样儿。她早就想方设法地爬上涂樊的床了。"

季怀槿不敢相信，"不会吧？"

"千真万确啊，妹妹，我骗你干吗？"莫锐融大大咧咧地说，"而且，你知道吗，骆优那小贱人没少在背后说你坏话。"

"说我？"季怀槿不是不诧异。她和骆优的同桌情谊虽然已经尽了，但两个人始终保持着井水不犯河水的安全距离，从没什么过节。

"她造你的谣，说你和段梓棋在外面过夜，所以段梓棋才和陆柳濛分的手。不过你放心，妹妹，我压根儿就不相信。"

季怀槿心里猛地一沉。几个月前当段梓棋第一次向她提起骆优的险恶用心时，季怀槿并没有完全相信。虽然之后她屡次想起那次"巧合"，都隐隐觉得有些不对劲。但季怀槿是个生性善良的孩子，她不愿意带着恶意揣度别人。

这件旧事又被重提，季怀槿觉得自己真是委屈死了。

她不敢想这件事究竟被多少人知道了。莫锐融愿意相信她，可是别人呢？唐叙知不知道？他一定知道，所以在心里狠狠地看轻她。

季怀槿忽然有点儿欲哭无泪的无助感。她的好心害了自己，也害了段梓棋。她原本想将这件事当做秘密藏起来，却被别有用心的人抓住把柄。

当所有人都被偏见蒙蔽，她兀自清白也于事无补。

可是叫她怎么开口解释呢？她和段梓棋并没有什么啊。

沉默了够久的季怀槿终于愿意开口，把这个秘密告诉了莫锐融。

那还是高二第一学期开学以前的事情。

合唱团在郊区的度假村封闭集训了一个礼拜后，前往市里的学校进行为期两天的汇报演出。

合唱团外出表演的时候，老师为了确保每个人的安全，要求所有团员集体活动，哪怕是自由休息时间，也不会超过半个小时。

演出的时候，全团的人都住在旁边的酒店。

下午五点到五点半是自由活动时间，团里的人多数都到附近吃晚饭去了，季怀槿留在酒店里帮胡老师整理第二天要用的演出服装。

直到将近六点骆优还没有归队，胡老师让季怀槿打电话给她。

骆优在电话里告诉季怀槿，她将外婆送给她的蓝宝石项链落在集训的度假村里，必须即刻赶过去找。

季怀槿对电话那头语气焦急的骆优深信不疑，于是给她出主意：骆优是团里的领唱，不能缺席晚上的彩排，而报幕员外加小助理季怀槿在彩排当中并没有那么重要，所以自告奋勇地主动提出帮骆优找她意义重大的项链。

骆优对她千恩万谢，再三叮嘱了乘车路线后，答应二十分钟内赶回彩排现场。

季怀槿按照骆优嘱咐的那样，向胡老师告假说身体不舒服想要提前回酒店，然后到附近搭乘公交车。

度假村地方偏僻，季怀槿倒了好几趟公车，花了两个多小时的时间才找到度假村的大门。

虽然被称为度假村，但这里只有一栋孤零零的楼，承接一些小型公司的会议，几乎没有度假村应有的配套设施，而且远离旅游景区。

季怀槿到的时候已经将近九点了，她问了前台的服务员，但没人听说他们之前住的客房有遗落物品。

季怀槿担心收拾房间的人没有发现，于是在征求了服务员的同意后，亲自去骆优住的房间翻找。

她几乎将每个角落都翻了个遍，可仍旧没有项链的下落。

季怀槿实心眼儿，骆优说一定是丢在房间里，她就觉得如果找不到那是因为自己找得还不够仔细。

几遍翻下来，整齐的房间已经显得凌乱。

季怀槿又跟着服务员回到前台，打电话到各个部门去打听是否有人拾到项链。

　　眼看已经过了十点，合唱团的彩排早已结束，季怀槿将电话打给骆优。

　　骆优着急地问她找到没有，季怀槿有些抱歉地告诉她，所有地方都找遍了，也找不到她的项链。

　　"算了，都赖我自己不小心，居然丢了外婆的遗物。"骆优说。

　　季怀槿听说那条项链是亲人遗物，忽然觉得于心不忍，想要再上楼找一遍。骆优却说："刚才胡老师回房间找不到你，问大家你去哪儿了，我告诉她你发烧回家了，所以你今天最好别回酒店，免得穿帮。"

　　季怀槿答应了骆优，但她不忍心让骆优失望，又去房间里找了一圈儿，在确定每个角落都检查过后，才打算离开。

　　郊区路灯稀少，季怀槿走在去车站的路上，感觉夜里阴风阵阵，心里紧张得要命。

　　车站一个人都没有，连路过的车辆都很少，偶有车头灯光一晃即逝，可等了好久却都没有公交车进站。

　　季怀槿看了一眼手机上的时间，终于意识到自己或许错过了末班车。

　　在这陌生的地方，黑夜带给人的恐惧是那么真实。她一个人形单影只地站在站牌下面，每一次过路车辆的头灯都会让她心里的害怕更深一重。

　　她只好往度假村的方向走，那是她在这里唯一认识的地方。她在心里给自己壮胆，告诉自己不会有事儿的。

　　可她仍旧很害怕，因为她多么希望唐叙此刻能在她身边儿。虽然她知道他喜欢别的姑娘，可是已经太晚了，在那以前，她早就对他动心了。

　　要不是现在过分脆弱，她可能不会承认，哪怕是对自己。

　　季怀槿走进度假村的铁门，穿过一片小院子，在长椅边看到了段梓棋。

　　他们彼此都非常惊讶。

　　不过和段梓棋不一样，季怀槿在这里看到认识的人，心里难免是高兴的。

她坐到段梓棋身边问他："你怎么在这里？"

段梓棋闪烁其词："我来找人。你呢？你又为什么在这里？"

"我来帮骆优找东西，不过东西没找到，又错过了回家的末班车。"彼时季怀槿尚对自己日后的处境不自知，天真地说，"幸好遇见你。对了，你要找的人，找到了吗？"

同是天涯沦落人的两个伙伴，一时无话地在长椅上坐着。段梓棋抬头看着夜空，郊区的晚上可以在天幕上看见几颗颜色黯淡的星星；而季怀槿则拿出手机给骆优发了一条短信：我没有赶上末班车，还在度假村，明天一早坐车回去。

段梓棋发够了呆，似乎突然想起身边还有一个人，转过头来问季怀槿："晚上回不去了，你打算怎么办？"

"要是没遇见你，我真不知道怎么办才好。我出来得急，没有带够钱。"季怀槿说到这里显得有些窘迫。

"我在这里开了一个房间，晚点你可以去睡一觉。"

"你呢？"季怀槿问。

"我还没有见到我要找的人。"

段梓棋是来找陆柳濛的。

他放在房间的背包里还有准备送给陆柳濛的生日礼物。

段梓棋并不知道陆柳濛根本就不在这里，当然，她怎么会出现在这种偏僻的地方？

这一切都是骆优的小诡计。她用合唱团的休息时间跑到西单，想淘一张CD当做礼物送给唐叙，却在路过麦当劳的时候看见独自坐在里面的段梓棋。

起初骆优走进麦当劳，悄悄来到段梓棋身后，只是因为好奇心使然。

可当她看见段梓棋一遍又一遍给陆柳濛打电话，对方却拒绝接听的时候，心下就明白了。她记得今天是陆柳濛的生日，以前他们曾是那么要

好，陆柳濛的生日总有段梓棋出席。那时候她是被陆柳濛顺带叫上的朋友，而段梓棋才是主角。但可怜的段梓棋如今连给她庆祝生日的资格都没有了。

这时候季怀槿的电话打过来，催促骆优回去。

骆优几乎是在一瞬间有了主意，她随口编造一个不容拒绝的借口，让好心的季怀槿自己往陷阱里跳。

果然，季怀槿答应帮她去度假村找"遗失的项链"，而骆优挂了电话后，就点了一份套餐若无其事地端着托盘走到段梓棋附近，背对着他拣了个位子坐下。

她装模作样地打了一通电话给陆柳濛——她当然没有真的将电话拨出去——奥斯卡影后骆优自导自演了一出精彩的情节，让不远处的段梓棋以为自己恰好偷听到了陆柳濛的行踪。

他顾不上怀疑陆柳濛怎么会在生日这天现身偏僻的郊区度假村，面对太迫切渴望知道的事情，聪明如段梓棋也会丧失基本的判断。

从骆优与"陆柳濛"的对话当中，段梓棋捕获了许多重要信息：她和朋友晚上要在某度假村庆生，并在那里住上一晚。骆优甚至连怎么去都透露了。

她将戏演到这里，已经可以功成身退。她能操控的事情就只有这么多，至于之后季怀槿和段梓棋会不会相遇，又将以什么样的形式相遇，那就要看他们自己的造化了。

骆优到底想让自己的骗局达到什么样的效果，她自己心里也没有一个肯定的答案。不过撒些无关痛痒的小谎，基本不需要付出任何成本，哪怕只让精疲力竭的他们折腾一趟，骆优都觉得自己不亏本。

当然，事情还是按照她期望的那样发生了，走投无路的季怀槿在与世隔绝的度假村遇上了段梓棋，并且要与他相依为命地度过这漫长的夜晚。

这会儿段梓棋已经觉得有些不对劲了，似乎他们出现在这里的原因都和骆优脱不开关系。不过段梓棋还不能确定骆优的目的是什么，于是也就没有妄下定论。

他认定骆优叵测的用心，是当他和唐叙坐在马路牙子上喝酒的时候。

那天唐叙喝多了，可是他一口都没喝。

他明白唐叙一定是知道了他和季怀槿在外面过夜的事情，按说这件事不应该有第三个人知道，所以既然唐叙知道，八成是骆优搞的鬼。

不过话说那天晚上，段梓棋在度假村寻找陆柳濛无果，自己也不能确定她是不是真的在这里。他将房间让出来给季怀槿，自己推说想在外面坐会儿。

季怀槿打定主意在房间里熬一夜，但她在等段梓棋回来的时候，不小心靠着床头睡着了。电视里仍旧彻夜播着老电视剧，季怀槿头一歪，以一个非常高难度的动作闭上了眼睛。

段梓棋原本想坚持一下儿，在外面坐一宿。但晚上起了风，再加上郊区温度低，他在打了好几个喷嚏之后，终于扛不住了，上楼用另外一张房卡开了门，小心翼翼地走进去。

他看见季怀槿窝坐在床上睡着了，头压得低低的，似乎睡得并不舒服，偶尔发出非常细小的痛苦的呜咽声。

段梓棋将季怀槿的腿放在床上，替她调整了一个相对舒展的姿势。

季怀槿没有醒过来，翻了个身睡得更沉了。

段梓棋坐在床边的椅子里，看着季怀槿毫无戒备地熟睡的样子，就在想，他为什么在最一开始认识的不是季怀槿。如果他认识季怀槿在先，说不定就会先喜欢上她。季怀槿虽然不出色，但她是那么的洒脱率真，像一块永远光洁的璞玉，总是用简单的微笑和真诚打动着别人。

他一定会喜欢她早于唐叙。如果喜欢她，段梓棋想，他就不会经受那些陆柳濛让他感受到的极大的喜悦，和更加深刻的痛苦。

段梓棋初一开学第一次见到陆柳濛的时候，就喜欢上她。那时的陆柳濛温柔、大方，是一株被摆在最高处的曼陀罗。

段梓棋不觉得自己早熟，他对陆柳濛的喜欢是出于人性本能对美丽事物的向往，同样的悸动也有可能是因为一座宏伟的建筑，一片海天相连的沙滩，一场有美景的白日梦。

所以段梓棋遵从自己的内心接近陆柳濛的时候，并没有意识到自己在追求她。

如果两个十三四岁的少男少女的懵懂感情也可以称之为恋爱，那么段梓棋和陆柳濛的爱情实在是有点短暂。

开始的时候也是那么醉人，偷偷拉了她的手也能令他整晚失眠。

段梓棋有点儿外冷内热，他没有表现出来的兴奋喜悦像花瓣一片一片全部落在了心里，积成浪漫花海。

他和陆柳濛之间的相处时常游走在理智与热情之间，他们一起读小说，带着现实主义批判地憧憬着成熟的爱情，也在难以自矜的时候拥抱在一起，深深地在彼此嘴上心里落下一吻。

后来就变了。如果一定要给这种变化加一个时间坐标，那就是季怀瑾转校成为他们的同学之后。

他看得出陆柳濛不喜欢季怀瑾，这种不喜欢往往难以用一个明确的理由来解释。就像动物之间也是这样的，陆柳濛为了守住自己的地盘，将季怀瑾视作侵略者，虽然她是温顺的猫，也会悄悄露出利爪。

段梓棋的妈妈希望他能和季怀瑾走得近一点儿。有时候大人的世界看起来复杂，其实动机却简单得多。段妈妈喜欢季怀瑾，无外乎因为她的身份——她是袁司令的外孙女。

而这恰好是出类拔萃的陆柳濛最薄弱的环节，她没有显赫家世，学校里乌泱乌泱的那些高干子女，她看不上他们，却多少有点艳羡。

她当然相信，如果她能站得更高，绝对会比现在更加光芒四射。

季怀瑾的出现似乎又给陆柳濛上了现实的一课。陆柳濛开始因为季怀瑾的存在变得敏感。

其实季怀瑾真的挺冤枉的，院里的孩子都知道，她虽然有个当司令的外公，但是一家人从来都没有因此得到任何的优惠。他们住在最老的楼里，从来没有享受过被头顶的光环笼罩的温暖。最重要的是，他们一家和袁司令的关系并不怎么好。

再加上后来袁司令又退了，似乎一心要闭起门来不再过问世事。可以说，季怀槿有这样一个外公，却跟没有一样。

在家世背景方面，唐叙自然是同学之中最有发言权的人。大家都心照不宣地认可唐父将是袁司令未来的接班人，只是时间早晚而已。

段梓棋不知道唐叙的家庭是否令他在陆柳濛心里有所加分——他怎么会看不出来陆柳濛对唐叙微笑时那种羞涩的妩媚，已经超越了同学的范畴？

可是没想到上了高中后，陆柳濛不论在性格还是举止上都发生了极大的改变，她对唐叙的青睐也因此戛然而止。

这让段梓棋再次看到了希望。仿佛陆柳濛的心是一座天平，如果不是倾向于唐叙，那么就只有可能是他。

但陆柳濛并不是这么简单的姑娘，她既然没有被年级上反对她孤立她的姑娘们打倒，自然也不会允许自己重蹈覆辙。她似乎过够了在老王禁止早恋的高压政策下噤若寒蝉的日子，所以即使升了高中，老师们变得更加开明，陆柳濛也很少和男生来往。

到高二结束之前，陆柳濛可以说已经独来独往成了习惯。

又是一年春天，到了季怀槿的生日。

她觉得这段时间里自己长大了不少，起码明白了许多人情世故。起初，她对于这样的认知感到有点儿恐惧，她早听说过成年人的世界就像一场人人参与其中的化装舞会，脱下面具后看到的也将是另一张不真实的面孔，可她没想到虚伪并不仅仅是大人的专利。和她做了四年多同学、两年多同桌的骆优，她一点儿也认不清她。

今年，季怀槿的生日显得有点冷清，身边没了唐叙张罗，好像全世界都忘记了这个对她无比重要的日子。

莫锐融已经有日子没出现过了，所以季怀槿只邀请了米乐去家里吃饭。

这天下午两点半左右，原本是一个普通的恹恹欲睡的周一午后，季怀槿他们班的化学课刚刚开始，忽然有同学感觉到短暂的微不可觉的晃动，激动地从座位上跳起来，大喊了一声"地震了"。

老师示意他坐下后，继续讲课。又过了五分钟，季怀槿听到隔壁班有些人走出教室，在楼道里议论："绝对地震了，我的本儿刚才晃得掉到地上。"

化学老师终于意识到有事情发生，暂停讲课，走到楼道里打听情况。

课还没有上完，四川省阿坝藏族羌族自治州汶川县发生里氏8.0级地震的消息就已经被证实了。年级主任通知各班，如果有任何突发情况，要求当时的任课老师负责将同学们疏散到操场上。

大家在教室里乱作一团，似乎兴奋要多过于恐惧。因为没有网络，所有人还不知道这次地震的严重性和破坏性，纷纷议论着刚才地震发生时的感觉，不过更多的是窃喜下午的课可以轻松地敷衍过去。

季怀槿放学和米乐一起回到家后，才接到袁子卿的电话。她爸爸第一时间得到上级命令，跟随军用运输机被派往灾区进行救援，此刻正赶往南苑机场。

那天袁子卿回来得很晚，季怀槿和米乐去食堂随便吃了点东西算是过了生日。不论是在食堂里，还是路上，大家谈论的话题都没有离开这次突如其来的自然灾害。

季怀槿回家后，上网搜索了许多关于地震的消息。重灾区的受灾景象大大出乎她的意料。她看到论坛上成都周边那些轻微受灾的居民讲述他们经历的震感，才知道这场灾难远比他们在学校时猜测的惨烈得多。

季怀槿上一次经历这种人心惶惶的时刻是在2003年非典时期。可是那会儿她还小，对非典并没有太多印象。而且当时她在济南，济南远不像北京疫情那么严重，军区大院里又相对安全。所以当她透过电脑屏幕看到满目疮痍的灾区景象时，忍不住热泪盈眶。

她知道自己的父亲此刻正在做一件渺小而伟大的事情，就像他一直以来所做的那样。

季怀槿为父亲感到骄傲，因为他是个英雄。

两天后，他们军区又增派了几千人和数支医疗队去支援成都军区。其中有院里孩子的父亲和母亲。一时间大家像是被某种近乎神圣的力量紧紧维系在一起，他们的心情是沉重的，却前所未有地变得高尚。

班主任李老师上课前让全班同学向季怀槿和另外一个同学的父亲致敬，季怀槿莫名就觉得感动，当着全班同学的面哭起来。

李老师亲自走下讲台安慰她，可是季怀槿知道，她并不是因为难过。她只是为自己和父亲觉得自豪。

学校里也举办了许多悼念活动。早操时间，校长亲自带领全校同学默哀三分钟，许多同学也哭了，虽然逝者里并没有他们的亲人，但这沉痛的情绪无声地在所有人当中迅速蔓延。

合唱团紧急彩排歌曲；各班举办悼念班会；同学们自发在教学楼前点蜡烛默祷；大家纷纷拿出零花钱和衣物捐赠……

A中军人子弟众多，于是气氛似乎比其他学校来得更加微妙。所有人都愿意倾囊而出，尽自己的绵薄力量。男生们停止了体育活动，女生们也再不沉溺于冷殇笔下的儿女情长。大家希望救助更多的灾民，也希望自己的亲人能早日回来。

5月19日至21日被定为全国哀悼日。地震发生的14点28分，全国人民集体默哀三分钟，汽车、火车、舰船鸣笛，声音响彻长空，全城肃穆得仿佛静止。

所有人每天都关注着最新动向，中午午休时间，每间教室前的电视都播送着新闻。大家聚集在教室里观看直播的灾区情况，才知道事态比他们

想象的更加糟糕。

受灾的县市公路被毁，再加上持续降雨，山体滑坡严重，导致救援环境恶劣，而且时有余震，许多救援队伍被困，也有越来越多的人丧命于泥石流。

因为通信不畅，季怀槿到现在都没和父亲联系上。最初的自豪已经渐渐被恐惧取代，她每天虔心祈祷着父亲能够平安回来。

有天晚上，她因为思念父亲，眼泪成片打湿枕头。

爸爸原本答应要给她买一只双层的奶油蛋糕庆祝生日，他还没有做到，所以季怀槿绝对不允许他出任何意外。

半个多月后，第一批救援队伍返回，指挥官是他们学校高三学长的爸爸。

季怀槿嘴上不说，心里却很羡慕他。之后陆续有人从灾区回来，甚至连与季父同去的战友都回来了，他都始终留在四川。

幸好季怀槿联系上了他，季准之前被困在北川县，索性集结力量在当地展开救援。恢复通信后，应该不日将受命返回。

季怀槿总算大大松了一口气。她不停在心里默念，只要爸爸平安回来，她保证这辈子再也不惹他生气。他不喜欢季怀槿躺着看书，那么她从今往后一定好好地坐着看；爸爸喜欢吃饺子，她虽然不喜欢也要陪他吃；从前她觉得爸爸的衣服太过时，可季怀槿现在觉得他穿着领口被洗得有些松的羊绒衫也是世界上最英俊的人。

爸爸回来那天，季怀槿早早就等在楼下。她想在第一时间看到他。

她想象着父亲瘦槁的大手抚上她的头顶，爸爸经受这么多日的疲惫和食物短缺，一定更瘦了，季怀槿光想想就觉得心疼。

可是她最终没有等来父亲。两天后，季准的名字出现在内部的死亡军人名单里。

这世上有那么多种语言，可没有哪一种能够抚慰失去亲人的痛苦。这世上也有那么多绝望，可是每一种绝望加起来，都不足以弥合季怀槿的世界轰然倒塌的痛苦。

一夜之间，她从载满期待的云层中跌落谷底，那些为了早日见到父亲而许下的美好诺言，逐字逐句变成她的紧箍咒——季怀槿觉得自己快被随时膨胀的巨大痛苦扼死了。

与父亲朝夕相对的十七年六千二百零九个日夜，季怀槿不知到底需要往后多少岁月来哀悼，这样痛彻心扉的失去，将成为她一生流淌在血液里的伤痕。父亲曾执笔教坐在膝头的她在宣纸上写下两个遒劲大字，如今裱在她卧室的墙上，像父亲眼中溢满的慈爱，却只留下见字如面的残忍。那些作为女儿还没来得及对父亲说出的悦耳的话，此时变成季怀槿对自己最深刻的诅咒。

她的一切悲伤、痛悔、旁人无法感同身受的绝望，都压抑在身体里，找不到一个合理发泄的出口。

她多么希望自己能够怨恨谁，将父亲离去的过错不由分说地推给他，然后恨不能杀了他。可是没有这样的一个人。

父亲是光荣地死去的，他的死救活了更多的人。季怀槿没有伟大到能够因为父亲的功绩而接受他去世的现实，她还是恨，恨这世界上为什么有那么多的坏人，死的却是她最最亲爱、最最善良的爸爸。

所以她只能恨自己。与父亲见的最后一面，是二〇〇八年五月十二日，地震发生的当天，季怀槿的生日。爸爸让她吃了鸡蛋再去上学，季怀槿说什么都不愿意。最后她假装妥协地拿着鸡蛋走出家门，随手扔进了楼下的垃圾桶里。

她小小的忤逆，竟然酿成一生的遗憾。她应该听爸爸的话，当着他的面，一片一片剥开鸡蛋壳，认真地吃掉它。然后抱着爸爸的脖子，使劲地亲吻他干瘦的脸颊，拉住那只从婴孩时就为她遮风挡雨的手，对他说："我爱你，爸爸。我一生不愿失去你。"

季怀槿的眼泪默默流下来，心疼得几乎超出她所能承受的负荷。她甚至可以想见当时的情形：多日来吃不好睡不好的父亲，撑着一具憔悴的皮囊赶在回家的路上，就差那么一点点，他们父女就可以见到面了，可泥石

流却从山上滚落，以无情的速度在瞬间将父亲吞没，连让他最后回忆一下季怀槿的模样的机会都没留下。

那些破碎的岩石坠下，击中的并不仅仅是父亲略微佝偻的脊背，而是她内心深处最虔敬而坚定的信念。每一次幻想父亲临死前所经受的痛苦，都像是一场锥心剜骨的自我虐待。可是季怀槿停不下来，她不由自主地用大到无法承受的痛苦来折磨自己。

父亲还那样年轻，以前他总说如果有一天心爱的女儿要出嫁，他会是世界上最幸福又伤心的人。可是他没有等到执着季怀槿的手交给另一个男人的那天，就先离开了，季怀槿觉得自己一辈子都失去了幸福的权利。

从今往后，父亲的音容笑貌将永远地成为她头顶的太阳，时刻伴她左右，用耀眼的光芒为他对季怀槿的爱永恒地加温。可是季怀槿注定再也无法接近他，不论她多么想，不论那阳光真实得多么刺眼，她与父亲之间，也隔着一点五亿公里，那是再也无法触及的距离。

哀莫大于心死，失去父亲的季怀槿以为自己是这世上最痛苦的人，直到她听见袁子卿在紧闭房门的卧室里号啕痛哭，才想起此时母亲的心，与她一般难过。

她轻轻推开门走进去，坐在窗边的袁子卿一把将她搂进怀里，箍得季怀槿的腰生疼。她看着妈妈哭得几乎窒息的样子，眼泪像拧开的自来水管一样，源源不断地从眼眶里流出来。

袁子卿哭得精疲力竭，头发贴在布满泪痕的脸上。她形容憔悴，怔怔地看着季怀槿，喃喃说："我第一次见你的时候，你还只有那么一丁点儿，发烧发得小脸通红，还吃坏了东西闹肚子。"袁子卿似乎陷入旋涡般的回忆里，精神与这个世界分离，神情委顿，目光却灼灼，"一转眼你都这么大了，很快就要成人、变成大姑娘了。"她抬起红肿的眼睛盯着她，"墨墨，怎么办，妈妈就只有你了。"

季怀槿沉默半晌，才轻轻地问："您第一次见我……不是我出生的时候？"

216

第十六章

后知后觉的

事

即便距离父亲去世已经过了一个月，季怀槿还是时常怀疑起这件事的真实性，她总觉得哪一天走进客厅，还会看到父亲坐在沙发上翻报纸的样子。

她梦见过父亲很多次，但是印象最深、最触动的还是第一次。

爸爸是旧照片里的样子，只有二十几岁，穿着军装，留着薄薄一层头发。他看到季怀槿后，像个懵懂的毛头小子似的愣了一下，紧接着有些拘谨地向季怀槿行了一个军礼。

季怀槿在梦里好奇地问，爸爸你这是要去哪儿？

二十多岁的年轻军人明显被季怀槿吓到了，有些不知所措地望着她。

季怀槿被他的样子逗乐，对他说："我要去上学，快迟到了。"说完就迈开步子往楼下走。

过了两三秒钟，她听见身后青年模样的父亲犹疑地说："等等，我认得你。"

季怀槿回头，笑容一直扯到耳根。

"我认得你，"爸爸仿佛自言自语地说，"别走，让我好好看看你。"

季怀槿又走到他面前。父女两人谁都没有说话，沉沉对望着。父亲也在微笑，他的微笑那么清澈而敦厚，像温暖的春风一样，使人心情舒畅。季怀槿有些贪婪地看着父亲的脸，想要记住他俊朗的模样。

218

"墨墨，"爸爸再次开口，目光眷恋地落在她的面孔上，"将来你一定会成为一个优秀的姑娘，所以你要相信自己。"

季怀槿醒来后回想起那个梦，忍不住像这漫长的一个月中每次想到父亲时一样，抱着枕头痛哭失声。

她泪眼蒙眬地抬头看着墙上父亲用毛笔写的"墨墨"两字，觉得梦里父亲温柔的目光落在自己身上时，她的感觉是那样逼真而强烈。

这时候袁子卿敲了敲门，走进来，红着眼睛靠在门框上，无力地说："我梦见你爸爸了。昨天晚上他一定回来了。"

"我知道，"季怀槿将脸埋在枕头里，瓮声瓮气地说，"我也见到他了。爸爸年轻的时候真帅。"

季怀槿的确偏执地相信她所梦见的，就是放心不下她的爸爸。他因为心里惦念她，所以不远万里地回来看她。

父亲的遗体没能被送回来，他的灵却回来了。

追悼会那天，季怀槿和袁子卿一身黑衣站在空棺材前哀悼。院儿里很多与父亲共事过的战友都自发来悼念，他们纷纷走过来安慰这对伤心的母女。

袁子卿表现得很坚强，在家哭干了眼泪，当着其他人的面，一滴泪都没有流。

袁老司令也来了，他做了心脏搭桥手术后，精神明显好过从前，只是因为发病时从台阶上跌落摔伤了脚踝，之后走路一直有些跛。

他只对女儿说了一句话："总政治部正在给季准评烈士，"他拍了拍袁子卿的肩膀，"他也算好样儿的。"

袁子卿垂着眼睛一言不发地站在那里。袁老司令逗留了一小会儿，见她不说话，也就识趣地走开了。

季怀槿没有袁子卿那么好的自制力，尽管灵柩里没有父亲的遗体，但

她想起父亲的尸首孤零零地留在异乡，变成无根凋零的落叶，忍不住悲从中来，哭得差点儿晕倒在追悼会现场。

唐叙就是这会儿跟着爸妈来到棺材前献花的。他偷偷看着一旁的季怀槿，觉得自己的心和着她的泪水狠狠揪在一起。

这时候唐叙早就忘了和她之间一切的不愉快。他只想陪在她身边儿，借她肩膀靠靠，然后想尽一切办法止住她的眼泪——他都怕她哭瞎眼睛。

唐叙爸妈和袁子卿说话的空当儿，他走到季怀槿面前。唐叙觉得自己实在口拙舌笨，想说两句话安慰安慰她，可是张开嘴舌头居然打结，一句像样的话都没说出来。

季怀槿泪眼婆娑地看着唐叙。他俩挺久没有正常地说过一句话了，事故发生之前，彼此心里都憋着劲互不理会，父亲去世后，她确实没有找唐叙说话的心情了。

现在两个人站在一处儿，恍如隔世的一眼，却带着时过境迁的怆然。季怀槿不知道唐叙看着她可怜巴巴的眼神，心都跟着一起碎了。

不是所有人都经历过暗恋，更别提像唐叙的这一场旷日持久的暗恋了。他有多么渴望，就曾有多么绝望。他答应过自己，要一直一直守在季怀槿身边，直到再也没有什么能将他们分开。可他违背了自己的诺言，也背离了他心爱的姑娘。季怀槿的眼泪，每掉一滴，都落在他滚烫的心里。如果可以，他多希望自己能替她承担这样的痛苦。可是站在季怀槿的角度上想想，唐叙觉得他根本承受不来。

唐叙到最后也没说一句话，垂头丧气地跟着爸妈走开了。

他恨自己没用，没有什么比一个男子汉意识到自己没办法保护想要保护的女生更失落的事情了。

那天唐叙从灵堂出来后，一个人在外面坐了好久好久。他的内心无比挣扎，虽然他在段梓棋和季怀槿当中退出了，可看到季怀槿这么伤心的样子，他想，或许是时候把她抢回来了。

她本来就是他的。从八岁那年开始。

就算他要为此做个出尔反尔的人，付出许多难以想象的代价，他也在所不辞。

季怀槿在追悼会一周后的期末考试当中缺席了。

老师顾念她刚刚经历丧父之痛，允许她以最后一次年级统考的成绩作为期末考试成绩。

这次期末考试成绩是高三分班的凭据，将现有班级按成绩分为实验班和普通班。对于唐叙来说，考多少分就像命题作文，可以随心所欲地发挥。

他照着季怀槿的总成绩自由调配各科分数，轻轻松松以和她相近的分数放弃了进入实验班的机会。

放暑假之前，各班的学生名单新鲜出炉。季怀槿和唐叙的班主任仍旧任他们高三新班级的班主任。她私下里找到唐叙，问他不进理科重点班，是不是有意为之。

面对唐叙毫不掩饰的承认，班主任了然道："是为了季怀槿吧？"

班主任李老师是个三十出头的女性，已婚，还没有生孩子。她对待学生的态度一向开明，似乎对于高中老师来说，杜绝永远比不上鼓励更有效用。

唐叙告诉她，自己是为了季怀槿。连高一开学时他对她撒的谎，也是为了能够一直留在季怀槿周围。

李老师对唐叙莞尔一笑，"所以你说她肠胃不好，总是控制不住放屁，让坐在她后面的人不堪其扰，是假的喽？"

唐叙有点不好意思地说："季怀槿她……没放过屁。"

"这谎话对女生来说好像有点儿太严重了。"班主任调侃唐叙。

"是的，我当时太不择手段了。所以，李老师，这事儿千万不能让季怀槿知道。"

"让我保密也行，"班主任笑说，"但你得答应我，就算咱们不是实

验班，你也不能懈怠，高考的时候一定得考全年级第一，你的目标不是一本，是清华，知道吗？"

唐叙挺感动，抱拳作揖千恩万谢，"李老师，我一定不辜负您的期望。"

唐叙用全力以赴考清华的承诺保留住了继续坐在季怀槿后面的资格。

重新分班后，年级里的格局经过一次大洗牌，再次发生改变。

段梓棋毫无悬念地进了理科重点班。而令人大跌眼镜的是，学习成绩一向不错的陆柳濛却没有出现在文科重点班之列。中考时的打击似乎给她造成了阴影，虽然平时表现优异，但每逢重大考试，她的成绩总是差强人意。米乐虽然也没有进重点班，却和季怀槿分到了不同班级。骆优也是学文科的，期末考得一塌糊涂，在文科班几乎吊了车尾，和陆柳濛分在同一班，简直是命运开的玩笑。

唐叙将他所知道的情况一五一十都告诉了季怀槿。

八月份的炎夏，季怀槿情绪虽然仍旧低落，却比之前那段时间稳定了一些。倒是袁子卿的状况一直比较糟糕。

有天晚上，袁子卿忽然冲进家门，将坐在客厅发呆的季怀槿拉起来。她拖出行李箱，疯狂地将衣柜里的衣服塞进去，要带着季怀槿回济南。

自从丈夫去世后，袁子卿已经不是第一次情绪失控了。之前季怀槿的爷爷奶奶在，两个老人流着眼泪劝劝，袁子卿还能收敛点儿。但老两口因为身体原因回了济南，家里只有季怀槿一个人，怎么都拗不过袁子卿。

季怀槿在无计可施的情况下给唐叙打了电话——他们之间的关系因为唐叙日复一日的主动接近有了破冰的迹象。

唐叙五分钟之后就赶到了。他帮着季怀槿一起拉开袁子卿，这期间袁子卿对他拳打脚踢，唐叙都默默地忍了。

后来情绪稍稍缓和的袁子卿又开始摔东西，桌面上的东西她看见什么摔什么，直到拿起书柜上季准常用的一只茶壶，她才停止疯狂的行为，将茶壶抱在怀里失声痛哭。

唐叙真是不忍心看到这一幕。他试着幻想一下自己和心爱的人天人永隔的场面，就觉得袁子卿做出什么举动来都不算出格。

但他还是认真地劝季怀槿带着袁子卿去看看心理医生。长期任由自己生活在痛苦当中，无论如何都不是个好主意。

那天晚上季怀槿送唐叙下楼，她不放心让袁子卿一个人在家，所以只和唐叙在楼下坐了一会儿就回去了。

她告诉唐叙，她也很想崩溃，想放弃所有这一切折磨。可是她不能，因为她还得照看着她妈妈。

唐叙在黑暗里壮着胆子拉了一下季怀槿的手，说："有任何能帮得上忙的事儿，只要一通电话，我随时出现在你面前。"他想了想又补充道，"帮不上忙的事也行。"

季怀槿勉强朝他笑笑，难得轻声细语地说："谢谢你，唐叙。"

唐叙仍旧因为刚才自己小小的越矩动作而脸红心跳，他垂着眼睛，故作洒脱地说："嗨，咱们都认识多少年了，谢什么。"

"对了，"季怀槿的声音像柔软的音符在夏日焦躁的空气里跳跃，"有件事儿我一直没和别人提起过……我爸、我爸刚去世的时候，我妈说起她第一次见我的时候，我还很小，当时正发着烧……我的意思是，我……我好像不是我妈亲生的……"

唐叙听后惊讶的程度并不亚于季怀槿最初的反应，"真的假的？这种事儿可不能乱说，你没好好问清楚？"

"我问了，"季怀槿沉声道，"她说我当然是她亲生的，当时是伤心糊涂了。"

"有可能，你妈妈现在状态不好。"

"可我怎么觉得……"季怀槿沉吟，"这事儿没那么简单呢？"

虽然季怀槿对此感到十分恐惧，但开学的日子还是如期来临了。

学校里同学看她的眼神，令季怀槿感到很不舒服。她不喜欢被人同情，特别是被没什么交情的人同情。她倒是希望所有能人将她当作空气，因为每一个向她投来的悲悯眼神，都在提醒着她经历着怎样悲惨的遭遇。

这种时候，她非常想找莫锐融聊聊。毕竟唐叙再怎么为她着想，也体会不了她心里最最真实而复杂的想法。

至少莫锐融在这点儿上，可以给季怀槿一些开导。

可是整个暑假，季怀槿都联系不上他。她已经不记得有多久没有见过莫锐融了，所以她接到莫锐融用陌生号码打来的电话的时候，没能在第一时间听出他的声音。

莫锐融和几个月以前简直判若两人。他下巴上长了一点胡子，明显不是有意蓄的，没有经过修剪，看上去邋里邋遢的。他的T恤衫紧紧裹在身上，很久没洗过似的，有些脏。

唯一不变的是他玩世不恭的笑容，看见季怀槿的时候就浮现在脸上。

他们约在一片街心公园里，周围有一群老年人放着嘈杂的音乐跳广场舞。

"这么长时间，你去哪儿了？"季怀槿迫不及待地问。

莫锐融虽然笑呵呵的，但季怀槿还是发现他警惕地四下看了看，似乎是确定周围没有人靠近后，才对季怀槿说："妹妹，这段儿时间过得好不好？"

他显然不知道她父亲过世的消息，看来已经很久没和家里联系过了。在他们院儿里，家家户户都没有秘密。

但季怀槿知道现在还不是谈心的时候，于是回答："还行，你呢？"

"我啊，我可苦了。"莫锐融随手从旁边的树枝上揪了一片儿叶子放在手里摆弄，"我找你是有点儿事。"

季怀槿静静地等着他继续说下去。

莫锐融丢了手里的叶子，搓了搓被染绿的指尖，半响才开口，"哎，真是他妈的难以启齿——那什么妹妹，哥哥最近手头有点儿紧，那什么——你那儿有钱吗？"

　　"你要多少钱？"季怀槿没有特别出乎意料的感觉。她看到莫锐融的模样，就知道他这段时间一定过着居无定所的生活。

　　"你那儿有多少？"

　　季怀槿从兜里翻出钱包，摊在莫锐融面前，"三百二十五，就带了这么多，要是不够我可以回家取——"

　　"行，就这么多吧，"莫锐融急不可待地打断她，"先借给我，等哥哥周转开了，立马还给你。"

　　"别说什么还不还的，你怎么了？是不是遇到什么麻烦了？"季怀槿有点儿担心地看着他。他当然是遇到麻烦了，他的脑门上几乎就写着"麻烦"二字。

　　"没有没有，"莫锐融胡乱摆摆手，"没什么麻烦，就是最近比较缺钱。"他将手探到季怀槿的钱包里，拿走了所有的钱，数都没数就揣进兜里，"对了，还有一件事儿，你和骆优那小娘们儿以前不是同桌么？你能不能帮哥哥个忙，把她手机偷来？"

　　季怀槿简直不相信莫锐融会向她提出这样的要求。她知道他一向离经叛道，却一直觉得他心里明白什么事情可以做，而什么事情不能——可他的这条底线似乎日益模糊得失去了准衡。

　　季怀槿不想声色俱厉地拒绝他，毕竟他们是要好的朋友，于是她只推说自己和骆优已经没有联系了。

　　"明白，"莫锐融想了想，有点抱歉地说，"难为你了，妹妹，就当我没说过吧。"

　　"你偷她手机干吗？"季怀槿仍旧不解。

　　莫锐融似乎急着走，渐渐不安起来，"不说了，还是那句话，你知道太多事儿不好。"

　　这话莫锐融确实和她说过不止一次，他不愿告诉她实情，季怀槿也没有再追问下去。莫锐融最后匆忙离开了，躲躲闪闪的姿态像是在逃避着什

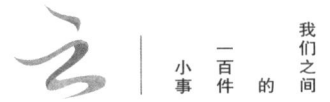

么人。

季怀槿安慰自己，人都会变，只要他们的感情不变，就没什么不能接受的。

揣着心事的季怀槿一个人走回大院儿里，天色已经暗了。路上她给袁子卿打了一通电话，答应去食堂带点儿晚餐回家。自从父亲去世，季怀槿家就再也没开过伙了。尚未从悲恸中走出来的袁子卿，日常生活通通需要季怀槿来打理。

季怀槿在食堂门口遇见了唐叙和段梓棋。这两个人也有阵子没一同出现过了。

不过，她没好意思走上去打招呼，因为当时的情景确实不适合她出现。

季怀槿不是没见过男生打架，但那都仅仅局限于玩伴之间因为纠纷动起手儿来，你推我搡几下也就算了。她实在没见过什么大场面，尤其是像现在这样泄愤似的照死里招呼的，她还是头一回见。

唐叙的拳头特别狠，一直照着脸揍。段梓棋在旁边替他打下手儿，倒不是他不想帮忙，是唐叙将胳膊挥得一点儿缝隙也没有，打架斗狠的劲头全上来了。

季怀槿过了好一会儿才看清，被唐叙摁在地上胖揍的人是齐源。

齐源比他们大一届，现在应该已经上大学了。季怀槿没听说过关于齐源的消息，也不知道他考到哪儿去了，现在又怎么会出现在食堂门口被唐叙打。

A中的学生一向还是挺尊重按资排辈这个传统的，低年级的学生无论发生什么都不会轻易对高年级的学生动手，更何况齐源现在已经是大学生了。

季怀槿还记得初中的时候，莫锐融曾经为了替自己出头，动手打过齐源，还为此吃了处分。现在这个齐源不知道又哪里得罪了唐叙，要知道院里的家长对自家孩子打架的事情还是很敏感的。家长的态度是，在外边惹事儿他们管不着，可是关起门来和自己的发小兄弟以及同侪子女要和睦。

季怀瑾偷偷在不远处的树后面看着，唐叙和齐源很快被路过的大人给拉开。唐叙被训了两句，蔫头耷脑地站在那儿，也不说话。后来拉架的人走了，季怀瑾原本还担心他们再打起来，但是唐叙没有，他上半身晃了晃，脚底下一软，整个人横躺在地上。

齐源被揍得鼻子流血，流得满脸都是，他用衣服袖子抹了一把，自己却不知道将脸擦得更花了。

两个人像是一对斗得筋疲力尽的拳击手，在自己的安全阵营短暂恢复体力。忽然齐源趁唐叙不备，扑到他身上，单手掐着他的脖子。齐源比唐叙壮实很多，可唐叙比他灵活，一个翻身就将齐源压了下去。

两个人打架的姿势很难看，根本不像动作电影里演的那么潇洒，而是互相钳制着对方，在地上滚了满身满脸的土。

齐源终于显出颓势，气急败坏地说："唐叙，你他妈的疯了吧！我招你惹你了？"

唐叙用手肘死死地抵着他的下颚，令齐源动弹不得。他喘着气，咬牙切齿的样子和平时大相径庭，"打你活该！你丫就欠打。"

眼看两人滚到铁皮垃圾箱旁边，唐叙伸手就要掀垃圾箱的盖子，段梓棋也担心唐叙打急了眼失去理智，再把事情闹大，于是费力挡在两人中间，好歹将他们拉开。

唐叙被段梓棋拖起来，横眉冷眼地看着被揍得不轻的齐源。

齐源揉了揉裂开的嘴角，疼得倒吸了一口凉气，但还是硬撑着冷笑说："我告诉你，唐叙，你别以为我怕你。我知道你为什么动那么大气，你不应该打我，跟季怀瑾睡的人又不是我。"他暧昧地瞥了段梓棋一眼，"你应该去问段梓棋，那季怀瑾看着干巴巴的，摸起来手感怎么样……"

唐叙没让齐源把话说完，照准了他的鼻子又是一拳。

齐源被打得一个趔趄，反过来指着段梓棋，"你和季怀瑾还不够，居

227

然有脸再纠缠陆柳濛，你丫才最欠打呢！"

段梓棋拨开齐源几乎要戳到他脸上的手，一脸的嫌恶。不过他比唐叙冷静多了，他没有理会齐源，而是对着唐叙说："那天的事儿我刚才也跟你解释了，是骆优下的套儿，那姑娘心眼儿太坏。"

唐叙有点儿烦躁地反问："早你怎么不说？"

"哈哈，这你还不明白吗，"齐源乐见他们二人有反目的趋势，连忙从中煽风点火地说，"他追不到陆柳濛，就拿季怀槿当替代品。季怀槿这姑娘可不简单，从初中开始就有人为了她干架……"

唐叙转过身来，一把揪住齐源的衣领，恶狠狠地逼视他，"我一直忘了告诉你，初中在厕所揍你的人是我，不是莫锐融。我真是下手轻了，没他妈废了你，让你现在还有这么多话说。"

季怀槿之前听到齐源侮辱自己的时候，都没有什么反应。但当她听到唐叙说那回把齐源憋在男厕所打到住院的人是他时，季怀槿才真真正正惊讶了。

那事儿过去几年了，她几乎都给忘了。那会儿唐叙不是讨厌她来的吗？为什么会冲动地为她出头？

季怀槿忍不住想，此刻的唐叙之所以会这么生气，是不是因为她。

不过她也来不及细想，因为齐源的话再次打断她的思绪。

"你们没听说吗，季怀槿他爸根本就没死，他贪了救灾物资，被上头查出来交不了差，只好诈死逃避责任。不然为什么死人连个尸体都没有？"

季怀槿觉得自己的脑袋"嗡"的一声，浑身血液瞬间都凝固了。她不止一次被人误会陷害，也知道别有用心的人传这些莫须有的流言无非为了激怒她，让人看低她。她都可以不在乎，泰然处之，但爸爸是她的死穴，是她最后的底线。他英勇高尚的牺牲，季怀槿绝对不允许有任何人亵渎它。

季怀槿疯了似的冲到齐源面前，拉下肩膀上的书包狠狠抢上他的后脑勺。

她根本不知道自己浑身的力气都使在了哪儿，无法压抑的愤怒飞快地在她的血液当中流窜。她只想撕烂齐源的嘴，让他为自己说的那些不堪入耳的话付出代价。

如果可能的话，她宁愿跟他一起下地狱，亲眼看到他遭受最痛苦的刑罚。

可是唐叙把她拉开了，抓住她在空中胡乱挥舞的手臂，紧紧将她搂在怀里。季怀槿拧着头，仍旧一眼不眨地瞪着齐源，浑身都因为激动而剧烈地发着抖。

唐叙一手抱着她的头，一手摁着她细得跟柳条儿似的腰，想控制住她的拳打脚踢，又怕劲儿使大了弄疼她。

唐叙有点儿自责，是他大意了，才会不小心让季怀槿听到这些污言秽语。他知道这话对季怀槿来说是多么无法接受。他也恨不能杀了齐源，只为季怀槿心里能舒坦点儿。可是当他看见季怀槿眼里那种孤注一掷的绝望愤怒，就只觉得心疼，真的，只有心疼。

这些事儿都应该由他来做的，她经受得已经够多了。但他还是没能保护好她，让外界的一切伤害远离她。

那一瞬间，唐叙忽然觉得这个世界比他想象的要大得多，他所熟悉的地方、伴随他成长的人，渐渐令他觉得陌生。这么多年来，他们这些人被家和学校捆在一起，如同株生长的植物，却终于走到丫枝散叶的时候。每个人都将有自己生长的方向，伸展向各自的天空。而他唐叙是那么渺小，能做的事情是那么有限。他以为自己是树，却无可奈何地发现自己只是树上的枝。

季怀槿终于渐渐不再做无用功，而是在唐叙的怀里安静下来。她肩膀一扭，挣开了唐叙的双臂。

唐叙的目光一直追随着她走到齐源面前，生怕她做出什么冲动的事儿。

但季怀槿没有，她就是很平静地看了齐源一眼，然后转身走进食堂。

唐叙追上去，有点不安地问："你还好吗？"

季怀槿一边往唯一开着的窗口走，一边回答唐叙："好。"

唐叙一下子语塞，脚步顿了顿，季怀槿就走远了。唐叙知道这时候她并不想被人打扰，于是也就没再缠着她，而是折回去找齐源。

齐源已经不见了，只有段梓棋一个人站在那儿等他。

"唐叙，"段梓棋迎上来叫住他，"那事儿我应该早点儿跟你解释清楚，对不起。"

唐叙推了他一把，愤愤地回了一句"别跟我这儿放马后炮！"，就头也不回地走开了。

段梓棋不知道，自己出于私心隐瞒的事实，让唐叙整整错过了与季怀槿的半年时光。他也并没有意识到他的一念之差，曾令唐叙做过多么痛苦的抉择。

而终于知道事情真相的唐叙，满心满意只想弥补被他错怪的季怀槿。这事儿全怪他，其实当他听骆优说季怀槿和段梓棋在外过夜后，一直对此半信半疑。即便他不相信季怀槿，但更不相信骆优的话。可事后他旁敲侧击地从几个合唱团里的女生那里打听来的情况，都纷纷验证了骆优的话的可信度。

他其实大可以自己去找季怀槿当面问个清楚，但人往往都不愿意面对自己无法接受的真相。唐叙害怕亲耳听到季怀槿承认，所以他的潜意识就主动相信了这一切。只有相信，他才能逃避对季怀槿的当面质问。

唐叙真不明白自己怎么会这么轻易就受了别人的教唆，这无疑伤害了他心里更亲近的那个人。

不过这事儿说来也简单，因为他太怕失败了，于是更倾向于自我保护。他封闭起自己，不但带给自己苦恼，也出其不意地给季怀槿增添许多困惑和失落。

在唐叙意识到自己对季怀槿长久以来的错怪和毫无根据的冷落之后，

他反而不知道要如何再次接近她。按说他应该感到高兴，因为他所感到愤怒绝望的事情并没有发生，但其实在唐叙内心深处，没有感受到一丁点的喜悦。他就是这样一个耿直到有些执拗的男孩儿，从不会为自己的幸运而沾沾自喜，却会为那些表现得有失水准的瞬间介怀。

就在唐叙得知真相后郁郁寡欢的两天里，季怀槿则做了一个自己都觉得疯狂的决定。

她费了好大的劲打通莫锐融的电话，寒暄都省了，直奔主题地对他说："你不是想要骆优的手机吗？我帮你偷出来。"

连莫锐融听完都惊讶了，"干什么呀，妹妹？那天我跟你说的话你别太当真……"

"只要你别干太出格的事儿，不就一手机吗，就算你要她家户口本，我都想办法给你偷去！"

季怀槿说的是心里话。她在经历了多次对骆优的容忍后，终于忍无可忍，觉得自己必须给她点儿教训。可是她总不至于傻到主动冲去骆优面前指责她："你怎么能在我背后编排这些虚假的流言呢？"无凭无据的指责，只会让季怀槿自己处于下风。

女生的世界也是有规则的，虽然人人都知道幕后兴风作浪的人是谁，但谁又都不会轻易将这个人得罪。

骆优做了多年跟班儿才否极泰来，心狠手辣的事儿自然比其他人干得更多。她能够在风口浪尖上浮沉这么久，心理素质也一定是一流的。

总之，季怀槿觉得自己恨骆优恨到骨子里了。诬赖她和段梓棋就算了，现在又恶毒地将蛇信子吐向她的爸爸。当季怀槿恨不能用刀子捅进齐源胸脯的时候，她忽然意识到，这恐怕又是骆优的一个思虑深远的圈套。

季怀槿从来没有这样厌恶一个人，她愿为纾解她心中的积怨做任何事儿。季怀槿到现在也不知道莫锐融要骆优的手机做什么用——不管他干什么用——她也要在偷到骆优手机之后，用她的号码给通讯录里的人群发短信："我做了这么多坏事，我是个贱人。"

季怀槿想想都忍不住捏着拳头觉得过瘾。

要神不知鬼不觉地从骆优校服口袋里偷走她的手机,并不是一件容易事儿。

季怀槿又不像骆优,善于使一些小诡计,所以这个任务在她面前,显得尤为艰巨。

她想了很多种蠢办法,比如在食堂不小心把饭撒在骆优身上,趁她脱掉校服的时候把手机偷走,或者从楼上向站在楼下的骆优泼一盆脏水……

可这些看上去更像是报复的行为都距离她实现自己的目标相去甚远。

或许连上天都看不过去季怀槿想的这些馊主意,有意网开一面帮助她。几天以后,隔壁班一个女生摸底考试时用手机作弊被年级主任没收后,整个高三就开始严令禁止同学们在校内使用手机。

当然,这是一个防不胜防的命令。手机对这些男生女生来说,并不仅仅是简单的通信工具,而是他们生活中比书本、运动、梦想更重要的生活必需品。

季怀槿很清楚,并不会有人真的愿意听从老师的禁令。所有人纷纷将手机振动调成静音,上课发短信的时候,将手机偷偷藏在宽大的袖管儿里。

季怀槿等了快半个月,机会终于来了。

礼拜五的下午是高三年级的高考动员大会,所有学生将前往阶梯教室,集体忍受年级主任一小时不间断的疲劳轰炸,届时还会有往届的高三学生来传授经验。

年级主任是出了名的铁面高压,季怀槿相信到时候不会有人不怕死地将手机带进阶梯教室——所以这正是她出手的时机,过了可就没有了。

季怀槿提前给莫锐融打电话报告了这个好消息,莫锐融笑着夸她:"妹妹,你真仗义。"

季怀槿其实有点心虚。她答应帮莫锐融,可并不完全为了他,而是出于自己的私心。

不过莫锐融没有察觉，而是乐呵呵地告诉她："我等你的好消息。"

季怀槿就这样惶惶地领了一个只许成功、不许失败的任务，每天都紧张地期待而恐惧着周五的到来——到时候，她就要拿着她的玩具枪，义无反顾地冲上战场。

横竖都要一死，季怀槿安慰自己。

高考动员大会的时候，全年级近三百人挤在阶梯教室里，像动物园里品类繁多的动物被关在同一个硕大的铁笼里，乱糟糟地挤成一片，屋里闷得让人喘不过气。

年级主任在台上动用积威，在最短的时间内让这些活跃的飞禽走兽安静下来，蔫头耷脑地并排坐在一起。

发言总是冗长的，尽管年级主任尽可能声情并茂地将大家的情绪调动得激昂起来，可阶梯教室的上空仍像下了霜一样死气沉沉。

这里面最紧张的恐怕就要数季怀槿了。她攥着一包早就准备好的餐巾纸，手掌心都湿了。她可没工夫打瞌睡，而是恨不得再多长几对眼睛，一双看向讲台，一双盯着骆优，一双狠狠地瞪一眼在她周围拼命朝她使眼色的唐叙。

就在季怀槿感觉分身乏术的时候，口袋里的手机突然振动起来。

她为了以防万一，冒死把手机带进阶梯教室。毕竟比起她之后要做的事情，只是违反规定带了个手机，实在算不上罪过。

不过此时手机有条不紊地在她的大腿上震着，带动全身都跟着发颤。季怀槿认命地弯着腰站起来，艰难地从狭窄的空隙里挤出去，来到班主任李老师面前。

季怀槿假装痛苦地将脸皱在一起，"老师，我肚子疼……"

李老师没有追问，就将季怀槿放了出去。

她走出阶梯教室后，深深吸了两口自由的空气，然后一刻不停地飞快

往外跑。

手机持续在震，季怀槿拿起一看，是莫锐融。

她躲进女厕所，接起电话。

"妹妹，现在什么情况了？"他问。

季怀槿想着莫锐融真是一点耐心都没有，她在这里以身犯险，他就不能踏实等一会儿？

"我刚溜出来，现在就行动。"季怀槿担心隔墙有耳，故意将话说得玄乎。她觉得自己像个地下革命者，身负旁人不能理解的使命。

"哎，妹妹，你听我说……"莫锐融匆忙接话说，"我就在你们学校门口，你等我会儿，我这就进来了。"

季怀槿惊得非同小可，连忙劝阻："我们学校管得可严了，你根本进不来……"

话还没说完，电话就断了。季怀槿瞪着通话结束的提示，躲在厕所隔间里一下子没了主意。

这跟她预想的不一样。一般情况下，革命者在秘密行动的时候，通常是不会有同伴来捣乱的吧。

季怀槿努力按捺住蹦到嗓子眼儿的心跳，稳住自己被莫锐融彻底打乱的思绪。

她觉得一切还是得按照原计划来。她可没时间等莫锐融，拖的时间越久，老师越会生疑，之后对她可没好处。

季怀槿打定主意后，就大义凛然地推开了厕所隔间的门。

可是当她定睛看清眼前的人，差点腿一软从洗手间的台阶上栽下来。

骆优就站在她面前。

同时莫锐融的电话再次追过来，手机在她的指缝间跳跃起来。

第十七章

万水千
山的

事

　　季怀槿在教学楼一层一个隐蔽的拐角见到了莫锐融。

　　他穿着A中的校服，向季怀槿显摆，"怎么样，你哥哥穿这身儿破衣服还挺帅吧？"

　　可是他耳朵上夸张的耳钉，从校服里露出来的一小片文身，与他身上的校服显得那样格格不入。

　　季怀槿没工夫问他是怎么混进来的，虽然她对此十分好奇。

　　她一边警惕观望着带莫锐融往楼上跑，一边对他进行周密的战略部署："一会儿你在门口帮我把风，有任何人过来你就使劲儿咳嗽……"

　　她不知道刚刚自己在骆优面前做贼心虚的表现有没有令她生疑，那一刻虽然她还什么都没有做，但差点就以为自己死定了。

　　季怀槿知道自己的心理素质实在不适合干坏事儿，不像骆优，撞见她的时候，还能假笑着跟她打招呼："你也受不了跑出来啦？"

　　季怀槿哼哼哈哈地应了两声，一溜烟儿似的从厕所里消失了。

　　她都忘了见到骆优的时候要横眉冷对了。

　　到了骆优他们班门口，莫锐融忽然一把拉住扒在后门上查看情况的季怀槿，险些将她拖一跟头。

　　"听我说，妹妹，你先回去。这点小事儿我自己应付得了。"在空无一人的楼道里，莫锐融丝毫没有控制自己说话的音量，"你就告诉我那小贱人坐哪个位子就行了。"

敌人就在眼前，小兵儿季怀槿忽然得到撤退的命令，一时有点儿适应不了。

"说真的呢，"莫锐融耍帅地拢了一下被修剪得像灌木一样的头发，"我想过了，你是个好学生，我不能让你干这种偷鸡摸狗的事儿。这种事还是我来吧。"

季怀槿想说点儿什么，莫锐融不耐烦地推了她一把，"赶紧走吧，咱俩跟这儿你谦我让的，不怕让人看见啊？再说了，这本来就是我的事儿。"

季怀槿在心里想，其实这不光是你的事。

可是她没有说出来，在草草告诉他骆优的座位以后，季怀槿三步一回头地走了。

莫锐融一个闪身从后门钻进骆优他们班，季怀槿就看不见他了。

她挺担心的，不过莫锐融说得也对，他一个人容易脱身，两个人目标太大，到时候被人堵个正着，连跑都跑不了。

酝酿了好几天的行动，在实施的当口泡汤了。季怀槿都不知道自己应该长舒一口气，还是觉得多多少少有点儿遗憾。

她最终还是没能亲自给骆优点儿颜色看看，而是灰溜溜地猫着腰走回了阶梯教室。

季怀槿的报复挺幼稚的，不过那会儿她还没察觉。

她蹭回自己座位的时候，刚好对上唐叙探寻的目光。她知道唐叙这是问她去哪儿了。

季怀槿没再看他，心烦意乱地坐下，想着莫锐融一定别出什么岔子才好。

可往往怕什么来什么，就在所有人都挂着一张半梦半醒的脸，强打起精神假装是一株朝着年级主任生长的向日葵的时候，教学楼外忽然警铃大作。

年级主任迫不得已终止讲话，阶梯教室的屏幕上正显示着A中去年高考成绩和升学人数的统计数字。

各班的班主任都在维持秩序，不过效果并不好。

刺耳的报警铃吸引了所有人的注意，季怀槿在这所学校念了快三年书，第一次听见这种声音，她有点儿不确定这是如何引起的，不过隐隐忧虑着和莫锐融有关。

汶川地震的阴影还没能彻底从大家记忆里淡去，起初有人以为又地震了，吵着要老师疏散，后来又有人说学校着火了，触发了火警。

胆儿大的学生不顾老师阻拦，趴到窗边朝外看，却一无所获。

这时候年级主任重新走回讲台，告诉大家什么事都没有，动员大会继续。

在一片失望声中，季怀槿偷偷隔着校服衣料攥紧手机，它安安静静的，没有任何活跃的迹象。

也不知道莫锐融还好不好，季怀槿想。

事实证明莫锐融好得不得了。

当他眉飞色舞地给季怀槿讲起那日的经历时，已经是两个礼拜以后的事情了。

那会儿莫锐融正迎来自己最春风得意的一段时光。

他解决了涂樊，结束了东躲西藏的日子，正得瑟得要命。不但将之前从季怀槿钱包里拿的钱尽数奉还，还送了她一条用四股玻璃丝编的手链。

也正是因为所有的事情都尘埃落定，他才终于愿意将来龙去脉说给季怀槿听。

按说一开始，涂樊和莫锐融之间，是没有任何矛盾的，他们连认识都不认识。

莫锐融在工读的朋友毕业回家，找到他，要出三万块钱买涂樊身败名裂。

但由于这件事儿难度颇大，最后两人商量的结果是，一万块，把涂樊往死里揍一顿，至少一个月露不了面那种。

莫锐融和几个兄弟一合计，这事儿能干。

虽然报酬不多，但想必难度也不大，算是个靠谱的买卖。

莫锐融和涂樊的初识是在F中后面一片废弃的空地里。那里有一处没来得及拆的烂尾楼，工人撤走后，留下废旧钢材和满地的青石灰。

莫锐融没料到涂樊带着保镖，几个穿着与一般人无异的青年，打起架来却训练有素——当然，职业保镖偶尔打打架，莫锐融他们没有占便宜的道理。

莫锐融和几个兄弟屁滚尿流地跑了，却让涂樊将他们几个的样子牢牢地记住了。

如果说莫锐融就此罢手，也就没有之后的事情了。可是吃了瘪的莫锐融回家后越想越亏，怎么都咽不下这口气。

他重整旗鼓，为了那一万块钱酬金，再次出山。

可这一回莫锐融连涂樊的面都没有见到，就被F中几个混混拦下了。

莫锐融没想到解决涂樊比想象中棘手得多，F中里四处都是对涂樊言听计从的孩子，而他自己身边的四个保镖，让莫锐融连接近他都变成不可能的事儿。

莫锐融凭借自己一副拳头嚣张惯了，吃了两次闷亏后才发现原来自己和有钱有势的涂樊根本就不在一个等级上。

后来涂樊索性主动出击，偷袭暗算，无所不用其极，让莫锐融有苦难言。

他不敢再出现在平时的活动范围内，因为那里处处有人会在第一时间将他的行踪通报给涂樊。

莫锐融一边东躲西藏四处流窜，钱不够用的时候一天到晚饿肚子。

那时候他总是喜欢感慨："钱真他妈是个好东西啊。"要是没有钱，涂樊就是一个没用的尿包。

可惜他有钱，有朋友，有保镖——还有一个没长脑子的女朋友。

骆优早就和涂樊在一起了。这事儿A中的学生不知道，连F中大多数人都不知道，但暗中观察涂樊很久的莫锐融知道。

骆优坐在涂樊跑车副驾驶位，做作地撒着娇的时候，莫锐融就在不远处看着。

这涂樊也挺奇怪的，任由骆优胡闹，过足众星捧月的瘾。

不过后来莫锐融就明白了，他那辆价值不菲的跑车里，不知多少长着不同面孔的怀春少女曾用相同的表情使尽浑身解数地讨好他。

莫锐融连涂樊从哪里弄来假的驾驶执照、家里养的那只藏獒叫什么名字都摸清了，却无论如何都接近不了他。

现在对于莫锐融来说，已经不再是关乎一万块报酬的事情了，虽然他确实很缺钱，但他更想亲手修理修理这个无耻的有钱少爷。

他走投无路，想到了假借骆优之名把涂樊骗出来的烂主意。

如何偷到骆优的手机是个问题。莫锐融唯一能想到的合适人选就是季怀槿。可这事和她说了，莫锐融又觉得不妥。

所以当季怀槿答应他的时候，莫锐融却反悔了。

他从一个高一学生那里骗来一套A中校服，成功混进校园和季怀槿接了头。

季怀槿不知道的是，那天他们分开后，莫锐融很容易就在骆优的书包夹层里翻到她的手机。

可A中不是菜市场，进来还算容易，怎么出去才是一个让人头疼的问题。

莫锐融在学校里溜达了一会儿，撞上一个老师在身后叫他，于是撒了子跑到操场。还好莫锐融在无数次打架当中练就了灵活的身手，虽然A中的围栏高得吓人，他还是三两下攀了上去。

不过他不知道的是，A中的围栏周围都有红外报警系统，如果有人试图翻墙进出，就会触动警报。

　　落地时崴了脚的莫锐融被A中保安追着跑了两条街，才将他们甩下。

　　他躲在附近一幢居民楼的楼道里翻骆优的手机，才发现在他东躲西藏的这段时间里，骆优和涂樊早就掰了。

　　骆优的手机里，都是她苦苦哀求涂樊接她电话，或是表达思念之情的短信。

　　莫锐融一边看着，忍不住在心里骂娘。这不中用的骆优，枉费他刚刚一瘸一拐地在路上狂奔了这么久。

　　不过莫锐融还是想试试——他一时也没有什么更好的主意了，他用骆优的手机给涂樊发了一条短信，内容简短得无遮无拦：酒店名和房间号——这当然是他早就计划好的。

　　涂樊很快回复了一个问号。

　　同样作为男生的莫锐融看着短信忍不住笑起来。男生总是比女生更懂得同性的弱点。再多深情款款的情话，都不如简单粗暴的暗示来得更直接。

　　这只能证明涂樊从来没有真心喜欢过骆优。

　　"过来。"莫锐融又发了一条短信。

　　涂樊过了五分钟才回复，只有一个字，"好"。

　　涂樊半个小时后到了莫锐融安排的房间，推开虚掩的门独自走进去。

　　莫锐融从洗手间里冲出来，将门反锁的同时也将涂樊踹倒在地上。

　　他知道今天涂樊终于成为他的瓮中之鳖，没有了左膀右臂的涂樊，战斗值几乎是负数，莫锐融都不需要费太大力气，就将他揍得鼻青脸肿，新仇旧账一并都给算了。

　　最后两人竟然还定下君子协议，此事到此为止。以后莫锐融不会再找他麻烦，涂樊也不许报复。

　　莫锐融和鼻青脸肿的涂樊一起从酒店走出去。涂樊给等在车里的保镖使了个眼色，让莫锐融大摇大摆地走了。

　　他最终拿到了自己靠拳头赚来的一万块钱，还不忘用骆优的手机给通讯录里的人群发一条短信：我是婊子。

　　他收到了十来条短信，大多数都是询问出什么事了。只有一条短信显得与众不同，是陆柳濛回复的：

　　"我知道。"

　　季怀槿也收到了这条短信，不过她当即就明白了，也觉得有点儿好笑，她从来没在莫锐融面前提起过自己这个邪恶的想法，可莫锐融却替她实现了。

　　重见天日的莫锐融后来在路上被几个人拖到角落揍过一顿。不过这些人下手不狠，显然不为什么深仇大恨。

　　莫锐融难得心情好，挨完打后就躺在地上让他们有充足的时间不紧不慢地跑了。

　　莫锐融是这样跟季怀槿解释的："我总得让涂樊出出气吧？我知道那种感觉，想起自己平白挨了一顿胖揍，心里肯定憋屈。不过我不计较了，就让这事儿到此为止得了。一报还一报，冤冤相报没完没了！"

　　季怀槿听他讲大道理，不置可否。

　　"说真的，你跟骆优的事儿也算了。不为别的，就图一省心。你要是相信哥哥我，咱就走着瞧，那姑娘将来没什么好下场。"

　　季怀槿抬起眼皮看他。

　　莫锐融朝她挑了挑眉毛，"你以为我看不出来你多烦她？不过你也犯不上给自己惹一身麻烦。你得干干净净的，这比什么都强。像我啊，骆优啊，坏事儿干多了，早晚都要有报应的。"

　　"你别胡说。"季怀槿觉得莫锐融越说越离谱。

　　"没关系，"他大大咧咧地将胳膊架在季怀槿肩上，跷起二郎腿来，"你哥哥我命硬。"

　　季怀槿摆弄着手上的玻璃丝手链，没心没肺地跟着莫锐融笑。

　　莫锐融所关心的事，已经和她越来越不相同了，可他还记得季怀槿喜欢的这种小孩玩意儿。上初中的时候，莫锐融就老笑话她，没事儿爱拿着几根破绳编来编去的。后来这种几毛钱的小女生乐趣渐渐在市面上销声匿迹。大家都有了更加与时俱进的爱好，没人还记得小时候那些廉价却无比快乐的时光。季怀槿不知道莫锐融是从哪儿弄来这个手链送她，她也没问。季怀槿也长大了，明白了有些事儿弄得太明白，反而没意思。

而唐叙呢，这会儿正在进行着天人交战。他偶然从爸妈的谈话当中听说袁老司令正暗中张罗着让袁子卿改嫁的事儿。他相信季怀槿对此还一无所知，于是犹豫着要不要将自己听来的消息一五一十告诉她。

唐叙真切地明白了什么叫做关心则乱。好像一切有关于季怀槿的事儿，都会令他一向还算可靠的判断力倍加受挫。他总是希望能够在纷杂的选择当中，挑出一个对季怀槿最好的选项。可唐叙不明白，为什么总是那么难。

半年多过去了，袁子卿才刚刚从几乎崩溃的边缘缓和过来，让他和季怀槿都稍稍松了一口气。唐叙不敢想袁老司令武断的安排，会不会将季怀槿家原本要步入正轨的生活再次拉向天翻地覆。

季怀槿最终还是知道了这件事儿，但不是唐叙告诉她的。

袁老司令希望袁子卿改嫁的对象，季怀槿其实见过不止一次。父亲还在的时候，只要外公在家请客，那个人总是在场。

季怀槿只知道他叫"夏叔叔"，具体做什么的不清楚。

还有五个月，季怀槿就是成年人了，她怎么会看不出来外公有意的安排，以及席间处处不落痕迹的撮合。再回想以前每一次的情景，季怀槿才恍觉，这个"夏叔叔"恐怕喜欢袁子卿很久了。

季怀槿有一种被背叛的感觉。虽然她和外公不亲近，但也总是血脉相融的亲人。他怎么能在父亲去世仅半年的时候，就擅作主张，将一个外人硬塞进她们已经千疮百孔的生活。

那晚袁老司令准备的家宴，令季怀槿味同嚼蜡。

而袁子卿似乎比她更加气愤，季怀槿看到她雪白的手腕上浮现的细细的血管都在轻微发着抖，就觉得难过。

要是这时候爸爸在就好了。他虽然是个老好人，但绝对不会让任何人欺负妈妈。

至于那个"夏叔叔"，季怀槿本来并不反感他。他待人有礼，行为处事都得宜，逢年过节给季怀槿包最大的红包。可当她想到每一次父亲在外公面前被冷语奚落又怒不敢言的样子，就终于对一切都有了答案。外公的心里是偏向这个夏叔叔的，是以他处处看不惯季准，又堂而皇之地让夏叔叔出现在他们家的餐桌前，仿佛是种示威：房子是他的，权力是他的，母亲是他的女儿，一切都由他说了算。

季怀槿不敢想象父亲面对夏叔叔时，是怀着什么样的心情。可她却为此感到深深的、深深的伤心。

唐叙说："你自己首先得过得好。"

季怀槿明白唐叙的意思。外公之所以能处处对季准和袁子卿施压，无外乎因为在这个院里，他比他们俩说的话都更有分量。这间大院的围墙太高也太沉重了，将偌大的世界挡在外面。外面的晴天，他们永远也看不见。

唐叙对季怀槿说，咱们考出去就自由了，别回来了。到时候谁还能管得着谁。

季怀槿难得觉得唐叙说得有道理。要想保护珍重的人，自己要先变得强大。她现在还不知道怎么才能让自己变得更好，可显然最行之有效的方式，就是像唐叙说的那样，考出去，考个好点儿的学校，混出点儿名堂，然后再也不回来。

季怀槿问他，考得多远算远？

唐叙想了想，说："我想上清华，那周围好多学校呢，你最次也得挑一所211工程的学校，这样儿咱俩离得不远，随时能见面。上了大学就没老师管了，大不了我翘课找你去。"

季怀槿扁了扁嘴，嗤之以鼻，"那叫远啊？去厦门，广州，深圳，那才叫远呢。"

唐叙从没想过要离开北京，他这十几年被家里管得严，天高的心性也磨没了。不过想想季怀槿的主意也不错。去南方，就他们俩，让陌生将相依为命变成相濡以沫。

他认真地想了想，"我答应过李老师要考清华来的，不过你非要去厦门、广州、深圳——听着也不错。"

季怀槿垂着脸，看着自己的脚尖儿。中考之前，她和唐叙也聊过关于未来的事儿。那会儿觉得高中是那样遥远，竟然也不知不觉就这么过来了，没什么特别的。

她觉得自己和唐叙挺有缘分的，预期的分别，在他俩中间居然一次也没发生过。甚至到现在唐叙都坐在她后面，五六年了，不论之前有多不适应，现在也成了心安的习惯。

要是能一直这样就好了，季怀槿想，虽然她和唐叙之间有一半的时间都在闹别扭、冷战、彼此互不理睬。但他就在她身边儿。如果有一天她突然看不见他了，那她一定会觉得失去了非常重要的一部分。

"咱们就留在北京，哪儿都不去，"季怀槿将散开的长发别到耳后，露出一张侧脸给唐叙，"我得陪着我妈。"

"行，"唐叙答应得特别爽快，"那我还奔着清华去，成吗？"

"你去考清华吧，我反正是没戏了。到时候你就别逃课了，我逃课找你去。"

"也不能都你一个人逃啊，一人逃一次，怎么样？这样比较公平。"唐叙认真地讨价还价起来。

"听说清华的女生都长得特漂亮。"季怀槿冻得吸了吸鼻子。

"什么漂不漂亮的，"唐叙不屑，"再漂亮的姑娘，在我眼里都跟牛粪没区别。"

季怀槿蓦地转头瞪他，"你说我是牛粪？"

唐叙连忙辩解："我没说你啊，咱不是聊漂亮姑娘吗？你又不漂亮！"他躲过季怀槿飞来的拳头，"别打别打，你在我心里就是鲜花儿！我发誓，她们都不能跟你相提并论。"

真的，我知道这世界上漂亮姑娘有的是。可她们又不是你，对我来说，就一点儿用都没有。她们没在我耳边疯狂地尖叫过，没眯着一双好看的眼睛厌恶地看过我，没有在我面前倔强又懦弱地哭过，她们叫我名字的时候，我也没有像此刻一样，心悸动得仿佛不是自己的。这些不是她们的错，而是你的错。你明明没什么好，可非得让我喜欢你。唐叙想。

还有半年、六个月、一百八十三天、四千三百九十二个小时，他只能再等过了这些时候，过了那天，一分一秒唐叙都等不了。他要光明正大地牵她的手，要把银河系摘下来给她当围脖戴。

去他妈的段梓棋和莫锐融，从今往后季怀槿只能是他唐叙一个人的。

季怀槿从唐叙口中得知"夏叔叔"的名字叫夏志方，现在是一个有名的房地产公司老板。他年轻时曾受过袁老司令的恩惠，所以多年来一直和他维持着忘年友谊。这些都是唐叙偷听来的，唐家和老司令走得近，他的事儿唐叙的父母最清楚。

夏志方打年轻的时候就喜欢袁子卿，这当时在院里根本就不是秘密。袁老司令一直是以女婿的规格待遇对夏志方的，而袁子卿的态度始终不甚明朗。后来袁子卿爱上偶然认识的季准，并迅速和他结了婚。这不但让袁老司令觉得非常没面子，也令他对于处处不如夏志方的季准百看不顺眼。

之后夏志方也结了婚，三十多岁的时候又离了婚。袁老司令一直都希望袁子卿能和夏志方走到一起，即便是在她婚后也没断了这样的念头。

对于袁老司令，与其说季准的离世是个遗憾，不如说是给了他一个机会，让他多年夙愿又有了得以实现的转圜。

而季怀槿知道了来龙去脉后，回家去问袁子卿的想法。

袁子卿的态度比她更果决：没有什么能分离她和季准的爱，连生死都不能，更遑论袁老司令的一厢情愿。

季怀槿打心眼儿里佩服她妈妈。坚守自己的爱情或许不难，但是坚守一份已经逝去的爱情，并不是人人能够做到。

她想代替爸爸，让袁子卿往后的人生，少一些身不由己的考验。

中考的时候季怀槿在最后关头临时抱佛脚，勉勉强强上了A中，与大多数人维持在同一起跑线上。发现了自己这一天赋的季怀槿又打算将这个本领继续贯彻落实在备战高考的日子里。

她拿出《五年高考三年模拟》和黄冈真题，求着唐叙给她画重点。季怀槿难得这么主动地想要学习，唐叙当然乐意给她一点一点讲解。季怀槿的成绩比初中时候好多了，如果能再冲几个月，唐叙觉得她上个石油大学或是地质大学还是没问题的；要是运气再好点，她自己再努力点儿，说不定还能上个北航或者北邮，都是挺不错的学校。

唐叙想想未来，真是觉得神清气爽。几个月后，他去了清华，还有一个周边好学校的女朋友，两人一直一直在一块，不知得羡慕坏多少人。

为了他这个不能言说的小梦想，唐叙对季怀槿可不心慈手软。寒假的时候他几乎天天到季怀槿家报到，两人把各种卷子往餐桌上一摊，自己给自己考试，而且是两天一小考三天一大考。

唐叙定力比较强，该学习的时候绝不一心二用，签字笔刷刷在演算纸上写个不停。季怀槿就不行了，没了老师监考，她压根儿就坐不住，一会儿要去厨房拿杯果汁儿，一会儿又探头看看唐叙卷子上的答案。

唐叙也不管她，由着她东张西望三心二意，时间一到考卷一收，对着标准答案用红笔在季怀槿试卷上打叉子打得毫不手软。

起初几天，季怀槿的卷子都做得一塌糊涂，和唐叙的成绩比起来情况惨烈。后来她自己都有点害臊了，再也不敢耽误时间，铆着劲儿动用自己那点儿有限的知识储备，把能想得起来的公式全往卷子上招呼，效果却比预期要好得多。

尝到甜头的季怀槿忽然发现，纵然有千千万万种出题的方式，却都万变不离其宗。她渐渐摸清了套路，也总结出一套属于自己的生搬硬套的野蛮路线。后来唐叙看着季怀槿的试卷，也忍不住赞许道："胡打也能搓出大招儿啊。"

季怀槿不明白唐叙这话什么意思，唐叙就趁着休息时间在季怀槿的台式电脑上下载了一个叫做"拳皇"的街机游戏。偶尔两人学累了就打儿盘，唐叙喜欢选草薙京，季怀槿则喜欢八神。唐叙老说季怀槿花痴，季怀槿也不搭理他。

她用八神用得顺手了，慢慢摸清楚哪几个键能发出八神的大招。这时候季怀槿才明白唐叙说的"胡打也能搓出大招"是什么意思，气得连蒙带猜一口气儿用自己的八神KO（Knock out 击倒）了唐叙的草薙京。

唐叙震惊地看着自己倒地不起的人物，转头深沉地对季怀槿说："好了，休息时间结束。"

季怀槿抗议："不是还有两盘呢吗？"

"不行，现在开始做物理卷子，有本事你再虐我一次。"

季怀槿抗议无效，被唐叙拖到客厅去做题，然后狠狠地被他用领先30分的优势报复了回来。

寒假结束的时候，季怀槿每做一套题，均分都能比之前提高十几分。她的八神也运用得出神入化了，在极偶尔的情况下虐唐叙两盘不成问题。

开学后季怀槿和米乐在操场边上讨论报考志愿的时候，也顺带着炫耀了一下自己整个寒假的战绩。

米乐意味深长地笑着问她："这回彻底和唐叙和好了？"

季怀槿难得地害羞起来，"什么和好不和好的。"

她俩一人举着一根从学校小卖部买的烤肠，坐在看台上看低年级的学生举行篮球比赛。高中三年就这么接近尾声了，季怀槿倒没觉得有什么舍不得，毕竟高三压力大，每个人都恨不能早点解脱，还顾不上缅怀。但看着场上汗如雨下的学弟，和场外卖命喝彩的学妹，季怀槿不由得羡慕起来，无忧无虑的日子真好。

"高二理科这帮孩子篮球打得真次，要是唐叙在，哪儿还有他们什么事儿。"季怀槿自以为很客观地感慨道。

米乐咬了一口香肠，被烫得直吸气，还不忘抓住机会揶揄季怀槿："你们家唐叙在你心里当然什么都厉害。"

米乐和他俩走得最近，一切都自然瞒不过她的眼睛。季怀槿也不遮掩，大大方方地告诉她自己想考海淀的大学，这样能离唐叙要上的清华近点儿。

"看来你们俩不只和好了，是彻底好上了吧？"米乐笑着说。

季怀槿羞得直捶她，"说什么呢，你！"

"这么多年，你还不明白唐叙吗？"米乐老成地说，"他就等你一句话呢。"

季怀槿之前没想过唐叙会喜欢自己，但没想过不代表她没期望过。从初中到高中，她和唐叙的关系一直别别扭扭的，时而情深义重，又时常打得天翻地覆，所以季怀槿不敢想。不过最近的唐叙不知道哪根筋搭错了，和她在一块儿的时候丝毫不掩饰对她的关心。当他再次主动提出一起规划规划两人的将来——当然只是学业上的——季怀槿才忍不住动心地想，唐叙这是别有深意吧。

季怀槿不是不知道一起学习的时候，唐叙经常看着她就愣起神儿来。他眼中不再压抑的情感是藏不住的，每每看得季怀槿心惊肉跳，甜蜜地想："他会不会也喜欢我？"

不过猜测归猜测，听别人说起来又是另外一回事。季怀槿很希望从米乐的谈话中寻找点儿蛛丝马迹，来证明不光她一个人在做着这样不真实的春秋美梦。

于是她问了米乐一句非常没有水准的问题："他……他等我说什么？"

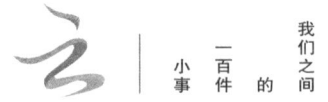

米乐气得拍她的脑门，"你是真傻还是装傻啊？当然是一句'在千山万水人海中相遇，原来你也在这里'的表白啊。你们之间早都心照不宣，不就差薄薄的这一层窗户纸？"

季怀槿满怀心事地沉吟起来，"可，可这层窗户纸总轮不到我来捅破吧？"

米乐听完哈哈大笑，伸出手掌在她面前挥一挥："你什么年代的人？怎么还有这么腐朽的思想？"

季怀槿觉着不好意思，想找点儿别的什么事结束这个话题，"对了，这次成人礼，你爸妈谁来参加？"

米乐无所谓地耸耸肩，"他俩都说忙，谁知道呢。"

季怀槿知道米乐的父母感情不好，两人在外面各自有一摊营生，对女儿的管束也不多，尤其是到每学期家长会的时候，经常互相推诿，谁都不愿出席。

季怀槿有点儿后悔自己提起这事，于是连忙闭嘴。

不过她倒是很期待下礼拜高三年级的成人礼，她把成人礼当成一件大事来对待。人活一辈子，从未成年到成年的蜕变，理论上讲也就是这一瞬间的事儿。

成人礼在学校礼堂举行，全体学生加上家长，将礼堂装得满满当当的。

这天，他们所有人当中没有好学生也没有差生，只有一帮即将要被称为"大人"的孩子。老师对谁都是和和气气的——哪怕你早上作业都没交。

袁子卿很准时地出现在礼堂门口，由季怀槿带着到规定的地方落座。家长之间有许多人互相也是认识的，彼此热络地打着招呼。

每个人都显得挺兴奋，但这些人里并不包括唐叙。

季怀槿和唐叙的座位不在同一排，但她老远就看见穿着正装的唐叙，彬彬有礼地站在甬道接受其他家长的称赞。

他一直半低着头，面对一拨又一拨家长腼腆地微笑着。季怀瑾觉得他今天尤为耀眼，收起有点儿孩子气的笑容后，唐叙已经有些大人稳重的模样了。

A中男生的正装校服是黑色中山装，胸口挂着一个小小的黑色领带。季怀瑾觉得谁穿上这身衣服都不如唐叙好看，西裤将他颀长的双腿拉得笔直，一小截白领子从颈间松松垮垮地露出来，又颓废又有范儿，季怀瑾都忍不住替他感觉骄傲，也偷偷替自己骄傲。

她的视线一直追随着唐叙落座。回到自己座位的唐叙很快收起方才礼貌的微笑，有些疲倦地靠在椅背上。旁边唐爸爸对他说了两句什么，唐叙才不情不愿地挺直了腰板儿坐好。可他的眉头始终没有舒展，微微蹙在一起，勾出无可奈何的愁容。

季怀瑾偷偷给他发了一条短信，可唐叙却没有如她预想的那样拿出手机查看，笑一笑，再回一条短信给她。

唐叙始终没有看自己的手机，他和唐爸爸之间仿佛暗暗较着劲，各踞自己的座位互不理睬。两人表情都很严肃，没有任何互动，像定格一样僵持着。

后来仪式正式开始，校长致辞，大屏幕上轮番播放着各班上交的照片。

照片大多是运动会、春游或联欢会时拍摄的。有集体照也有单人照，许多陌生或熟悉的面孔被无限放大，交替着播送着。场下时常有笑声和起哄的声音，校长也并不介怀，兀自讲着自己的话。台下反应强烈的时候，他也会回头跟着看看。

轮到季怀瑾他们班的时候，她一眼就在集体照里看到唐叙。

那还是他们高二最后一次春游的时候拍的。当时唐叙对季怀瑾不理不睬，拿她当空气一样。春游的过程当中他一直都不见踪影，最后在停车场集合时才出现。

那天季怀槿和米乐玩得很疯，两人互相用滋水枪对着打仗，状况都很惨烈。

季怀槿的头发全湿了，她索性拢到脑后扎了个马尾。校服也湿透了，就脱下来拿在手里。

拍照的时候季怀槿和米乐站在最外边，大家一起高喊"一二三，茄子"时，唐叙不知道从哪儿蹦出来，二话不说直接挡在季怀槿面前。

季怀槿还记得拍了这张照片后，班主任老师对唐叙说："你个儿这么高，站到最后一排去，别挡着后面的同学。"

唐叙后来有没有走开，季怀槿不记得了。她也没再看见过那张集体照。

礼堂大屏幕上的唐叙出现在原本不该他出现的位置，于是显得格外抢眼。而当时在他身后的季怀槿被挡了个严严实实，连根儿头发都没有露出来。

没有出现在集体照里的季怀槿想，唐叙这人其实挺不靠谱的，他高兴的时候哄着你，不高兴的时候你就是他的仇人。

后面还有几张春游的照片，尾声是季怀槿和米乐一人高举着一把滋水枪，站在石头上，像两个女战士一样昂扬。

季怀槿穿着白色T恤，校服系在腰上，和米乐勾肩搭背，笑得很灿烂。

蓝天白云，两个姑娘笑靥如花。原本挺好的一张照片，可是季怀槿突然发现自己胸前被水沾湿的地方，隐隐露出了那天她穿的——黑色胸罩。

季怀槿真是窘死了。幸好照片很快被翻过去，看台下的反应，大家似乎也并没有发现她的春光乍泄。

不过这一幕给了季怀槿灵感，关于那会儿正和她冷战的唐叙为什么在集体照的时候硬要站在她前面挡住她。

照片儿放完的时候，校长的讲话也结束了。

季怀槿不得不承认，这是她上A中以来听到过的最动人、最煽情的一段讲话，其间她有几次无法自控地红了眼睛。

那些与老师、同学一起经历过的画面还历历在目，他们就不得不迎来分别的时刻。人的感情总是最真实的，虽然季怀槿绝对谈不上对他们有多喜欢，但即将说再见的日子到了，她想潇洒地挥一挥手，却发现比想象中沉重得多。

从今往后，她不再是可以随心所欲的少年，而是一个必须要负担起责任的成人。

成人礼上有一个很重要的环节，家长要交给毫不知情的同学们一封早已写好的信，以及一个小小的成年纪念礼物。

季怀槿拿到的信是最厚的，打开来看，足足有十多页稿纸。

季怀槿并不知道袁子卿是什么时候完成这封信的，但十几页稿纸的厚度，足够令她觉得出乎意料的感动。

信的开头，袁子卿平铺直叙，从季怀槿小的时候每一次可爱的小表情写起，她吃饭的时候将米粒粘了一脸；半夜忽然大哭起来；上幼儿园大班还在尿床……第一页还没有读完，季怀槿就控制不住自己的情绪，眼泪噼里啪啦落下，打湿了原本就起皱的信纸。

袁子卿用平淡无奇的字句，细数季怀槿成长过程当中每一件大大小小的故事。能够赋予文字灵魂的唯有感情，季怀槿感受得到写这封信的妈妈对她深沉浓烈的爱。

所有的故事结束在二〇〇八年五月十二日这天，她们母女与季准分别的那天，季怀槿的生日。

"那天你十七岁，可是对于妈妈来说，你早已在那天成年了。"

信的结尾，袁子卿这样写道。

季怀槿读到这里，终于再也不按捺自己的情感，抱着袁子卿哭起来，她已经顾不上丢不丢人。她才不丢人，也不可怜，她的妈妈给了她双倍的爱。这些爱，虽然永远无法代替父亲给予的，却弥补了她失去的那份

缺憾。

季怀槿感到羞愧，她竟然曾经怀疑过自己不是妈妈的亲生女儿。

如果让妈妈知道，她不知该有多么伤心。

成人礼在满满的爱和感动中达到高潮。季怀槿看见周围好几个同学都哭了。他们这代人，习惯于在自己的小世界里张牙舞爪，志得意满，很少有机会和父母坐下来好好谈谈心。但是亲情是不会被改变的，千百年来都如此。这些平日里积攒在心里的感动一旦松土，便如湍急的江水泛滥，一发不可收。

袁子卿这时候递给季怀槿一个蓝丝绒的小盒子，季怀槿打开来看，是一对珍珠耳坠。珍珠是天然的，未经雕饰，两颗并不一般大小，有淡淡的乳色光泽。

耳坠不是流行的款式，丝绒盒子也有磨损的痕迹。

"这是你爸爸送我的第一件首饰。"袁子卿留恋地看着那对珍珠，讲起属于它们的故事，"你也知道他，那么老土，眼光也不怎么好。那会儿他没什么钱，买了这么个礼物给我以后，可是心疼了一阵儿呢。"她将耳坠从盒子里取出来，轻轻扣动上面的小夹子，戴在季怀槿耳垂上，"这是你的成人礼，将来你会找到一个像你爸爸一样优秀的男人——"袁子卿温柔地笑起来，"到时候别忘了让他给你买一对更大更漂亮的，别像你爸爸那么寒酸！"

季怀槿从来没见袁子卿戴过这对耳坠。从她记事起，袁子卿就没佩戴过任何首饰。她只有一只铂金素圈儿的婚戒，偶尔拿出来戴戴，隔段时间还要保养一次，至今还是簇新的，不仔细看，根本看不出任何刮痕。

季怀槿将手心靠拢耳后，轻轻掂了掂那对小小的灵活的珍珠，想着那次梦里出现过的年轻的爸爸的模样，感觉无比窝心，还有细如针刺的疼痛。

她攥紧袁子卿有些发凉的指尖，对她说："妈妈，谢谢你。"

袁子卿抚摸着季怀槿的头发，轻轻亲吻她的额头，不无慨叹地说："宝贝儿，你长大了。"

季怀槿依偎着妈妈，余光看到远处面带愠色、紧闭嘴唇一言不发的唐叙。

成人礼结束后，大家三三两两走出礼堂。

段梓棋的妈妈在门口张罗着认识的熟人。袁子卿和季怀槿走过去的时候，和段妈妈打了个招呼。

"季怀槿，"她热情地叫住她，"你们几个孩子都是从小一起长大的，今天又一起成人了，晚上到我家吃个饭庆祝庆祝。"

季怀槿询问了袁子卿的意见后，走过去站到段梓棋身边。

这时候米乐和唐叙也一前一后走出来。米乐是和她爸爸一起来的，看到季怀槿就独自跑到她身边，先恭恭敬敬向袁子卿问了好，就注意起她耳朵上那一对珍珠。

"这是你的成人礼物？挺好看的。我们家那老头什么都没给我准备。"

段梓棋妈妈叫住唐叙，邀请他和米乐也到家里吃饭。

唐爸爸听说她要做东，提议干脆在学校旁边的酒楼订一个包间，让他们这些发小同学一起聚聚，也算是在高考前最后放松放松。

段妈妈很赞成，笑着问几个小辈："不用我做饭了？"

段梓棋趁机说："我们几个聚聚就得了，家长就不用出席了。"

唐爸爸一通电话就订好了最大的包间，然后转头对距他好几步远、一直别着头不说话的唐叙说："你先跟我回家一趟再过去。"

唐叙不情不愿地走了，临走前他趁所有人不注意，悄悄走到季怀槿身边说："去那儿等着我。"

季怀槿点点头。总觉得看唐叙的神情，像是有什么事儿要发生似的。

她心里惴惴，但碍于那么多家长在场，也就没再说什么。

唐叙跟着唐爸爸先走了。季怀槿他们在往饭店走的路上，拉帮结伙的，人越聚越多。

别过段妈妈的段梓棋在校门口拦住了陆柳濛。

因为初中时发生过的那档子事儿，段梓棋早就见过陆柳濛的爸爸了，陆爸爸自然也记得他。

段梓棋没有和陆柳濛说话，而是朝着陆爸爸鞠了一躬，说："今天晚上我们在学校旁边的饭店聚会，都是初中的同班同学，想问问陆柳濛能不能一起来。"

季怀槿的第一感觉就是陆爸爸一点也不像陆柳濛的爸爸。他个子不高，人又胖，像一颗濒临爆炸的气球，远没有陆柳濛长得好看。

矮矮胖胖的陆爸爸转头看了陆柳濛一眼，粗声粗气地问："你去吗？"

陆柳濛也没有看段梓棋，而是将目光扫向站在一旁等候的季怀槿他们，想了想，说："行。"

季怀槿之后找了个机会问段梓棋，陆柳濛已经很久都不愿理会他了，为什么他还是执意要叫陆柳濛一起来。

段梓棋的回答出乎她意料："你觉得我还喜欢陆柳濛吗？其实不了。我就是憋了好些话一直想跟她说，可是一直都没有机会说。今天晚上叫她来，就是想把该说的话都说了。至于听完我的话后，她有什么决定，跟我都没关系了。"

季怀槿偏着头看他，"真的放下了？"

"一年、两年、三年，"他平静地说，"相信我，没有人能守着一段儿没指望的感情等五年。就算我是块石头，事到如今也该想明白了。"

季怀槿觉得今晚，大家愉快的相聚背后，似乎都有些沉重。

走进包间的时候，除了唐叙，人都聚齐了。季怀槿有些好笑地想，该来的不该来的，全都来了。

骆优也在，虽然在座的每一个人都对骆优的出席感到不同程度的反感，但是谁都不想因为自己个人的情绪破坏这次难得的聚会。

骆优是陆柳漾叫来的，过程简单极了，陆柳漾只是说，今天初中同学聚会，不怕死的话，你也该来。

这简单的激将法就把骆优激到了饭桌上。

包间里所有的座位都坐满了，季怀槿又让服务员加了一把椅子，想着唐叙一会儿要来。

都是从前的初中同学，高中时各自被分在不同班级，联系渐渐少了，可忽然又被聚在一起，聊着聊着又热络了。

大家三言两语聊起不在A中的其他人，各有感慨，一通电话拨给久未联系的旧友，一桌子人轮番说上两句，场面热闹得不得了。

服务员送进来一箱冰镇啤酒，男生都纷纷倒满了酒杯。段梓棋让女生喝橙汁儿，但大家抗议着有酒一起喝，也不分什么男女有别，祝福的怀旧的话一说，酒就各自都进了肚子。

后来男生索性对瓶儿吹，女生也毫不示弱地一杯接着一杯干。

只有陆柳漾喝得最少，她坐在角落，面上虽一直挂着笑，眼光却冷冷地打量所有人。

喝得有点儿飘的段梓棋要挨个儿跟每个人都说一句话。

他让米乐增点儿肥、说季怀槿是他心目当中最好的异性朋友，轮到陆柳漾的时候，段梓棋还什么都没说，陆柳漾就先轻轻一抬手，说："我什么都不想听。"

舌头开始打卷的段梓棋说什么也要把话讲完，他不理会陆柳漾的冷眼，站在餐桌前看着她，当周围人都不存在似的。

"我知道你打初中那事儿以后就烦我。可我喜欢你。"他的话一下子引起好多男生起哄，"不过你放心，这些事儿都过去了，今天我就想劝你一句，"段梓棋突然放低音量，挺真诚地说，"你别再干你正在干的那件事儿了。你以为能毁了别人，其实最后毁的就是你自己。"

陆柳漾从始至终都没抬起眼皮来看段梓棋一眼。而段梓棋的话，在座

的人也都没有听懂。

有胆儿大的女生借着酒劲儿问："段梓棋，你是不是把陆柳濛当骆优了？"

段梓棋挥挥手，"不是，下一个才轮到骆优。"他探过身子，凑近只和他隔着两个人的骆优，眯起眼睛，说，"你给我和季怀槿下套儿，说了那么多难听的话诬蔑我们俩，还造谣言说季怀槿爸爸的坏话——你今儿不来也就算了，既然来了，那这些事儿，你不想给所有人一个解释吗？"

季怀槿想，酒真是这世上效果最厉害的吐真剂，能让一向不露锋芒的段梓棋都变得这么咄咄逼人。

有女生在旁边当和事佬，"就是，大家都是同学，有什么话不能摊开了说吗？"

骆优虽然这么多年一直步陆柳濛的后尘，努力成为她的影子，可当骆优最终做到的时候，殊不知陆柳濛早就摇身变成另外的模样。

骆优的道行明显比陆柳濛差得远，她很快变了脸色，还努力维持着一副冷傲的样子，其实心里早就乱了阵脚。面对这么多人的诘问，骆优用不屑一顾的口气无谓地狡辩着："我没说过你们什么——"

"得了吧，你跟我就没少说过陆柳濛和季怀槿的坏话——你还说季怀槿和段梓棋睡过。"刚刚那个女生也实在看不惯骆优的所作所为，帮腔道。

骆优恼羞成怒，嘴角都不自觉抽搐起来。这么多同学里，没有一个人向着她，大家都沉默地看着她，似乎也在等一个解释。

场面一时静到尴尬，骆优飞快地环顾了一下四周后，从椅子上站起来，"你们叫我来，就是想落井下石，是吧？"

"我们没想叫你来。"这回说话的是米乐。

骆优仿佛终于借着米乐的话给自己找到台阶下，急不可待地想抓住机会离开。她将书包甩到肩上，愤怒地往门口走。

"等等，"季怀槿叫住她，她也站起来，慢悠悠地走到骆优身后，朝她摊开手掌，"你先把这顿饭的份子钱给了。"

因为升入高三而从合唱团退下来的骆优，被纨绔子弟涂樊甩了，被一干旧同学唾弃，面对几个月后的高考束手无策。如同当年陆柳濛叱咤校园风光无限，不论多么不舍，属于骆优的时代也就此落下帷幕。

往后或许还会出现不计其数的陆柳濛和骆优，可那都将是后续的剧情了。属于他们这群人，这段时光的故事，已经缓缓进入尾声。这一页结束，他们将迎来崭新的章节。

季怀槿将骆优甩下的一百块钱递到段梓棋手里，问："刚刚说到谁了？"

段梓棋环顾四周。"该说唐叙了，对了，唐叙他妈的死哪儿去了？"

季怀槿早就想问这句话了，眼看已经快到九点，唐叙还没有出现。季怀槿身边的空椅子到现在还孤零零的，已经被挤到后面去了。

"算了，甭管他在不在了，"段梓棋打了个酒嗝，继续说，"我要跟唐叙说的是——祝他跟季怀槿百年好合，早生贵子。"

此话一出，包厢彻底炸开锅。

男主人公唐叙不在场，所有人都将视线投向另一个当事人季怀槿。

季怀槿的脸一下子红到耳根儿，使劲剜了段梓棋一眼，"你别胡说啊！"

在场的同学大多不知情，于是都表现得格外震惊。有的不敢相信，"这么多年我一直以为唐叙和季怀槿就是好朋友呢"；也有后知后觉的，"难怪唐叙从初中就喜欢欺负她呢"；还有彻底在状况外的，"这么多年我怎么一点儿都不知道这事儿，季怀槿你俩瞒得够好的啊……"

季怀槿就算有十张嘴也解释不清，她只能一遍一遍说着："你们别听段梓棋瞎说，他喝多了。"

"我才没喝多呢。"段梓棋又打了一个酒嗝。

"喝多的人都说自己没喝多！"

　　围绕在她和唐叙之间的话题始终没有翻篇儿的迹象。季怀槿借口去洗手间，从包间里退了出来，躲到女厕所给唐叙打电话。

　　打了三四通电话，唐叙全都没有接。季怀槿觉得自己也有点儿上头了，于是从隔间儿里走到洗手池边，撩着水洗了把脸。

　　她挂着水珠抬起头来，透过镜子的反光看到身后站着的陆柳濛。

　　季怀槿有点儿不自在，她跟从前的陆柳濛有点儿梁子，和现在的陆柳濛也绝对算不上有交情。她正犹豫着要说点儿什么，陆柳濛先开口了。

　　"你恨我吗？"

　　季怀槿没有回头，她们两个人仍旧通过镜子互相对视。季怀槿仔细地想了想，她恨陆柳濛吗？根本谈不上恨。不喜欢她是真的。

　　"我为什么要恨你？"她问。

　　陆柳濛笑了笑，没有回答季怀槿的话。而是从兜里掏出一包餐巾纸，递一张给季怀槿让她擦脸，自己则走到旁边的洗手池洗手。

　　季怀槿将脸擦干净，转头问她："刚刚段梓棋跟你说那番话什么意思？"

　　只有季怀槿知道段梓棋的话不是随便说说，他酝酿了那么久，一定意有所指。按说这不应该是她关心的事情，季怀槿似乎有点没话找话的嫌疑。

　　陆柳濛也看着她，笑着反问："你说呢？"

　　"我猜……"季怀槿大胆说出她的假设，"你是冷殇？"

　　这个假设确实太大胆了，连季怀槿自己都不信。

　　可是陆柳濛点了点头，"你确实比她们聪明。"

　　"真的是你？"季怀槿不是不惊讶。

　　陆柳濛笑得更开心了，"物竞天择呀，"她说，"我编些无聊的故事，她们却都看得要死要活的。我说什么牌子的烟好抽，她们就一窝蜂去买来抽。骆驼是什么烟？那可是干体力活儿的人抽的，听说对身体可不好了，她们也真能抽上瘾。"洗手间黄色的灯光在陆柳濛流转的瞳仁儿里变成两个灵动的光点，"还有人说认得私下里的我，你说有意思吗？她们一辈子都猜不到是我。"

"你不怕我说出去？"季怀槿问。

"你啊？"陆柳濛抿一下嘴，答非所问地说，"现在骆优栽了，再没什么人能威胁到你了。你注定是块金子，也注定一辈子发不了光，就这么默默做个发不了光的金子，也挺好。"

陆柳濛真是变了，季怀槿想。段梓棋说得没错，她做暗处的主宰者做上了瘾，虽然她不再在人前春风得意，却更加沉溺于做背后的推手。陆柳濛赋予自己太多生杀予夺的权力，以为自己能够创造或毁灭，也许最后害了自己。

"我先回去了。"所谓话不投机半句多，季怀槿觉得这辈子都不指望能和陆柳濛聊得来。

"我也走了，回家了。"她照照镜子，说。

"那再见。"

"再见。"陆柳濛抬起瘦骨嶙峋的手腕儿，朝季怀槿摆了摆手。

这一晚，季怀槿不知道给唐叙打了多少通电话，他都没有接。她想着他是不是睡着了，又觉得不可能，他说要她等他的。

季怀槿实在担心，就让段梓棋往唐叙家里打电话，唐爸爸说唐叙临时有重要的事儿出去了。

季怀槿心里不住地埋怨，就算是有天大的事儿，唐叙也应该告诉她一声啊，总不至于连条短信都来不及发吧。

唐叙的电话没等来，莫锐融的电话倒是催命似的追来了。

"妹妹啊，听说你们今天成人礼，这么大的事儿，也不知道跟哥哥说一声儿！"

包间里人多，空气不太好，季怀槿觉得有些头晕，于是走到过道，隔着电话对莫锐融说："嗨，不过就是个仪式而已。"

"你在哪儿呢？怎么周围这么吵？"莫锐融问。

"我在外面吃饭，初中同学聚会。"

"哪家饭馆啊？哥哥我看看你去。"莫锐融似乎好兴致。

季怀槿挂了电话，想着莫锐融离这儿也不远，就走到餐厅外面去等他。虽说屋里的人莫锐融大部分都认得，但季怀槿知道他们不爱和莫锐融来往，没必要互找难堪。

莫锐融带了一个朋友，很快就到了。那个朋友跟着他挺多年，季怀槿老早以前就见过。

莫锐融听说初中那帮人都在里头，说什么也要进去打个招呼。季怀槿拦不住他，只好硬着头皮带他往餐厅里走。

可是还没走到包间，他们三个人在大堂就被人拦下了。

对方也是三个人，都不过十来岁，虽然没穿校服，但看着也是高中生模样。

为首的人很瘦，豆芽菜似的，穿着一件棕色的棉夹克，头发像被十级狂风吹得倒向一边。他来者不善，说莫锐融刚刚撞了他，要求他赔礼道歉。

莫锐融哪是那么好惹的主儿，胸脯直接凑上去，居高临下地看着他，口气也很冲："我就撞你了，怎么着？"

双方从发生口角到动起手来不过一分钟的事儿，互相推推搡搡地闹到餐厅门外。

对方的人直接一拳招呼下来，莫锐融来不及躲，结结实实挨了一拳。

季怀槿见情况不妙，就跑回包间去搬救兵。只可惜莫锐融的人缘儿实在不怎么好，屋里的男生都不想替他出头，让季怀槿站在门口干着急。

已经喝到脚下拌蒜的段梓棋不忍心看见季怀槿手足无措的样子，双手撑着桌子站起来。"怎么说都是一个院儿的兄弟。"他一挥手，"走，出去散散酒劲儿。"

有他号召，几个男生也站起来。

四五个男生站在一块儿，阵势也挺大。季怀槿想，哪怕不动手，吓唬吓唬对方也行。

走到餐厅门外，却不见莫锐融和那几个人的影子。季怀槿一直记得初中在"无名高地"酒吧发生的事儿，所以拉住其中一个男生的胳膊说："他们肯定没走远，你们可一定得帮他。"

说话的时候，季怀槿在远处的十字路口拐角处看见他们的身影绕进小路。

"在那儿呢！"季怀槿带着几个男生往十字路口跑。

初三的时候，莫锐融在酒吧和人闹起事儿，为了不牵连季怀槿，独自跑走了，最后被人打得半死。

三年后，相似的场景下，季怀槿说什么也不会让莫锐融再经历同样的事情。

可她不知道的是，她当下这个头脑发热的冲动决定，会给莫锐融以及她自己，带来多么深远而不可预知的影响。

第十八章

错过的

事

　　这是F中附近一片废弃的空地，传说中莫锐融第一次见到涂樊并吃了瘪的地方。

　　季怀槿赶到的时候，身边只剩下两个男生。

　　段梓棋喝多了，半途靠着墙吐得一塌糊涂。两个男生将他架回餐厅，剩另外两个人和季怀槿一路追着莫锐融他们来到这里。

　　莫锐融看到季怀槿的时候，忍不住大骂了一句："妹妹，你他妈傻呀，跟过来干吗？"

　　季怀槿跑到莫锐融身后，拉着他劝："有话不能好好说吗，非得动手才能解决？"

　　"你还看不出来？这帮人是冲着我来的，"莫锐融习惯性地朝土地上啐了口吐沫，"听我的妹妹，你赶紧回家去。"

　　"不行，你……"

　　莫锐融使了大劲儿推她，"快滚！"

　　季怀槿感受得到周围剑拔弩张的气氛，一下子慌了神儿。她是想跑来的，可是脚腕绊在一块废弃的钢材上，摔倒在地，吃了一嘴土。

　　然后她就被"豆芽菜"的同伴像拎个动物似的拎起来了。

　　她听见莫锐融骂了一句什么，然后飞一样扑过来，一脚踹在那人心窝儿上。

　　架就这么打开了，季怀槿根本来不及看。她脚踝扭得挺厉害，站都站不起来，连滚带爬地往旁边磨蹭。

　　跟她一起来的两个男生早就不知去向，空地上只有莫锐融和他那个不知叫"山鸡"还是"山贼"的朋友孤军奋战。他们脚下扬起的沙子落在季怀槿的脸上，她连哭都不会了，只是没命地想从那些人的拳打脚踢底下躲开，姿势难看得可笑。

　　她害怕死了，却一下子变得耳聪目明。她从他们间或的一两句对白当中听出那几个人是F中的学生，那个"豆芽菜"的名字叫夏染，是他们带头的人。

　　季怀槿听得太专注了，逃跑得也太专注了，以至于"豆芽菜"的朋友用弹簧刀卡着她的脖子迫使她站起来的时候，她才意识到自己身后有人。

　　脚踝上传来的疼痛让季怀槿几乎失去知觉，她无奈地意识到自己悲惨地沦为俘虏，被寒光森森的白刃扼住了喉咙。

　　她不敢乱动，配合着挟持她的人转过身来，看见"豆芽菜"和她处于一般境遇——他的脖子也被掐在莫锐融手里。

　　季怀槿觉得自己有救了。

　　只有身临其境的人，才知道这些如电影情节的场景有多可怕。季怀槿觉得自己像案板上的肉，全身都不听使唤，一条小命儿由不得自己做主。

　　漆黑的夜色里，只有远处一点儿零星灯光。莫锐融挑挑下巴，跟对方说："你让那姑娘过来。"

　　架在季怀槿脖子上的刀紧了紧，背后的人低声呵斥她往前走。

　　季怀槿一瘸一拐地迈了两步，走到中央。

　　她只觉得电光火石间，莫锐融死死拉住她的胳膊，往后一拽，季怀槿摔了出去，弹簧刀轻轻擦过耳根，有一点儿疼。季怀槿伸手摸了一把，发现指尖上有血。

　　正是冬春交替的时节，夜晚起了风，温度比白天低得多。尤其这片荒凉的空地，除了他们几个外，一个人都没有，在黑色的布景下，显得格外阴森。

季怀槿哆哆嗦嗦的，也分不清是害怕还是冷。小的时候她喜欢带着院儿里的小伙伴们玩打打杀杀的游戏，觉得趾高气扬的自己特潇洒，特过瘾。后来她见过几回男生打架，发现过程和自己想象中的不太一样。

不过没有哪次像现在这样，给她带来无法自已的恐惧。仿佛世界只缩小到这片空地上，没人能帮他们，只有野蛮和暴力才能自救。

几个男生扭打着，情况胶着。莫锐融虽然身手比别人都灵活，又有丰富的实战经验，可一时也没占什么上风。

季怀槿在一个还算安全的角落。她现在跑是跑不了了，只能指望莫锐融的拳头再狠一些，快点结束这一切，然后带她离开。

耳后那道细细浅浅的伤口仍旧冒着血，季怀槿试图用手背按住伤口，却摸上自己的耳垂，上面早已没有了珍珠耳坠的踪影。

季怀槿慌忙摸向另一边，耳坠也不见了。一瞬间她的脑中一片空白，妈妈将那样珍视的属于父亲的遗物送给她，还没过几个小时，竟然被她丢了。

季怀槿急得眼泛泪花，不管不顾地冲回她被钢材绊倒的地方——耳坠一定是在那时候脱落的。

有了一定要找到那副耳坠的信念，季怀槿似乎忘记恐惧。可是光线实在太暗，她只能靠一双沾满了土的手一点一点摸索，犹如大海捞针般让人绝望。

打斗声和吵骂声那么近，他们气喘吁吁的声音仿佛就在耳边，可一切混乱的场景都渐渐离季怀槿远去。她只想找回属于她、属于妈妈、也属于她爸爸的比命还重要的信物。

这时候她听到"豆芽菜"的声音，带着威胁的挑衅，简直像地狱里的召唤。

"你是不是在找这个？"

季怀槿猛地抬头，仔细分辨出"豆芽菜"的方向。他的手心里有一个小小的、莹亮的东西。罪恶的火舌舐舐季怀槿焦急的心，她几乎在一瞬间就决定要妥协。

季怀槿扑上去，却扑了个空，再次跌倒在地上，却无论如何都爬不起来了，她只能大哭着向莫锐融求助："求你了，那是我爸爸的遗物，我不能把它丢了。"

莫锐融没有回答，他死死地盯着周围的人。那是一种孤注一掷的神情，是不怕死的狠，和被触及隐秘的歇斯底里。

"豆芽菜"扬扬得意的样子在莫锐融走到远处废料堆拿回一把铁钳的时候就彻底消失了。莫锐融对这片废弃之地的了解要更甚于其他人。他知道能从哪里得到自己用得上的工具。他一直都知道，只是之前并不需要。

但是季怀槿口口声声的哀求，让他觉得拳头解决不了的事情需要来点儿猛料，灭灭那个不知天高地厚的小子的气焰。

季怀槿的意识就从这时候开始变得混乱。多年后再回想这一刻，她也只记得黑沉沉的夜，疯狂的叫骂，莫锐融发狂的背影……

以及那一声惨绝、凄厉、让人彻骨发冷的哀叫。

很长一段时间内，那声痛彻心扉的叫喊成为季怀槿的噩梦，夜夜魇住她的心神。她总是从梦中惊醒，吓到浑身汗流。

恐惧和负罪感时常伴随着她，让她不得安生。

季怀槿再也没有戴过那缺了一只的耳坠，她甚至不敢将它从盒子拿出来看看。

珍珠坠子还是像原来一样干净好看，沾染的血迹可以被擦去，但喷溅在心里的愧疚的血痕，却将永远存在，变色、发黑、陈旧得如同结了痂的伤疤，停止朽烂，却挥之不去。

之后的事情，像是被一只巨大的命运的手按下快进键。

季怀槿没有任何反抗或转圜的余地。也是从那时候开始，她明白了人生当中那些身不由己的事情，如同深陷泥沼，越挣扎，反而越叫人无可抵挡。

世界那么大，他们那么渺小。唐叙说得对。

袁子卿对父亲安排的再婚斗争到底，闹得袁老司令下不来台。就在季怀槿和初中同学在吵闹的饭店包间追忆往昔的时候，袁老司令用一通电话通知袁子卿：季怀槿的北京户口他没本事帮忙了，要是想办，去求夏志方。

季怀槿的户口在济南，高中三年她是以借读生的身份在A中念书的。原本她的北京户口也没那么难办，但现在距离高考就剩三个月的时间，袁老司令又突然决心不管，季怀槿的唯一出路就是回到户口所在地参加高考。

袁子卿怎么不知道这是父亲的伎俩。要么听话地和夏志方在一起，让季怀槿顺顺当当地升学；要么就带着季怀槿滚回济南去。

继续做袁老司令的女儿，还是从此做季准父母的女儿，这是他给袁子卿出的难题。

袁子卿没有想到父亲这么决绝，甚至到了一点儿情面也不顾的程度。

她用一晚上的时间做了决定：走。走了就再也不回来。

她出面给季怀槿办了退学手续，联系好了济南那边儿的高中，辞了工作，交接了房子，总共不到三天时间。

当季怀槿得知自己将离开的时候，袁子卿甚至连搬家货车都联系好了。

季怀槿简直要疯了，和母亲在家大吵一架。袁子卿抱着季准的遗像痛哭流涕，她说你的女儿也希望我嫁给别人。

季怀槿走过去，半跪在父亲的照片面前，哭得整个世界都显得灰蒙蒙的。她知道自己必须要走了，她的留下需要付出太大代价，她负担不起，也没有这个勇气。

只是这些事儿发生得太突然了，实在太突然了。她还有那么多没有完成的心愿，她还有牵挂的人在这里，她还以为这辈子她都将属于这里。

走之前的几天，季怀槿没有去上学，而是在家收拾行李。连她自己都不知道那些日子是怎么熬过来的，伤心绝望，都不足以表述她心情半分。

唐叙始终没有找过她，尽管季怀槿每天都会给他发几条短信。

最后她也死心了，坐在货车的副驾驶座上，俯下身看着眼前走了许多年的旧路。它将不再带领她通向熟悉的场景，而是通向一段无以为继的变故、一场失望、一次未知的逃亡。

货车开动，袁子卿握住季怀槿的手，似乎安慰地说："你小时候最喜欢济南了，还记得爷爷家楼下那片草坪吗？那可是你最喜欢的地方。"

季怀槿当然记得，她曾经很喜欢那里，连大人们都奇怪，就是一片空地，这些孩子怎么就有那么多玩的呢。

可是她早就长大了啊，越长大，越控制不住自己的心。

现在的她，想留下。

这将近六年的时间，谈起来白驹过隙，可是每一天、每个点滴都在她的生命里切切实实地发生过。回忆如潮般涌来，季怀槿想伸手拉住她脑中那么鲜明的唐叙，可他们最终还是错过了。错过了一天、一分钟、一秒钟，就是一辈子。

季怀槿唯有道别。

再见，她无疾而终的第一次心动。

第十九章

误解的
事

季怀瑾还是第一次来唐叙家。

唐叙在市中心一片环境不错的商品楼里买了一套开间。屋子不大，约莫五十平方米，厨房只用流理台隔开。

季怀瑾看得出他平时在家不怎么开伙，灶台边上只有简单几种调味料，大理石台面上没有一点儿油渍。

这是一间典型的单身公寓，整洁，缺点儿人情味儿和烟火气。

唐叙让季怀瑾坐到沙发上休息，自己去冲了两杯热巧克力。他走回来的时候，嘴里叼着一排巧克力，手里举着两只马克杯。

这些年唐叙生活得一直挺随意，远没有以前讲究。他家里没什么东西，跟每个单身汉一样，冰箱里只有冰镇矿泉水和啤酒，柜子里塞满各种口味的泡面。

不过，季怀瑾发现唐叙喜欢吃甜的，茶几上堆了几种进口的软糖和可可。这是他以前没有的习惯。

少年时意气风发的唐叙最排斥这种"娘们儿"的东西。

季怀瑾从唐叙手里接过瓷杯，放在手里捂着，袅袅升起来的巧克力热气让她觉得舒服。

这天她大概是累坏了，又受了点儿刺激，现在只觉得困，什么话都不想说。

唐叙从旁边搬了把椅子坐到她面前。两人离得很近，唐叙静静地看着

274

她，好像只是为了打量她而已。

季怀槿啜了一口热巧克力，太烫，她捂着嘴唇，将杯子放到茶几上。

要是搁从前，唐叙肯定要挤对她，"说你缺心眼儿你还不信，开水也敢喝？"

不过他什么都没说，顺手从桌上的纸巾盒里抽了张纸递给她。

季怀槿终于还是问他："你想不想知道高三成人礼那天晚上，发生了什么事儿？"

唐叙摇摇头，"别说了。我不想知道。"

季怀槿心里一直有一个疑问，关于唐叙的。这个疑问在她心里藏了好多年，那会儿她就想，如果这辈子还有机会能再见到唐叙，一定要当面向他问清楚。

可是多年后她真的和唐叙重逢了，那个问题却一直没有勇气问出口。

她知道她和唐叙都隐瞒了一些什么事儿，也只有这样，两个人才能像什么事儿都没发生过一样，没心没肺地做一对失散多年的好友。

可是今天她在天台顶上看到的那一幕，实在勾起她太多回忆。

成人礼那天发生的种种，唐叙的消失，以及他们之间的不告而别。她和唐叙都欠彼此一个交代。

哪怕她一直想装作不介怀，却还是过不去自己心里的那道坎儿。

"成人礼那天的同学聚会，你为什么没来？"季怀槿小心翼翼地问。

唐叙努力地回忆，似乎没有什么结果，他微微皱起眉，问："你说哪天？我不记得了。"

季怀槿没有再说下去。

既然他都已经不记得了，那她的问题也就没有任何意义了。

"你的膝盖没事儿吗？"唐叙问她，"我带你去医院看看吧。"他动手撩起季怀槿的裤管，关节处一片淤血。

"没事儿。"季怀槿把腿往后躲了躲，"这才刚出院没多久，我可不想再去了。"

"那也成，"唐叙轻轻抓住她的小腿，拉近了仔细查看，"我给你找点儿治跌打损伤的药去。"

唐叙站起来，走到床边的矮柜，拉开抽屉一层一层地翻找。

他背对着季怀槿，半蹲在那里。看上去正拿着药盒看上面的说明，其实心不在焉，一个字都没有读进去。

他还在想刚才季怀槿的问题。

他当然记得成人礼那天发生的事情，记得清清楚楚。

可是他不可能告诉季怀槿，那天他被他爸领回了家，从书包里翻出一枝红玫瑰绢花儿，那是他想送给季怀槿的礼物。

他本来计划在那天晚上，跟季怀槿表白来的。

唐叙被他爸狠狠地揍了，尽管那会儿他都已经十八岁了，而他爸爸也很久没有动手打过他了。

从那天后，他爸就把他禁足了，还向学校申请让唐叙在家复习。

当时高三早就没有新课程，无非都是复习，班主任老师相信唐叙自有一套学习方法，不会比在学校上课效果差，于是就答应了他爸的请求。

所以唐叙一直也不知道季怀槿退学的事儿，直到他五月份回学校报志愿。

在那段被禁足的心烦意乱的日子里，唐叙彻彻底底地颓了。

倒不是因为他爸管着他的缘故，唐叙真想做的事儿，他爸是管不住的。

只是他知道了一个秘密，有关季怀槿的秘密。这个秘密太大，唐叙却比季怀槿先知道。

是那个秘密让唐叙犹豫了。

再然后，他就彻彻底底错过了季怀槿。尽管有生之年他们还有再见到彼此的机会，但他再也做不到像年少时那样，喜欢了就是喜欢了，不管不顾，不计后果。

现在他背负了更多的秘密，所以哪怕还是喜欢，也再也没办法说

276

出来。

他当然不能说出来，因为一次又一次，季怀瑾所经历的意外都不是巧合，而是他亲手带给她的。

"找着了。"唐叙收拾好情绪，转过头对季怀瑾说，"你先涂这个药，三天之后要还不好，说什么我也得带你去医院。"

季怀瑾这时候却早没了继续待下去的欲望。她想对唐叙说的话，不知为什么，他似乎并不想听。季怀瑾心里乱得很，觉得自己需要一个人静一静。

她于是踉跄了一下站起来，对唐叙说："我回家了。"

"我送你。"唐叙没有挽留，抓起桌上的车钥匙，径自先走到门口。

往后的一个礼拜，季怀瑾并没有再见过唐叙，也没有收到来自于唐叙的只言片语。

她将天台发生的那起仿佛是早有预谋的意外发了稿，并没有引起什么舆论轰动。一个意欲跳楼自杀的男青年，在与警察斡旋的过程当中失手砍断了对方的小指，后畏罪自杀，无论如何都算不上爆炸性新闻。更何况没有任何直观的图片作为佐证。

季怀瑾后来带着水果和鲜花去医院探访那位便衣警察，却被告知他早就出院了。到警察局去问，也只得到结案的官方说法。

季怀瑾觉得蹊跷，天台上有那么多人一起目睹了那场惨剧，但不知为什么，当她想彻查下去的时候，一切线索仿佛被什么人硬生生地切断了。

季怀瑾就是想知道那个坠楼的年轻人——他和多年前那晚的惨剧，和后来音信全无的莫锐融之间，到底有什么关联。

季怀瑾得不到答案，却不甘心就此罢手。

周末晚上唐叙打电话给她："我在你家楼下，有空出来坐坐吗？"

季怀瑾趴在窗边往下看，看见一辆黑色的轿车停在楼下，安静的夜里

只有发动机轻微的震动声，和车头两束沉默的光柱。

季怀槿换上一条黑色裙子，将头发拢起来，不慌不忙地收拾妥当后，才下楼去。

唐叙半靠在车里的样子显得有些疲惫。这个礼拜唐叙并不像季怀槿以为的那样轻松，他有自己的工作和任务。不但如此，他还清楚地知道季怀槿去的每一个地方，找过的每一个人。

他明白季怀槿此刻心存疑虑，不将真相查个水落石出不会善罢甘休。可这是一个圈套，是有人在终点的暗处等着她上钩。唐叙不能眼睁睁地看着她的好奇心将自己领向危险的境地，尽管他自己本身出现在季怀槿身边就是个危险。

季怀槿走近他的时候，唐叙借着车头灯光的掩护，仔仔细细地打量她。

六年来，许多事情仍维持着原来的面貌，也有许多事情被改变了。

从前那个季怀槿很瘦，但健康的皮肤让她看起来永远那么充满活力。她喜欢笑，却没有什么幽默细胞。唐叙开她的每一个玩笑都能令她火冒三丈。

可现在的季怀槿不同，她仍旧还是瘦，但却比以前白了不少。她会跟唐叙斗嘴，两个人贫起来没完，兜兜绕绕，唯独不触及心事。

唐叙还记得好多年以前的一个晚上，他在她家楼下等着她，她带着风雨从出租车上下来。两个人在雨中相视无言，那会儿唐叙多恨她啊，恨他无能为力地喜欢着她，恨她让自己的喜欢变成世界上最痛苦的事情。

如果这样的喜欢是错，拖一天就错一天，那么唐叙真是无可救药地一错到底。

当时的他们渴望自由，老盼望着有朝一日能离开那个深院带给他们的无形枷锁。可如今人自由了，生活变了，心也更远了。唐叙对那个大院儿的厌恶，并不亚于季怀槿。可他们谁都逃不脱那里留给他们毕生的深远影响。他终于明白了，他们曾心心念念渴求的自由，就是往后的不自由。

278

季怀槿拉开车门坐进来，带着一股户外的热气。唐叙拧过头来看她，故意轻松地说："赏脸一起喝杯咖啡？"

季怀槿抬起手腕儿看了看表，"十点半，"她漫不经心地朝着唐叙笑，"特地来找我喝咖啡？不怕半夜回家睡不着觉？"

唐叙也跟着笑，"说起来，我确实好久没踏踏实实睡一觉了。"

他们在季怀槿家附近一间露天咖啡馆儿旁边停了车。两个人一前一后下车，季怀槿走在前面，唐叙走在后面。

有那么一瞬间，唐叙觉得他们两个像一对寻常情侣，在安静的咖啡厅约会，光坐着什么都不干，仿佛就能互相看一辈子。

他想从后面拉季怀槿的手来的，费了好大劲才按捺住这种冲动。

季怀槿落座后，点了一壶薰衣草茶，对唐叙说："咖啡就别喝了，喝点儿安神茶吧。"

唐叙不置可否，手肘拄在藤椅扶手上，低头看着自己的鞋尖儿，盘算着怎么向季怀槿开口，能让自己要说的话更有信服力。

可这时候季怀槿放在桌面上的手机忽然响起短信提示音，她拿在手里查看，是一条图片彩信。

图片的内容像是档案信息，却在头像照片的地方打了马赛克。

信息的内容只有寥寥几行：

姓名：莫锐融

别号：六荣

身高：178cm

特征：背部虎头文身，两臂多伤痕，左脸颊有刀疤

死亡时间：2014年2月25日

季怀槿看到这条信息的时候，面色不由变得凝重起来。

唐叙抬起头的时候看到她面色发白，直愣愣地盯着手机屏幕，就知道有事儿发生了。他探着身子从季怀槿那儿夺下手机，看了一眼就明白了。

他也很意外，这条儿彩信并不在他接收到的计划范围之内。已经有越来越多的事儿超出他的预知。

唐叙将手机递还给季怀槿，不知这时候该说点儿什么。

季怀槿拿到手机后就照着信息显示的号码拨回去，却是一家电视购物的热线。

"是莫锐融——他死了？"她问唐叙，说话的时候嘴唇轻微发抖，"这是什么意思？"

她惊慌失措的样子，看在唐叙眼里，只觉得于心不忍。虽然这件事他早就知道了，当时也觉得难以接受，但毕竟时间过去这么久，对于唐叙来说，已经不再是什么新闻。

他真的不知道该怎么安慰震惊的季怀槿，只拍了拍她放在桌上的手，说："也许是同名同姓的呢……"

"你知道不是！"季怀槿没有控制住自己的音量，引来旁边桌的人侧目，"这是有人故意安排的，有人杀了莫锐融，一定是那个——"季怀槿说着说着，声音渐渐小了。

她忽然想起来，2014年2月25日，她记得很清楚，那会儿她刚刚得到报社的工作，跟着常小柳做编辑助理。那天她要跑一个关于东城某地头蛇与同伴发生纠纷械斗、当街暴死的新闻。

季怀槿有点儿晕血，跟着常小柳到案发现场附近后，就不敢上前。常小柳说这样的事儿这座城市每天不知要发生多少起，算不得大事，自己完全应付得来，就让季怀槿先走了。

季怀槿在离开的时候遇见了唐叙。那是他们自高中后第一次见面。在一幢写字楼下，正准备过马路的季怀槿一眼就在人堆里看到了他。

故人相见，不胜唏嘘，她和唐叙一起吃了晚饭，整晚说着无关痛痒的话。

季怀槿说什么都不愿意相信，那天她错过的新闻，就是报道莫锐融的死亡。如果她克服胆怯，跟着常小柳一起来到案发现场，那么她就会认出莫锐融，让他不致在死的时候，乃至第二天见报的时候，都用"六荣"这个不属于原本的他的名字。

但如果那天她去了，就不会遇见唐叙。

上天在莫锐融和唐叙之间，关闭了一扇门，打开了一扇门，却没能两全其美。

爱哭鬼季怀槿已经长大了，她经历了那么多不属于她这个年纪需要承担的变故，已经不会再仅靠哭哭啼啼解决问题。可她的心里却无比难过，像堵了一块大石头。而那块巨大的石头背后，还是那个畏缩的、要靠她的大哥哥莫锐融替她出头的、名叫季怀槿的姑娘。

季怀槿有些伤感地想，命运最终还是没能给善良的莫锐融一个机会。他在那条越走越远的无法回头的路上，不知会不会感到寂寞。他生命的尽头，不知可曾有那么一瞬的念头，想着如果和院里所有的孩子一样成长，悲剧或许可以避免。

事到如今，季怀槿仍旧有些偏执地认为，莫锐融从未曾放弃过做一个好孩子的机会，是这世界对他的误会和偏见太深。

他不惜一切为她夺回那对父亲留下的耳坠的行为，季怀槿明白，或多或少也是出于他们之间的感同身受。莫锐融虽然总是刻意对自己父亲的去世表现出冷漠，但在内心深处，他一定知道那有多痛。

季怀槿一想到此，忍不住攥紧拳头，对唐叙说："既然有人别有用心，想利用这件事来恐吓我，那我就顺水推舟，揪出幕后的那个人，他必定和莫锐融的死有关系。"

她其实仍旧不愿将莫锐融与死亡联系在一起，季怀槿说不清这种复杂的情绪里，是哀伤还是悲愤，或者兼而有之。可她比从前理智，知道解决问题而不胆小逃避的重要性。

事到如今，唐叙再也无法假装自己对成人礼那天晚上发生在季怀槿和莫锐融身上的事情毫不知情，他有些冲动地按住季怀槿放在桌子上冰凉的手背，"莫锐融积怨太多才会被人报复，但这件事儿跟你没有关系，你如

果非要弄个水落石出，小心引火上身。"

季怀槿挣开他的手，"我不怕！"

"可是我怕——"唐叙探着身子抓住她的胳膊，两人的脸离得很近，唐叙的眼睛扫过她脸上每一寸从不悦到惊讶的神情，"我不能也不敢想象，你经历任何一丁点的危险。"唐叙意味深长地说，"逝者已逝，可你得保护自己，好好活着，这比什么都重要。"

两人一眼不眨地对视着，季怀槿试图挣一挣胳膊，却被唐叙攥得死死的。

"有人杀了我从小一起长大的朋友，你让我就这么算了？"季怀槿瞪着眼睛问。

"他是和其他的混混械斗被人捅死的，不是被人蓄意报复，你明白吗？"

季怀槿忍不住冷笑出声，"你怎么知道？"她亮出自己的手机对着唐叙，"这条短信又怎么解释？这明明是经过周密安排的计划，而且我知道费尽心机做这一切的人是谁！"

那个人不停在给季怀槿暗示：天台上跳楼的青年，莫锐融的死亡，发到她手机上的短信，这一系列的事情，无论如何也无法用巧合来形容。

他给她暗示，却没有线索。可他不是一个隐形的敌人，季怀槿知道他就是那个瘦弱矮小的男生，成人礼那天晚上，他鲜血淋漓的脸在夜色里显得扭曲而可怖，那声痛苦而疯狂的哀嚎让季怀槿整个世界都掀起狂风暴雨。

那片寂静的修罗场上，惊恐过度的季怀槿丢失了大部分重要的记忆。

他的模样，他的名字，他来自何处，最终又如何消失在她面前。

在多年后，终于变成一个旋涡般的谜题，在她几乎要忘记的时候卷土重来。

季怀槿和唐叙离开咖啡厅，两个人紧绷着面孔坐在沉默的车厢里互不退让。

　　唐叙将车开得飞快，丝毫没有停下来的意思。这时候常小柳来了电话，兴奋地说她和米乐在后海的酒吧偶遇，邀请季怀瑾一起来参加主题派对。

　　季怀瑾正想要见她，莫锐融被人在街上捅死的新闻是常小柳跟的，她总知道更多季怀瑾所不知道的细节。

　　她挂了电话，向唐叙要求下车。唐叙依然没有减速的意思，而是在下一个路口猛地将车头调转，往后海的方向行驶。车轮在地面摩擦出刺耳的声音，代替了他的回答。

　　酒吧在后海附近一条狭窄的胡同里，用一幢普通的平房改建的。季怀瑾见唐叙努力将车子堪堪停进车位，转过头没什么好气地说："你不需要跟我一起下车。"

　　唐叙还是没说话，直到将车子停好，才打开中控锁，扫了季怀瑾一眼，率先走下去。

　　等在门口的常小柳一见到他们，就知道二人之间一定闹了些不愉快。他们并排走着，却互不理睬。

　　"怎么才来啊？里面热闹着呢，好多老外都玩疯了，米乐要跟我一起出来透透气，他们拉着死活不让她走，所以只好我自己出来等你们了。"常小柳作出兴高采烈的样子，眼神儿却在两人间游移，试图能找出点儿端倪。

　　她直觉唐叙和季怀瑾之间，并不像季怀瑾再三强调的那样，只是久别重逢的朋友、曾经一起经历过中学时代的同窗。他们之间有一种别扭的默契，互相揪扯着。一旦这种别扭变成开诚布公的坦白，没有秘密的二人中间，就再也容不下其他什么人了。

　　季怀瑾跟着常小柳走在前面，进门的时候也不管唐叙就跟在身后，使劲甩了一下门。

　　门打在唐叙胳膊上，季怀瑾用余光看见他皱着眉头似乎想要爆发似

的，可最终还是忍住了什么也没说。

常小柳所言不虚，狭小的酒吧里放着流行乐，所有人互相贴着面颊大声交谈，才能勉强盖过音乐声，却也让小小的屋子里嘈杂不堪。

米乐被几个老外拉住玩游戏，看见季怀槿的时候像看见救星一样，飞快地甩开手里的骰盅，越过人群朝她挤过来。

"你怎么才来？"她对季怀槿说，"我差不多该走了，要是回家太晚，男朋友该生气了。"

"男朋友？"季怀槿睨着她，堆出笑容来打趣，"你和那个青年才俊终于在一起了？"

季怀槿生日那天，几个人遭遇了一场轻微车祸，除了季怀槿受伤比较严重以外，其他人伤势都很轻。

米乐是当天出院的，独自走到地铁站的时候被人抢了手提包。她追了两条街也没能抓住盗贼，原本以为没希望的时候，路口一辆豪华轿车刚好挡住贼的去路。

米乐最终拿回了自己的提包，而轿车司机帮她抓住抢包的贼，并报了警。

她就是在警察局认识现在的男朋友的，米乐奋力抢回自己提包的时候，他就坐在汽车后座，透过黑色的玻璃膜看着她。

后来盗贼被绳之以法，米乐盛情难却，坐着他的车回了家。

季怀槿只知道这些，关于他们的后续发展，米乐直到今天才告诉她。

季怀槿真心替好友高兴，于是嘱咐她："快回去吧，惹男朋友生气可就不好了。"

米乐笑笑，眼光甜蜜。她和季怀槿他们道别后，就往大门口走去。

"什么时候带我们见见啊？我还没见过活的青年才俊呢！"季怀槿在她身后喊。

米乐将背包带往肩上提了提，回头指指唐叙，故意暧昧地说："你旁边儿不就站一个吗？想看的话尽管看个够。"

季怀槿一听见唐叙的名字就忍不住翻白眼，她没看见唐叙背着她偷偷朝米乐伸出大拇指，夸她刚才的话说得漂亮。

米乐投给唐叙一个会意的眼神，匆匆忙忙地走了。

常小柳把这一切都看在眼里。

她有时候会跟着米乐、季怀槿，还有唐叙一起出去吃饭、喝茶，偶尔还凑在一块儿打打麻将。她羡慕季怀槿的这两个老同学，毕竟在她曾经就读的社区高中里，鲜少有米乐和唐叙这种家境优渥、家教也良好的同龄人。她喜欢和这样的人在一起，而不是她的生长环境里那些游手好闲、安于现状、对未来毫无规划的青年。

但常小柳知道，不论她多么努力地想融入其中，都像是被一张单薄无形的屏障隔绝在外。她并不认为自己和季怀槿之间有什么差距，让唐叙难以对她如同对待季怀槿一样亲近。可她知道自己无法取代季怀槿在他们心目中的位置，季怀槿再没用，也是他们的朋友；她常小柳再厉害，也只是朋友的朋友。

唐叙对常小柳的吸引力无疑是巨大且不可抗拒的，但不知为什么，她又觉得唐叙似乎刻意隐瞒着什么秘密。从他的脸上，常小柳时常能捕捉到一瞬间患得患失的神情。可这并不是一个适合唐叙的表情。

这样的如有似无的隐藏让常小柳觉得他更加神秘而危险，她忍不住想靠近去一探究竟。

"常小柳，"季怀槿打断了她的思绪，"到外面透透气？我想问你点事儿。"

常小柳笑着点点头，她仍旧得做季怀槿的朋友。

她们一起出去，站在酒吧门口，二层露台上有几个老外吹着口哨和她们打招呼，季怀槿一笑置之，靠在墙壁上抄着手，很认真地盯着常小柳问："几个月前那起有人当街暴死的报道，你还记得吗？"

话音刚落，季怀槿的胳膊就被人狠狠地拽了一把，她失重地栽向唐叙

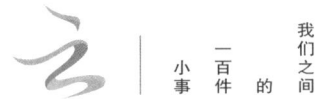
的肩膀和他伸开的手臂。几乎是同一时刻，天台上摔落的花盆在地面上应声碎裂，泥土和碎瓦片溅了出来。

季怀槿吓了一跳，她方才将全部注意力都集中在常小柳身上，并没有发现头顶上快速坠下的花盆，正朝着她脑袋的方向重重砸下来。

就差那么一秒，如果唐叙来晚一步，此刻开花儿的就不是地上的泥土，而是季怀槿的脑袋瓜儿了。

季怀槿半天才从震惊中缓过来，长吁出一口气，抬起头来用蹩脚的英文大喊，让楼上的醉鬼们注意点。

其中一个老外耸耸肩，无辜地说："不是我们干的。"

再回头的时候季怀槿发现唐叙不见了，就剩下她和常小柳大眼瞪小眼地站在那儿，都是一脸的惊魂甫定。

"唐叙呢？"季怀槿问。

常小柳指指巷子深处，"往那边儿跑了。"

虽然是个小事故，但两人都不敢再站在墙边儿当人肉靶子，于是往外退了两步。

季怀槿急于知道自己想要的答案，追问常小柳："死者叫六荣，你还有印象吗？"

常小柳似乎并没有注意听季怀槿在说什么，她将季怀槿拉近了一些，经过短暂的考虑才开口："你不觉得……有点儿蹊跷吗？怎么从你生日那天开始，就接二连三地出事儿，而且每一次唐叙都在场——他从刚才走进酒吧开始，举止就有点儿反常。我是说，你从来都没有怀疑过唐叙吗？"

季怀槿当然从来都没有怀疑过唐叙。她几乎是没有任何犹豫地就能否定常小柳。她相信唐叙，比相信所有人更甚。他们从小一起长大，其中情谊不是三言两语能与没有经历过的外人说清的。就算这世界上只有一个人可以信任，季怀槿也觉得那个人会是唐叙。

可不知为什么，在她的内心深处，有一个小小的邪恶的角落，似乎已经开始松动，在拼命地对季怀槿摇旗呐喊："是啊，好好想想，唐叙真的有那么值得信任吗？自从他出现，你的人生似乎就变得危机重重。你们一起经历过六年，可又空白了六年。你能确定在这六年当中，唐叙还一如从前，没有一丁点变化吗？"

季怀槿忽然恐惧地发现，她呼之欲出的答案并没有想象中那么经得起推敲，甚至连唐叙的骤然出现看起来似乎都像是某种预谋。她所感受到的每一次威胁，都有唐叙在场。而细想之下，他种种反常的情绪和举动，不得不令季怀槿坚定不移的决心也发生动摇。

"唐叙没有理由害我。"季怀槿有些激动地对常小柳说，却也像是在对自己说。

"我知道，"常小柳解释，"我只是觉得有点儿奇怪才说的，你别太往心里去，毕竟这一切太巧合了，你好好回忆一下，每一次唐叙都在场……"

"是太巧合了，"这回说话的是唐叙，常小柳猛地一回头，看见唐叙就站在她身后，"你也应该好好回忆一下，每一次，你刚好也都在场。"

常小柳觉得有点儿难堪。她悄悄对季怀槿说的话，没想到会被唐叙听见。她的怀疑是真的，之所以说给季怀槿听，一是希望能从她那里得到比较有说服力的答案，二是至少能让他们两个人不要进展得太顺利。可她没想和唐叙搞得那么僵，像现在这样彼此面对面对峙。可说出口的话就如泼出去的水，没法儿反悔了。

而唐叙呢，他刚刚追丢了往季怀槿头上扔花盆的人，止郁闷得要死。他也正怀疑着呢，是谁将季怀槿的行踪泄露出去的？他们来后海的酒吧，完全是临时起意，而且路上他也特地观察过了，并没有任何车辆尾随。知道他们所在位置的，就只有常小柳和米乐。

米乐当然没有任何嫌疑，那唯一的选项就只剩下常小柳。

唐叙不再是十几岁的毛头小子，见惯了各种前仆后继的姑娘，他怎么会看不出常小柳对他的落花之意。但即便落花有意，流水也是无情。他这辈子算踏踏实实地折季怀槿手里了。虽然他永远无法将这份历久弥新的感

情说出口，但至少他能待在她身边儿保护她，不会让常小柳，或是别人打季怀槿的坏主意。

唐叙走到季怀槿身边儿，试图拉她的手，"你要信得过我，就跟我走。"

季怀槿却用力挣开了，面对唐叙一晃而过的失落，她忽然感到于心不忍。她不应该怀疑他的呀，所有那些与他在一起时真实悸动的瞬间根本作不了假，她对他远超出朋友的感情也作不了假。与其说唐叙没有一丁点儿嫌疑，倒不如说季怀槿更愿意选择毫无条件地相信他。

季怀槿语气缓和下来，对唐叙说："我还想和小柳说点儿事。"

唐叙颓然站在街灯的光亮之外，所以季怀槿没有看到，他的额角有血涌出来，正缓慢地顺着鬓发向下淌。当时花盆砸下来的时候，整个过程发生得太快也太突然了，谁都没有注意那个从天而降的重物先是蹭过了唐叙额角才摔向地面的。

"你得相信我，"唐叙对季怀槿说，"莫锐融的死的确是个意外，凶手已经抓到，警方也结案了。常小柳只是负责报道，她不会知道更多信息的。"

常小柳的真实身份还不能确定，唐叙说不好她是否也像自己一样，和幕后的那个人有着联系。他不放心季怀槿跟她在一起，所以说什么也要劝季怀槿和自己一起离开。

这时候季怀槿向前迈了两步，走到唐叙面前，这条吵闹的巷子里，只有属于他们三个的角落是安静而凝重的。

她靠近了，就看见唐叙脸上的血迹，季怀槿从包里翻出纸巾，轻轻逆着血流的方向为他擦拭。

"唐叙，"季怀槿说，"我当然想相信你，我比相信任何人都要更相信你。"她露出一个古怪的笑容，"可是我从来没和你说过报道那个事故的人是常小柳，莫锐融死的那天，我们才刚见面，不是吗？这些事儿你早就知道了，所以我就想问你，你到底是为什么才重新出现在我面前的？"

第二十章

天长地
久的

事

唐叙明白已经到了事不宜迟的地步。

他原本打算在想出一个完美的解决方法之前，能拖一天算一天。但他意识到自己犯了很严重的错误，拖延并不会让事情出现转机，相反，只会让季怀瑾的生活越来越危险。显然，幕后的人并不满足于唐叙的办事效率，而是找到了其他更加行之有效的方式。

换句话说，唐叙被他剔除在整个计划之外了。

一直从中斡旋的唐叙终于失去了双方的信任，彻底变成了一个局外人。

但他这个局外人不会就此袖手旁观。

黑暗里，唐叙拨通了一个电话，电话那头的人显然已经休息了，说话时带着困倦的鼻音。

"帮我个忙，"唐叙也不跟他客气，开门见山地说，"查一辆车的下落，越快越好。哥们儿之间，我就不说谢谢了。"唐叙说了一个车牌号，车祸那天，他匆忙记下撞了他们那辆悍马然后逃逸的车的牌号，但是他并不确定自己当时经受撞击后匆匆记下的数字完全正确，现在也只是碰碰运气。

唐叙挂了电话，用手轻轻揉了揉太阳穴。他有点儿头疼，八成是被季怀瑾闹的。他光是想到季怀瑾最后跟他说那番话时冷冰冰的眼神儿就受不了，心里某个部位隐隐觉得堵得慌。这丫头从小就是个白眼儿狼，他对她的好，她压根儿记不得了。他对她做过的那些连他自己都后悔的事儿，她一星半点儿不忘。

已经夜里三点多了，整个儿城市都仿佛沉睡了，可唐叙还是睡不着。他起来给自己倒了一杯威士忌，加了三个冰块。他很少喝威士忌，每次喝都一定是为了助眠。

他真的没想过会在多年后遇见季怀槿。非但从没想过，还老早就为此做好了准备。唐叙因为练习着接受没有季怀槿的人生，付出了难以想象的努力和漫长的时光。

他如愿走进清华大学校门的时候，那个当初说要翘课去找他的姑娘已经不见好久了。唐叙一个人怔怔地坐在宿舍楼下，望着同楼的哥们儿骑车带着高中时候就好上的女朋友从面前经过。那是一种比失恋和被遗弃还要难过的感受。

唐叙履行了自己的诺言，亲眼看到了"水木清华"四字牌匾，感受了朱自清与他的《荷塘月色》；但迎接他的并不是成功的喜悦，而是山顶上冷得更加彻骨的风。

直到那个时候，唐叙才明白，从他八岁那年第一次见到季怀槿起，他对季怀槿做的每一件事，都不是小孩儿把戏。早在他变得成熟以前，就先学会了以一个成熟的方式来对待那个让他魂牵梦萦的姑娘。

如今，这个姑娘不在他身边儿了，这世界上最美的风景、最温暖的下午，也变得没有一丁点儿意义。

唐叙甚至开始怀疑自己是谁，来这个鬼地方干吗。这是他最爱问自己的两个问题，有空的时候就琢磨，上课走神儿看着窗外草坪上的喜鹊时想，在宿舍喝醉了酒拉着室友也叨念个没完。可是他始终得不到一个答案。

唐叙知道他的问题没有一个国际通用的标准答案，他的答案是季怀槿，可她已经像天上的鸟，拍拍翅膀，再也无迹可寻。

唐叙就在这日复一日的哲学式的自我追问下，缓解着自己难以承受的

痛苦。

大学四年里，唐叙大部分精力都贡献给书本、球场，还有学校外面只有夏天才会出现的露天烧烤摊儿。他渐渐习惯了没有季怀槿在周围的日子，习惯了抬头看不到她的日子，却仍旧没能习惯想起她来时心里迟钝的疼痛。

大三那年，唐叙在微电子学专业实验课上认识了一个姑娘。他差点儿就爱上她，没有任何循序渐进的过程，一股脑儿就栽进干柴烈火的爱情里。

可后来他还是没有，原因很简单，她身份证姓名栏里那三个字不叫季怀槿。

大三下半学期，唐叙在一个人的帮助下，贷款买了现在住的房子，从学校宿舍里搬了出来。又过了一年，他还添置了车。他没有花家里一分钱，他所得来的钱都是自己赚来的——确切地说也包括往后几年将要赚的。

他为了早日脱离父母，不惜将自己以签卖身契的方式卖给了夏志方，那个袁老司令逼着袁子卿改嫁的对象。

起初唐叙挺恨他的，因为将季怀槿母女俩逼走，即便他不需要负全责，也难脱其咎。但在后来唐叙和他无可避免的接触当中，他发现夏志方是个天才。一个成功商人身上所表现出来的品质，足以令血气方刚的唐叙深深折服。

夏志方在唐叙大四的时候就将他招进自己的公司，成为帮助唐叙摆脱父母最得力的助手。也正是因为夏志方的存在，唐爸爸才没有对唐叙不顾家人意愿过早独立表现得太激烈。唐父现在已经是那个院里数一数二的人物了，他和袁老司令多年的旧交情也在关键时刻帮了他大忙。可是唐叙就觉得他俗，简直俗不可耐。

每个男孩儿长大后，都会发现爸爸不再是自己心目中那个说一不二的英雄。于是他们开始想自己成为英雄。

唐叙不太稀罕做什么英雄，直到有一天，他下班到公司楼下的停车场取车时，在人群里毫无预兆地看到了季怀槿。

他有好久没有想起她了，她在他心里还是六年前的样子：又黑又瘦，头发从来没有理顺过，一双眼睛睁得大大的，让人总是分不清她什么时候在放空，又是什么时候在想些鬼点子。

季怀槿脸色很不好，抄着手裹紧外衣衣襟，步履匆匆地朝唐叙所在的方向走来。她仿佛在思索着什么事情，下意识地皱眉，而目光却蓦地瞥了过来。

她看到唐叙的时候几乎不敢相信自己的眼睛，脚下一绊，差点儿撞上旁边的自行车。

两人隔着六七米的距离互相怔怔地看着对方，都忘了自然地走过去彼此打个招呼。他们两个比谁都清楚面前的并不仅仅是隔着几步远这么简单，这中间六年的时光，叫人却步。

最后，还是唐叙先迈开步子，他的意志根本管不住自己的动作，他生怕只一个眨眼，季怀槿就不再真实。

"原来你长大了是这样啊。"唐叙走到她身边儿，笑着对她说。他闻得到季怀槿身上淡淡的香水味，她的头发柔顺地垂下，发梢跟随动作摩擦着肩膀。唐叙贪婪地在她身上、脸上搜寻一切变化的痕迹。

季怀槿伸手轻轻推了他一把，挺郑重地说："你还和原来似的，没怎么变样儿。男生就是好啊，都长不老。"

唐叙心不在焉地看着季怀槿的嘴张张合合，他有特别特别多想说的话，恨不能一股脑都塞进压缩文件夹里传给季怀槿，可他觉得自己得挑些重点，挑一个他当下最在乎的问题问出口。

于是笑容渐渐在唐叙脸上消失，他神情有些严峻地开口，问："你回来了？"

"回来了。"季怀槿说这话的时候，风吹起她的头发。

第三天，唐叙做警察的朋友就给了他回复。

那个车牌属于一辆老式黑色别克轿车，车主是一个完全陌生的名字，此刻正停在天津某汽车解体厂等待报废，但报废的手续还没有做全。

"兄弟，"唐叙从沙发上站起来，对着电话说，"你得陪我走一趟，那辆车不能报废。"

"怎么着？出事儿了？"

"嗨，别问那么多了。你是警察，到时候得指望你掏出警官证吓唬吓唬车厂的人，所以你务必得跟我一起奔趟天津。"那辆车是证据，唐叙当然不能让它就这么轻易地被销毁。

他们一路将车开到天津市郊的汽车报废场时已经是晚上六点多，工作人员都下班儿了，他们翻了栅栏进来，偌大的报废场上各种废弃汽车摞得像座小山，凭两个人的力量，一时半会儿还找不到那辆黑色别克。

唐叙绕着车场转了两圈，估摸着今天是没法把事儿办成，只能在这附近住一晚，明天再来了。

就在这个时候，他的手机铃声响起，是米乐来的电话。

"季怀瑾跟你在一块儿吗？"米乐问。

唐叙倏忽停止在空场上踱步，警惕地问："是不是有什么事儿？"

"哦，也没什么大事儿，我和季怀瑾约了晚上在簋街这边儿吃饭，我人已经到了，但是找不着她，打她电话也关机……"

唐叙脑袋里一下子挤进一个念头："糟糕，我不应该就这么把季怀瑾一个人留在北京。"他为自己的大意深深地懊悔，可现在说什么也晚了，当务之急是要先确定季怀瑾的安全，如果没事最好，可如果有事……

唐叙不敢想下去。如果季怀瑾遭遇危险，而他却不在她身边，唐叙觉得自己一定会追悔终生。

他让米乐一直打季怀瑾的电话，手机和家里座机都打。而唐叙自己二话不说就跑上车，差点儿连身边还有一个人都忘了，一脚油门轰下去就要走。

他一边将车开得飞快，一边给常小柳打电话。常小柳的电话无人接听，使唐叙产生了许多不好的联想。他甚至想到，如果常小柳就是那个出卖季怀槿的人，那么他一定不去理会什么"男人不能打女人"的君子协定，他要让常小柳知道挨揍的滋味儿。

车子驶入北京地界的时候，常小柳终于接了电话，也适时阻止了唐叙烦躁地用手机摔方向盘的行为。季怀槿仍旧没有接电话，而且行踪全无，唐叙控制不住将满腔愤怒全发泄在常小柳头上。

"我知道你认识夏染，你们俩之间的勾当我也一清二楚。"唐叙故意说这些话诈她。如果再三泄露季怀槿行踪的人是常小柳，那么他希望自己能从她的回答当中听出些端倪来。

可常小柳的惊讶不像装出来的，"你在说什么？夏染是谁？我根本不认识。"

"季怀槿不见了，你问问报社那些同事，有没有人见过她？"唐叙顾不得深究，他更关心季怀槿现在身在何处，是否安全。

"等一下，"常小柳像是想起什么来，打断了唐叙，"你刚刚说夏染——那，那不是米乐男朋友的名字吗？"

唐叙狠狠将手机摔在车载空调的通风口上，大骂了一句脏话。

手机弹到后座上，又落到地上。

他忽然将车并向外道，连减速都来不及，直接拐弯进入休息站，将车停好。

副驾驶位上的人看了看他，语气里带着点儿鄙夷："我早就该想到，能让你这么失控的，一定是关于季怀槿的事儿。这都多少年了，你怎么还不能翻篇儿呢？"

唐叙将脸埋在手掌里搓了搓，试图打起点儿精神。这两天他睡眠不怎么好，又忙碌，体力严重透支，整个人就靠一口气儿撑着。

他转过头，疲惫的眼睛里布满血丝，似乎连睁开眼睛的力气都没有

了，就这样有些呆滞地看着对方，说："齐源，你不懂，季怀槿的存在不是用来变成历史的，对她我永远翻不了篇儿。"

说完，唐叙打开车门走下去，老老实实从后座捡起手机，给米乐打电话。

"你认不认识夏染？"电话刚一接通，唐叙就迫不及待地问。

米乐确实是认识夏染的，就像常小柳说的那样，夏染就是米乐那个青年才俊男朋友，当然，包括她从医院出来遇上劫道的抢匪也是夏染计划的一部分。

唐叙说不出什么埋怨米乐的话，他知道米乐从头到尾都被蒙在鼓里。唐叙唯一能做的，就是对着电话一遍又一遍重复："务必帮我找到夏染在哪儿。"

要不是事态紧急，他原本不想给米乐太大压力。

米乐急得说话时都带着哭腔："我不知道他住在哪儿，也不认识他任何一个朋友，他手机打不通，我找不到他——都是我的错，我真没想过这是一个圈套……"

唐叙知道夏染故意让自己处于失联状态，他也打了不知多少通电话，对方始终不在服务区。唐叙有预感，夏染将有所行动，而时间恐怕就是今天。所以他们多拖延一秒，季怀槿就更加有危险。

唐叙重新发动车子，对身旁的齐源说："兄弟，人都联系不上，你得帮我派人四处找。"

齐源不是不想帮他，可这城市之大，要找两个人简直无从下手。况且他能插手的辖区有限，对于其他地方，也只是爱莫能助。

他们在夜幕降临的高速公路上飞驰，道路两旁黑洞洞的树影一闪而逝。车里冷气开得很足，但唐叙还是觉得焦躁，几乎无法静下心来思考。他一想到季怀槿正独自面对一场多年前的深仇旧恨，或许将要承受疯狂偏执的报复，唐叙就觉得喘不上气——他快要疯了。

齐源知道一向冷静的唐叙关心则乱，自己首先失了分寸，于是在旁边建议："你回忆回忆,当年那事儿,除了莫锐融和季怀瑾以外,还有谁在场?或者有没有什么知情人?"

唐叙死死地盯着前方的路,在有些拥堵的进京车流里见缝插针,争分夺秒地往回赶。关于成人礼那晚的事情,并没有在学校或者大院儿里传开。他刚认识夏染的时候,只知道他身上那个无伤大雅的残疾是意外所致,可他真是无论如何都没想到这意外竟然与季怀瑾有关。

当夏染要他利用旧交情接近季怀瑾时,唐叙不能不答应。不光因为季怀瑾,也因为夏染的身份——他是夏志方的儿子,当年事发时,就在他们A中附近的F中就读。

唐叙如今的一切都是夏志方给他的,他有点儿贪恋这些已经提前享受的平静生活,所以才会产生一瞬间的犹疑,没有当即严词拒绝夏染的要求。当然这也只是一部分原因,唐叙觉得如果自己能一直得到夏染的信任,知道他每一步报复计划的想法,总比他跟个愣头青似的,和夏染翻了脸,然后守着季怀瑾不知道哪天危险将要降临要明智得多。

所以他做了这辈子最不情愿的屈服,不过没什么,只要是为了季怀瑾好,唐叙并不拘泥于形式。不论男子汉大丈夫还是小人,他能做得来的,都愿意一试。可如果他的这一举动非但没有保护季怀瑾周全,反而害了她,那唐叙知道他一辈子都不会原谅自己了。

远处道路上方的交通提示牌显示距离北京市区还有四十公里,唐叙扫了一眼仪表盘,又轻轻踩下点儿油门。

也就是这个时候,不知道什么给了他灵感,他忽然想起一个人,于是立马把自己的手机胡乱塞进齐源的手里。

"帮我从通讯录里翻个电话出来。"

"好,"齐源对车速有点吃不消,坐直了身子问唐叙,"叫什么?"

"段梓棋。"

唐叙也不知道身在欧洲的段梓棋正在过的是白天还是晚上,或者换了电话没有,他对于那天的事故又知道多少,不过哪怕只有一丁点希望,唐

叙也不会错过。

与此同时，城市的另一端，季怀槿被蒙着双眼，双手也被反绞着，一路以一种非常难受的姿势被带到目的地。

她真是有些哭笑不得，反而没有什么特别恐惧的情绪。她早有准备，知道有人处心积虑地将莫锐融的消息透露给她，并不只是单纯地让她知情那么简单。

显而易见，她就是对方下一个目标。

几年没见了，季怀槿倒是真想会会当年那个傲慢无礼、自以为是却孱弱的"豆芽菜"。包括莫锐融的死，季怀槿也需要他给个交代。

今晚她是准备和米乐去簋街痛痛快快吃一顿麻辣小龙虾来的，两个礼拜前就约好的，今天恐怕是吃不成了。

有人将季怀槿头上的眼罩拉下来，早已适应黑暗的季怀槿很快就在黑漆漆的夜色里分辨出对面人的位置。

"好久不见了啊。"季怀槿虽摔在地上，但仍旧毫不示弱地扬着脖子，尽量不表现得身处劣势。

对面的人慢慢走近，蹲在季怀槿面前，带着玩味的神情仔细端详她的脸。

"能再见到你，"那人故弄玄虚地说，"我真是很高兴。"

对方有一双细长的眼睛，眼尾轻轻上扬，看着季怀槿的时候似乎若有似无带着轻蔑的挑衅。他身上还有淡淡的香水味，混着空气里闷热潮湿的气味，让季怀槿忍不住觉得恶心。

她也跟他装模作样到底，嘲弄地说："可惜我被你绑起来，也没法跟你握个手。"

"不急，"他朝身后招招手，就有穿着黑色T恤的保镖将一把硕大的铁钳递到他手里，"一会儿有机会。"他笑得露出门牙，温文尔雅的外表掩饰着暴戾，"咱们一根一根手指地握。"

季怀槿看见他行动不灵活的左手，虽然手上五指俱在，但最后一只小指明显没有知觉，也不会活动，是一截义肢。

季怀槿已经完全忘记这个人的脸，如今再见，只觉得他不再像高中那时瘦弱的样子。长久以来，季怀槿对他都是有愧疚的，要不是因为她，他现在应该是个正常的青年，起码心理不会因积郁的仇恨变得扭曲。

可现在她没有任何一点负罪感了。天台上坠楼的男孩儿、莫锐融，再加上她自己，眼前这个人视性命如无物。和断了的小拇指比起来，生命是何等宝贵，竟也变成任他践踏的草芥。

见季怀槿拗着不肯说话，夏染将手里的长钳掼下来，打在她的侧脸上。

季怀槿被惯性带得扑倒在地，脑袋在最短的时间内变成一片茫茫空白，全世界静得只听见耳边嗡嗡的喧嚣声。过了半天，季怀槿才缓过来点儿，她的耳朵流血了，血黏糊糊地湿了一片，顺着皮肤滴在地上的时候，有点儿疼，也有些痒。

她两只手动不了，更没法维持平衡，在地上挣扎了好几下，像个僵硬的虫子徒劳地蠕动，却怎么也坐不起来。

夏染抄着手睥睨地欣赏她滑稽的样子，忽然爆发出大笑："你不是很厉害吗？哭啊，看看有没有人会来帮你。"他一步迈到季怀槿面前，揪着她的头发将她从地上拖起来，向没有玻璃的窗边走去。

季怀槿迫于疼痛，亦步亦趋地跟在他后面。

这里是一幢尚未竣工的高楼，窗口只是混凝土墙壁上一个巨大的豁口。风从外面灌进来，带着微尘和细小的颗粒扑在脸上。季怀槿被迷了眼睛，眼底瞬间就有了泪水。

"记得这个地方吗？"夏染很平静地说，"我有很多年没来过了。你呢？"

季怀槿原本不知道这是哪里，但夏染这么说，那么只有一种可能，这是曾经F中后面那片废弃的空场。是她噩梦开始的地方，恐怕也是今天她

要为那场噩梦付出代价的地方。

从前的烂尾楼房被拆了，也许过不了多日，这里将变成高楼大厦，无数人将从四面八方拥来，却无人知晓这里深埋着属于她的罪愆。

夏染仍旧拉扯着季怀槿的头发，偏过头来迎风看向她，"我可以现在就把你推下去，可是看上去这样也太便宜你了。"

她站在二十层左右的高度，远处的树和工地临时宿舍都变成一排小小的积木。如果季怀槿就这样摔下去，会在落地的瞬间就成为血肉模糊的尸体。

她双腿发软，手还背在身后，像极了案板上任人宰割的肉。可她仍旧控诉，"人命不是游戏，你已经害死了莫锐融和一个无辜的男孩儿，早晚会为此付出代价的。"季怀槿一字一句咬牙切齿地说。

"代价？"夏染挑起眉毛，"是你们在为自己做的事付出代价，不是我。"

他仿佛刻意让季怀槿明白她的小命此时已系在他股掌间，一切只凭他想折磨她到什么程度。季怀槿的头发缠在夏染的手腕上，他照着她的后背轻轻一推，季怀槿就脚下一跛，整个人向前栽了过去。

外面的景物在季怀槿面前高速变换着角度，她只觉得自己头重脚轻，仿佛马上就要从窗棂边儿上飞出去。

就在季怀槿失去平衡的最后一瞬间，一直好整以暇地睨着她的夏染一收手，将她从跌向地狱的边缘拉了回来。

季怀槿在毫无防备的情况下稀里糊涂地在鬼门关兜了一圈儿，瘫在满是浮土的地上，浑身的力气一下子被掏空了似的，只剩下一具簌簌发抖的躯壳。

"净说些义正词严的屁话，"夏染不屑地啐她，"其实你也照样怕死。"他示意一直在旁边待命的几个人上前把季怀槿架起来，"不过你放心，我不会这么轻易就让你死的。"

季怀槿从小在一个相对安静封闭的环境下长大，家人虽各有脾气，但

300

都是正直的人。在今晚之前，她根本无法想象会有人肆意妄为至此，在她的心目中，除了生老病死，没有什么能够动摇生命的神圣。

她不知道自己今天还有没有足够的幸运能从这幢高楼里走出去，但她不甘心就这样束手就擒。她左右不了别人是否要取她的命，但她至少可以决定让自己不那么轻易地就妥协。

她毕竟是军人的后代，身上有不服输、不怕死的傲骨。比起死亡，她更怕不能死得其所。所以季怀槿求生的意识变得空前强烈，她还有个孑身一人的妈妈，有个一直挂念的人。

她得活着。

可谈何容易？这间六十多平方米的毛坯房内，除了夏染，还有五个严阵以待的保镖。

季怀槿飞快地打量了他们一眼，心里盘算着怎么才能趁他们措手不及时逃跑。毕竟这不是好莱坞动作大片，她也不是打女春丽，没有盖世武功，只有一颗不想送命的心。

夏染看她忽然安静下来，眼珠轻轻转动，当即就知道她在打逃跑的主意，冷笑着说："我忘了告诉你，这片房子现在姓夏，就算你逃得出这间屋，也逃不出这幢楼。"

原来连带着烂尾楼一起，买下这片地皮的人正是夏志方，不知是巧合还是别有用意。

季怀槿才不听他的恐吓，这幢楼姓夏又怎么样，她只是想逃，又不是要买，姓阿猫阿狗都跟她没关系。

"那个坠楼的男孩是你安排的吧？这是咱们之间的恩怨，为什么要让无辜的人跟着送命？"季怀槿有意攀谈，试图找到夏染和他手下放松警惕的时机。

"哦，那孩子，"夏染说起那个已经丢了性命的男孩儿，口气随意得像是谈论着天气，"他妈是工地上的，从脚手架上掉下来摔成残疾，我答应出钱让他妈治疗，他跳楼，那是心甘情愿，可不是我逼他的。"夏染没

301

什么情绪地说着这些残忍的话，季怀槿忍不住皱起眉。

他们差不多是同龄人，可生活的轨迹却如此不同。

夏染并没有咄咄逼人的架势，说话声音也不大，但却让季怀槿有种毛骨悚然的感觉。

"季怀槿，别以为咱俩之间的恩怨就只是这截小拇指，和我断了的手筋，"夏染沉声缓缓地说，"咱俩的梁子可大了去了，你大概想象不到我有多讨厌你，我会让你生不如死。"

他没有残疾的那只手猛地掐住季怀槿的脖子，瞬间留下五个清晰的指印，"你要不老实，你的朋友、我的女朋友米乐也会有危险。"

季怀槿透不过气来，一张脸憋得通红。她难以置信地睁大了眼睛，恨不能用眼神在夏染的脸上剜出一个洞来。她自己受人掣肘也就算了，连米乐都深陷泥潭，季怀槿大受打击。

她想到米乐眉飞色舞地对她说起那个与自己狭路相逢的英雄，竟然就是心怀鬼胎的夏染。这对米乐来说，实在太不公平了。

季怀槿心里难过极了。这人是真的要置她于死地，他已在不知不觉间完全渗透进她的生活，就为了一夕彻底毁了她。

季怀槿已几近窒息，无奈双手不自由，只能痛苦地扭动，越挣扎，颈间扼着她的力道就越重。她不明白为什么，即便当年她有千般万种的错，她对莫锐融的哭求间接导致了夏染被铁钳剪断了一截小指，但这只是个意外，他何苦这么多年仍旧死死咬住他们不放？要知道一开始在餐厅大堂里挑衅的人是他，才会有后续在这片废场发生的悲剧。

季怀槿最后嘴唇都咬破了，才硬生生憋出几个字："我根本不认识你——"

"可我认识你，不但认识，还对你很了解。"

唐叙一层一层跑上来，闻声找到他们所在位置的时候，就看到季怀槿被夏染掐着脖子，在窗口摇摇欲坠的样子。

他发疯似的冲上前，却被三个人死死摁在地上，手脚都动弹不了。

唐叙也不知道自己哪儿来的力气，猛地一发力，用手肘撞向其中一个人的脸，然后手脚并用地从地上站起来，以一敌三，疯狂地挥着拳头。

他有年头没跟人动过手儿了，但所有的动作就像本能，只凭着没有退路的信念支撑。

他看见夏染松开掐着季怀槿脖子的手，向后一甩，季怀槿的身影在窗边，像黑白默片里的慢镜头，在平衡的边缘奋力挣扎，一边是夏染，另一边就是窗外几十米的高空。如果摔下去，那就是粉身碎骨。

唐叙觉得那一刻世界都静止了。他并不知道夏染其实不会要季怀槿的性命，所以他甚至以为自己就要这样眼睁睁地失去她了。如果真是这样，唐叙那一刻就想，他宁愿放一把火把这儿烧了，他和夏染，谁都别想活。

这时候，他早就忘了他险些耽溺的平静生活，说真的，如果季怀槿就这样死了，那么再优越的生活对他来说都是永久的炼狱。

不过，幸好季怀槿的膝盖撞在窗边的台上，整个人一软，跌落在窗里的地面上。她疼得眼泪鼻涕一起流下来，僵在墙角奄奄一息，但好赖小命算是保住了。

唐叙在分心看向季怀槿的时候，挨了一顿暴打，悬到嗓子眼儿的心落地后，他才察觉到四肢百骸的疼痛。

夏染下令让三个保镖停止打斗，唐叙失去支撑，脱力地横躺在地上，满脸满脖子的鼻血。

"你可来了啊，唐叙，"是夏染的声音，"季怀槿都等了好一会儿了。"他又对着一动不动的季怀槿说，"你还不知道吧？唐叙是我的老朋友了。在你们旅行的路上出车祸，把你引到跳楼的案发现场，这可都是唐叙的功劳。要是没有他，这些事儿还真不好办。"

唐叙就知道他会这么说。在他不顾齐源劝阻，硬要一个人冲进来找季怀槿的时候，他就想到了。

夏染说的每一字，都是足够令他百口莫辩的实话。也许季怀槿知道后

会怨恨他，再也不想看见他，唐叙没想过最坏的后果是什么，因为不论是什么，都不如他想要确保季怀槿安全的念头来得强烈。

唐叙不顾一切地飞奔向她，他只放心自己在她身边。

季怀槿听了这些话后一直没有反应，唐叙跟跄着站起来，一瘸一拐地想要向她走近，却被身后的保镖拦下。

就在唐叙以为季怀槿昏厥过去的时候，她缓缓睁开了眼睛。

这幢毛坯房里没有一点光线，于是显得远处万家灯火的投影格外明亮。而平凡的烟火气于这室内的两人来说，显得弥足珍贵，而又遥不可及。

季怀槿睁开眼后，只怔怔地看着唐叙。她的眼神中没有任何愤怒和怨怼，好像并没有听到那个石破天惊的消息。她就像平常一样，安静地看他，瞳仁儿在黑暗里发亮。

可就是这样的眼神，让唐叙胆怯。

在后海那晚，他和常小柳对峙。常小柳对他的一切怀疑和指责，他都没有任何立场辩驳。可唐叙多希望自己并没有做过那些龌龊的事情，没有伤了季怀槿的心。

夏染这时候在一旁添油加醋地问："被人背叛的感觉怎么样？"

季怀槿偏开头不理会他。

他捏着季怀槿的下巴，用力扳向自己，"你可能还没搞清楚状况，我问的问题，你最好老老实实地回答，不然——"夏染使了个眼色，那边儿唐叙的肚子上就狠狠挨了一拳，打得他痛苦地弯下腰。

季怀槿紧咬牙关，一个字都不说。唐叙脸上又挨了几下揍，一次狠过一次。

季怀槿看见他嘴角流下血来，终于还是不忍心，恨恨地说："你们真让人恶心。"

当唐叙听到她说"你们"，像把刀直戳上他心窝子，这比身上所承受的疼痛还要让他难受。

不过夏染似乎很满意她的答案，指尖划过季怀槿的脸颊，赞许地说："你跟你妈果然都是一路货色。我告诉你，这世界上根本没有什么真感情，你的唐叙为了那么一丁点儿真金白银的利益就把你给卖了。"他又蓦地转头对着唐叙，"你以为我不知道你俩之间那点儿事吗？我早就打听清楚了，你不是喜欢她喜欢好多年了吗？怎么不敢告诉她？是怕她不接受你，还是因为你爸……"

"你他妈少废话！"唐叙刚一动，就被两旁的人扳住肩膀。

夏染似乎并不觉得唐叙的存在能够威胁到他，他背对着唐叙，手里擎着铁钳，饶有兴味地打量季怀槿，"我让你选，哪只手？"

季怀槿看见他步步逼近，终于开始害怕。她双手紧紧交握在一起，藏到身后，自己也一步一步蹭着倒退。

可她终于还是被夏染逼到了退无可退的角落，上来两个人将蜷得像熟虾一样的她整个儿翻过来，抵着她的脑袋按在墙壁上。季怀槿的双手暴露在外，而又看不到身后的动静，只觉得惊恐和无助铺天盖地袭来。

她不知道唐叙是怎么挣脱另外两个人的钳制冲上来的，他一下子扑到她的身上，张开怀抱将她护在身下。更密实的拳头像雨点一样落下来，唐叙每承受一下，他胸腔里剧烈的心脏跳动就离季怀槿更近一点。

季怀槿看不见，不知道此时唐叙的后背已经皮开肉绽，血肉和衣服料子黏在一起，一片触目惊心的血红。

唐叙死死抱着她不松开，他的气息就在她耳边从浊重变得越来越轻，不知哪来的带着温度的血蹭在季怀槿的脸颊上。

季怀槿简直要吓死了，她用力拧过头，轻声叫唐叙的名字，叫了一声又一声，唐叙才总算有了反应。

"再撑一会儿……再撑一会儿……"唐叙似乎在用最后一点力气小声重复着。

这时候，夏染手底下的人忽然喊了一声"好像有人来了"，他们走到窗边查看，施加在唐叙身上的力道不见了，季怀槿轻轻一挣，唐叙就失去

知觉地仰躺着栽到了一边。

这是一个千载难逢的好机会，夏染和其他人正聚在窗边，没人分心看向他们这里。

季怀槿第一个想到的念头就是跑，她应该不管不顾地先跑出去，往楼下跑，就算他们反应再快，季怀槿也有逃脱的希望，总好过在这里等死。

可惜这个念头很快就被她打消了。

唐叙就在旁边，她不可能把他一个人扔在这里。即便他不会有性命危险，季怀槿想了想，她也做不到独自离开。

要么两个人一起困在这里面对未知的性命堪虞的结果，要么一起相携着走出去。显然，第二种选择能实现的可能性不大。季怀槿看着唐叙布满血迹却平和的面容，放弃了最后的挣扎。

这个背叛了她的混蛋，这个和她的仇人勾结的叛徒，这个她从八岁起就认识的男孩，这个不顾自己冒死冲上来护着她的笨蛋……

这个她不知不觉间倾心，就再也忘不掉的爱人。

她怎么会不相信他呢？

即便在夏染说出那些令她难以忍受的残酷事实时，她都没有动摇。不管唐叙对她做过什么事情，他都没有一刻真正动过想要害她的念头。

季怀槿深信这一点。至于原因，她也说不清。

这是漫长岁月和无悔青春给她的笃信。

那些他们曾一起并肩走过的从学校通往家属区的小路，烈日的篮球场边两人不期而遇的目光，黑暗的电影院里身边唐叙紊乱的呼吸，和每一次电话两端彼此各怀心事的沉默，那些只有他们二人经历过的点点滴滴，都是无法复制的唯一。

早在十年前，唐叙就莽撞地破坏了她对待这个世界的理智和平和。在故事的最开始，他对她无疑是傲慢而冷酷的，但在这恼人的表象背面，总是他不得其法的关心与小心翼翼的靠近。从此以后，他们毫无选择地变成彼此的弱点，变成互相学会接纳和融入身边这个小社会的唯一途径。

季怀槿在这一刻才意识到，自己成长过程中看到的一切事物，原来都是透过唐叙的双眼。他们所共处的这个并不算太可爱的平行空间里，唐叙像一个发光体，总是或远或近地给她看得到的光亮。

即便在她无可奈何地跟着袁子卿回到济南，因为不适应而在高考中失利，只上了当地一个二流大学时，她也总记得自己曾和某个人达成的约定；她也知道这飘零无依的世界里，有个归宿叫做唐叙。他们的故事和梦想原本应当开始于清华的校园，在每个青年最意气风发的年代。他们确实在最好的年华里丢失了彼此，也辜负了彼此，但他们差点儿忘了，失落的东西也许是可以弥补的。

季怀槿从来没有好好想过，为什么大学毕业后，她会不顾袁子卿反对，坚持回到北京。

她也曾经自欺欺人地以为北京会让她有更好的发展，她习惯了从前在北京的生活，于是便再难适应其他地方。可她忘了自己从前多么憎恨这个城市，也不记得语言的障碍如何令她感到心灰意冷。

幸好她此刻终于可以对自己说，承认吧，季怀槿，这个城市之所以在你心目中发着光，是因为它有你最放心不下的牵挂。

也许一年，两年，十年，他们在人海中相逢的情节，总会在某一个街道的转角上演。正是因为她从没怀疑过这一点，她和唐叙的重逢才变得更像是意外，而并非命运有意为之。

这世上千千万万的人里，有的人再好也只是风景；可有些人，你烦他、讨厌他、忍不住对着他发脾气，却无法想象没他的生活，甚至拉着他的手，就不致害怕性命的终结。

季怀槿磨蹭到唐叙边上，背过身，颤颤巍巍地伸出被绑住的手，沿着温热的血摸向唐叙的指尖。季怀槿觉得这算得上自己最露骨的表白，虽然对方仍旧陷在昏迷当中，但他们握紧的双手，季怀槿想，她将一辈子都不会松开。

说什么永远，那真是太矫情的事儿了。他们之间的永远，就是如果

再有人敢以暴力威胁到他，她就主动站出来替他承受。就像他对她做的那样。

这比世上任何动听的表白都要真切。

但季怀槿不想死，因为她有一句话，非常迫切地想要对唐叙说。她需要他安全地醒来，人生漫长，现在还不是说再见的时候。

于是她伏在唐叙耳边，轻声对他说："你醒醒，我有话要和你说。"

从前的许多画面带着被日头烤炙的干燥气味，像卷了边角的旧照片，一帧一帧浮现眼前。

季怀槿不知道她和唐叙这近六年的青春里，两个人经历过多少次擦肩而过的遗憾，又有多少个蒙着被子辗转难眠的夜晚。许多细枝末节在她的记忆里已经变得很模糊了，但听某一首歌时的心情，某个课间唐叙将空水瓶投向垃圾桶的小动作，她假装和米乐说着话却关注着唐叙时的忐忑，让季怀槿相信，命运眷顾过她，就不会这样仓促地离弃她。

他们都长大了。有了分明的模样，却仍旧逃不开揪扯的羁绊。

季怀槿看见气急败坏的夏染快步走向唐叙，他手中提着铁钳的把手，钳口大开，正对着唐叙的鼻尖。

"你竟然还带了人来！"夏染一脚踢向唐叙的肋骨，他浑身吃痛地一颤，从昏迷当中苏醒。也就是这个时候，夏染手里的铁钳也毫不留情地落下。眼看生了锈的铁钳就要嵌入唐叙的皮肉，季怀槿想都没想，她不会让唐叙再承受多一次的重创，在地上翻了个身，于千钧一发之际，将头挡在唐叙胸前。

她根本来不及想如何以自卫的姿势来抵挡夏染的恼羞成怒的攻击，她原本就被绑着，情势又危急，能做出的反应，就只有用自己这一副血肉之躯挡上去。

她因为害怕而闭紧双眼，但想象中彻骨的疼痛感迟迟没有出现。季怀槿很快意识到发生了什么，唐叙坚实有力的胸膛和他熟悉的气息，包围着她惊魂甫定的心跳——唐叙还是在最后一刻护住了她。

紧接着就有许多人冲了进来，季怀槿的头埋在唐叙胸前，对外界情势的变化一无所知。

夏染丢掉了手里的铁钳，很快被赶来的警察制伏，包括另外五个大块头，也几乎没有反抗的余地，就在枪口下举手投降。

唐叙在心里想，齐源来得还算及时，再晚那么一两分钟，他不知道自己还能挨夏染几下子。不过他现在也没好到哪儿去，半条命都要交代在这儿了似的，整个人像是在红色染缸里打了个滚儿，身上没有一块儿干净的皮肤，严重的地方，皮肉往外翻着，情况惨不忍睹。

齐源看见这一幕，劈头盖脸给了被戴上手铐的夏染一个耳刮子，他没穿警服，可顾不上什么警察的自律，就只想让这小子一会儿回警局的路上放老实点儿。不过，对于唐叙，他得意了这么多年，有人能让他受点皮肉之苦，齐源也觉得未尝不可，毕竟自己也曾经被他往死里揍过，到现在想起来，肩膀上还仿佛隐隐作痛。

他想去把唐叙拉起来，可唐叙的胳膊上已经伤得没有他下手的地方。"先别管我，季怀槿还被绑着呢。"唐叙偏了偏头，整个人像被人抽了骨头一样横在地上。

齐源以前参加警校演习的时候也被同学绑过，知道时间长了有多难受，所以也不和唐叙抬杠，走到季怀槿身后，帮她把绑得密密实实的尼龙绳给松了。

季怀槿倒是很快就坐起来了，她对齐源说了声"谢谢"，就连忙回头去查看唐叙身上的伤势。

唐叙也是故意来劲，刚才揍挨得多狠都咬碎了牙，愣是一声不吭，现在知道季怀槿在旁边，"哎哟哎哟"地哼个没完。

季怀槿哪儿知道他还有心情故意逗她，以为唐叙失血过多，真的快不行了，泪眼婆娑地转头对齐源说："能不能叫救护车来……"说了一半她就怔住了，来来回回打量了他几眼，"你……你不是……"

齐源个儿很高，身体比上学那会儿更壮实了，肱二头肌从短袖里露出来。他腼腆地笑笑，微微低下头朝季怀槿伸出右手。"你好，齐源。"

这个齐源，就是十一年前在操场上用拳头威胁季怀槿，并嘲笑她的大块头。

单纯的季怀槿这回彻底搞不清状况了，但她似乎并不想闹个明白，而是焦急地对齐源说："唐叙快不行了，叫个救护车……"她的话又没有说完，因为她感觉到自己的小拇指被人轻轻勾住了。回头一看，唐叙仍旧保持着仰躺在地上的姿势，却偷偷伸出自己的小指，驾轻就熟地找到她的。这一幕，不知道他从多久之前开始，就在心里默默地幻想过多少遍了。

齐源早就知道这小子在装可怜了，他看着唐叙嘴角带着坏笑的样子，就气不打一处来。他倒是好了，一个人不管不顾地跑来，在喜欢的姑娘面前逞英雄，而他齐源呢？独自回到警局，又开着警车浩浩荡荡折回来。为了能争分夺秒，车轱辘都要开掉了，好容易赶到，就看见唐叙英雄救美的这一幕。他真是挨揍挨轻了，齐源想着，用脚尖踢了踢唐叙，"赶紧起来吧，别装死了，瞧把人姑娘吓的。"

唐叙虽然表现得夸张了点儿，但确实是一点儿力气也没了，浑身疼得跟被坦克碾过似的。齐源和季怀槿两人才将将把他拉起来。

不再躺在地上装死的唐叙站直了身子后的第一件事儿就是冲到夏染面前要揍他，得亏被齐源拦下了，"行了啊，你别没完没了的，你打了他到时候审案子的时候不好说。"

夏染倒是没有露出任何惧色，他不认为区区几个警察就能拿他怎么样。也许现在他们可以把他带走拘留，但过了24小时还得老老实实地把他放出来。何况他确实也什么都没干，季怀槿几乎毫发无伤，就凭唐叙那一身皮肉伤，能定他什么罪？

他和季怀槿的事儿还没完呢。

在他的成长过程中，总有两个从未出现、却时刻令他恨之入骨的名字——袁子卿和季怀槿。

从他记事起，在父母无尽的争吵当中，就充斥着这两个名字。母亲一天一天憔悴的容颜下，是提起这两个人便歇斯底里的不幸。母亲在外总是从容的，可夏染知道，她没有一天不是活在这两个人的阴影之下。他很早以前就从一封被藏在抽屉最底层的档案袋里看到过季怀槿的照片，还有她妈妈袁子卿清瘦的面孔。他知道就是她们，让母亲每天活在神经质的紧张与不安当中。

当然，他还轻而易举地从牛皮纸袋里知道了季怀槿的另一个秘密。

她并不是袁子卿亲生的。袁子卿这辈子从未生育。她认识来北京公干的季准时，是院里幼儿园的老师。季准带着不满一岁的季怀槿下榻在大院儿里的招待所，半夜季怀槿忽然发起高烧，他束手无策，打了朋友介绍的幼儿园老师，也就是袁子卿的电话。

关于季怀槿的亲生母亲，以及她和季准之间以悲剧收场的故事，是档案袋里的材料也没能涉及的秘辛。不过季准与袁子卿轰轰烈烈的爱情，倒是全院皆知。那会儿没有人看好这对被爱情冲昏头的青年，来路不明的女婴季怀槿被视作两人必定会暴发矛盾的源头。这也是为什么夏志方在结婚之初始终没能放下袁子卿的原因之一。

可世事皆不如人料，袁子卿视季怀槿如己出，甚至为了她，主动放弃了生育。直到季准过世前，爱情年年月月为他们结出最甜蜜的果实。即便生活有些潦倒，但　家二口拥有着无与伦比的和睦。

后来季准去世，夏志方再次追求袁子卿。活了半辈子的两个人，都执着地不改初心。面对夏志方的坚持，袁子卿更加坚决地回绝着，尽管袁老司令从中做了那么多努力，也都只变成父女关系最终破裂的导火索。

那时候的夏染和季怀槿一样，还是个高中生。他比季怀槿低一届，在季怀槿成人礼那天晚上相遇时，虽不是夏染第一次看到季怀槿，却是第一次正面接触。

他对莫锐融也是略有耳闻的，因为就像季怀槿是莫锐融的朋友一样，涂樊也是夏染的朋友。涂樊和莫锐融之间的梁子，在F中并不是个秘密。

对于夏染来说，那是个千载难逢的好机会。借与莫锐融发生冲突，将他与季怀槿打败，一箭双雕。

但那时候的夏染也只是个普通的、只会小打小闹的高中生，不像莫锐融早早地混了社会。他虽然讨厌他们，也只是想给这两人点儿颜色看看。

季怀槿丢掉的珍珠耳坠，他在地上捡到一只，只有一只。他自然也不会知道，季怀槿哭着央告莫锐融帮她夺回父亲的遗物，而莫锐融打红了眼，抄起废弃建材里的铁钳，将他的小拇指钳断。

那是他人生当中最疼、最痛苦的经历，小指联结的筋脉，一直到手肘处生生断裂。人说十指连心，他疼得几乎以为自己会因此送命。

事后夏志方得知此事和季怀槿有关，坚持没有报案。夏染更加无法理解，为了一个与他毫无关系的女孩儿，父亲不惜白白牺牲亲生儿子的一截手指。

哪怕治疗得再及时，他从此也无法过上正常人的生活。

身为一个残疾人，更是身为一个失去父爱的十六岁男孩，他对季怀槿的恨意，与日俱增。

罪魁祸首季怀槿在最短的时间内逃到济南去了，而莫锐融更是从这片大院里人间蒸发。

莫锐融的死的确和夏染一点儿关系都没有，但却是因为他的死，夏染在公司楼下的停车场看见了令他长久以来憎恨的季怀槿，以及她和唐叙之间，那显而易见的回首恍然的情愫。

他当然不认为唐叙会帮他在季怀槿身上实施报复，所以当唐叙犹豫了大约两分钟就答应的时候，他也有些惊讶。他想折磨季怀槿，让她的生活分崩离析，但他还没有那个胆子要季怀槿的命——他也不敢要任何人的命。从天台上坠楼的少年的死亡，并不在他的预期当中，他只是想吓唬吓唬她。

这世界上愿意豁出性命的人只有两种：一种是身无外物的人，另一种是甘愿为了某种信念肝脑涂地的人。这两种人无论哪一种，都是疯子。

恰好莫锐融是第一种人，而唐叙就是那另外一种。

夏染自问做不到这样决绝，他还有优渥的生活，不会为了心中的恨自我断送。

他戴着手铐，被两个警察押解出去的时候，回头深深地看了季怀槿一眼。

这个女生得到了太多她不配得到的幸运，不过在夏染心里，这远不是这场压抑多年的争斗的结束。

相反，仇人见面，只是个开始而已。

夏染的最后一句话是对着唐叙说的：

"别忘了，你要面对的根本不是我，而是你爸爸。"

季怀槿不明白他的话是什么意思，询问而担忧地看着唐叙。这已经是今晚夏染第二次提到唐叙的父亲。

齐源知道的也并不比季怀槿更多，不过他更在意的是怎么能找辙将这个不知天高地厚的小子多在警察局里关两天。他拍拍唐叙的肩膀，刚想说点儿什么，唐叙的手机就在裤兜里振动起来。

唐叙摸出手机，看到来电显示的时候就忍不住笑起来。消息传得真快，这个人总有办法在最短的时间内掌握一切事情。

如果搁平时，他是绝对不会接这通电话的：关机，在自己的小公寓里躲个十天半月，再老老实实回去挨一顿臭骂。

自从季怀槿回来以后，他的日子一直都是这样过来的。

可是唐叙忽然觉得这么多年，自己已经忍得够久了。他不想再做一个面面俱到的好人，他也想意气用事一回，不管不顾一回，去他妈的结果如何，他就是因为从前太在乎，太患得患失，才会一而再、再而三地在抉择间犹疑退却。

如果说时间会改变一个人，唐叙觉得这话说得挺对，但也不对。改变他的不是时间，而是季怀槿。他以前是个多么自我的人，不懂得顾及别人

的感受，这世界对他来说，不过是个可以轻而易举用手翻转的地球仪；可是因为季怀槿，他变得缩手缩脚，他不知道自己不顾家人的反对执意想和季怀槿在一起的信念会不会害了她，毕竟季怀槿的存在始终是袁老司令眼里最碍眼的刺儿，而他权威的爸爸又是袁老司令最忠实的部下；可是现在他和季怀槿兜兜转转这么多年，终于又回到原点，他舍不得再放她走。他原本以为自己这一辈子只能远远地看着她和别人恋爱、结婚，以后可能还会有小孩儿，他一早放弃了亲自参与的念头，可原来这念头从未曾真正地离他远去。

唐叙缓缓转身，斜起一对眼睛睨着季怀槿，问她："刚才你说等我醒了，有话和我说——你要说什么？"

季怀槿满心满眼都是大难不死后的释然，没料到唐叙突然较真起她正感伤时没头没脑的一句话，稍微有些发愣。

不过她还是决定告诉他，她用手背将唐叙脸颊的血迹抹净，一向怕血的季怀槿这会儿看见血也不头晕了，"我一直都记得你，之前说不记得你，都是骗你的。"

十几岁的唐叙最纠结的一个问题，就是季怀槿说她不记得他。他们第一次见面那个短暂的暑假，对于唐叙来说意义重大，他接受不了季怀槿的遗忘。可不管他怎么问她，怎么逼她，她死活都说一点儿印象也没有了。

"就这事儿啊——"唐叙皱起眉，显然对她的答案不满意，"我早就知道了。"

已经二十四岁的唐叙当然不会再相信那些小女孩儿的鬼话。她当然记得他，只是嘴硬不愿承认罢了，总不至于她真的只记得海龟，而不记得他唐叙吧。

就像今天他为了试着找出夏染可能绑架季怀槿去的地方而给段梓棋打了一通长途，听到遥远的电话那头隐约传来皇后乐队的《Somebody to Love》。当年他收到过一张皇后乐队的签名CD，误以为是季怀槿送的而暗自兴奋了很久，其实那不过是段梓棋暑假从法国旅行回来带给他的惊喜而已。

青春里的他们虽然变了，长大了，可他们仍旧还是他们。

十四岁的唐叙曾想，如果他将来一定要爱上一个什么姑娘，那么那个人必须是季怀槿。

十年过去了，他爱的人就在眼前，还在这里。

手机的来电振动蓦地停止，很快又再响起来。唐叙甚至能想象到来电的人在那头暴跳如雷的样子。

他接起电话，听到父亲的声音从听筒传来：

"你再执意和季怀槿那丫头混在一起，你的一切都会没有了……"

对于这点，唐叙深信不疑。他的房子、车子，他的工作，他的一切虚无缥缈的所有，都会因为自己将要坚持的选择而像泡沫一样消失。

可那些东西原本就不是他的，只有眼前的人才是他的，唯一和一切，从前和往后。

这么多年来，他爸爸想尽各种方法阻挠他和季怀槿在一起，他从反抗到屈服，从热血到消极，如今都通通结束了。

只有三件事，他一辈子不会让季怀槿知道。

一件是他父亲与袁老司令对季怀槿同仇敌忾的反感；一件是季怀槿并非袁子卿亲生的事实；还有一件，是他高一时为了能坐在季怀槿后面，对班主任老师撒的那个谎。